Anja Saskia Beyer
Inselduft und Meer

TINTE & FEDER

Das Buch

Mit ihrem Naturkosmetikladen auf Mallorca lebt Amelie ihren Traum. Seite an Seite mit ihren besten Freundinnen, die Läden in der malerischen Bucht haben, jede mit anderen mallorquinischen Produkten. Als der Journalist Dennis über Amelies Laden schreiben will, sagt sie begeistert zu. Doch Dennis kommt nicht allein nach Mallorca: Begleitet wird er von Amelies Bruder Nils, der sie nie besucht hat und anscheinend etwas verbirgt.
Während Amelie Dennis für den Artikel die Insel zeigt, kommen sie sich zwischen Mandelbäumen, Lavendelduft und Sonnenuntergängen allmählich näher. Kann Amelie sich auf ihn einlassen, solange Nils' Geheimnis über ihr schwebt?

Die Autorin

Anja Saskia Beyer studierte Theater-, Kommunikationswissenschaft und Werbepsychologie in München. Sie arbeitet erfolgreich als Drehbuchautorin und Dramaturgin für das Fernsehen. Seit 2013 schreibt sie Romane, darunter drei Kindle-#1-Bestseller und zwei BILD-#1-Bestseller. Anja Saskia Beyer lebt mit ihrer Familie und ihrem Hund in Berlin.

ANJA SASKIA
BEYER

Inselduft und Meer

Roman

TINTE & FEDER

Deutsche Erstveröffentlichung bei
Tinte & Feder, Amazon Media EU S.à r.l.
38, avenue John F. Kennedy, L-1855 Luxembourg
Januar 2024

Umschlaggestaltung: bürosüd° München, www.buerosued.de
Umschlagmotiv: © Taiga © Anna Kucherova © vulcano © kavram ©
Anton-Burakov © evrymmnt / Shutterstock
1. Lektorat: Judith Zimmer, Hamburg
2. Lektorat und Korrektorat: VLG Verlag & Agentur, Haar bei München,
www.vlg.de
Gedruckt durch:
Amazon Distribution GmbH, Amazonstraße 1, 04347 Leipzig /
Canon Deutschland Business Services GmbH, Ferdinand-Jühlke-Straße 7,
99095 Erfurt /
CPI books GmbH, Birkstraße 10, 25917 Leck

ISBN: 978-2-49671-490-6
e-ISBN: 978-2-49671-491-3

www.tinte-feder.de

Kapitel 1

Der Duft von sonnengereiften Zitronen, Orangen und einem Hauch Rosenöl erfüllte den kleinen Laden. Amelie stand in ihrem neuen gelben Kleid am Tresen, fächelte mit der Hand über der Duftlampe, damit sich die Aromen im Raum verteilten. Prickelnd, anregend und verführerisch sollten sie wirken. Sie sah immer wieder aufgeregt durch die große Glasscheibe auf ihre Terrasse, dahinter das Meer in der Vormittagssonne. Aber kein Freddy weit und breit. Die Flamme der Duftlampe flackerte plötzlich. Freddy machte zwar gerne viel Wind, doch eben musste es der leichte Sommerwind gewesen sein, der auf Mallorca im Frühsommer die Küste entlang wehte. Amelie spürte ein Kribbeln im ganzen Körper. Was war nur los mit ihr? Verursachte das der neue Duft oder freute sie sich so auf Freddy? Es machte Spaß mit ihm, mehr sollte es nicht sein. Denn eine feste Beziehung kam für sie nicht infrage und für ihn ebenso wenig.

Doch das Leben jede Sekunde zu genießen, das hatte sie sich vor Jahren vorgenommen, seit ihrer Erkrankung, seit ihre Haut so verrückt gespielt hatte, die Haut, der Spiegel der Seele.

Zum Glück hatte sich diese, seit Amelie nach Mallorca gezogen war, auf diese traumhafte Sonneninsel, wieder ganz beruhigt und seitdem, und mit ihren Freundinnen hier, fühlte sie sich endlich wieder richtig gut in ihrer Haut. Ein ungewöhnliches Leben wollte sie leben, das hatte sie früh beschlossen, auch deshalb hatte sie es gewagt, dem grauwolkigen Hamburg den Rücken zu kehren und jobmäßig neu durchzustarten, mit ihrem Laden »Mandelduft und Meer«. Düfte und Aromen bewirkten so viel, das faszinierte Amelie immer wieder.

Ihr Handy klingelte, sie nahm sofort ab. Freddy? Doch es erklang die Stimme ihrer Freundin Josy. »Hey, ist Freddy schon da?«, erkundigte sie sich.

»Nein. Der Flieger müsste aber längst gelandet sein. Der Herr macht es spannend, er könnte ja wenigstens kurz schreiben, der kriegt was zu hören!«

»Er tut mir jetzt schon leid«, entgegnete Josy amüsiert. »Ich wollte nur sagen, der Schokokuchen für Freddy kommt gleich geflogen.« Josy legte auf, ehe Amelie etwas erwidern konnte. Die Freundin schien in Eile zu sein. Josy hatte den Laden drei Läden links von Amelies und bot dort nicht nur Touren über die Insel und zu Meer an, sondern führte auch ein kleines Café. Amelie hatte Josy gestern in ihrer verrückten Vorfreude auf Freddy gebeten, ihr für heute einen ihrer köstlichen Schokokuchen zu backen. Weil dieser Kerl ihn so liebte. Sie selbst mochte noch mehr mallorquinischen Aprikosen-Mandelkuchen oder mallorquinische Zitronentarte, da waren sie eindeutig verschieden. Aber Amelie hatte in ihrem »Lieblingsdüftebuch« gelesen, dass der Geruch von frisch gebackenem Kuchen ein Gefühl von Geborgenheit wecken würde. Wohlfühlen sollte sich Freddy bei ihr ja durchaus. Also Schokokuchen.

Amelie wurde gerade bewusst, wie sehr sie es übertrieb. Sie sah an sich hinunter, betrachtete ihr neues Kleid, dann der Schokokuchen und die neue Duftmischung. Das ging alles gar nicht.

Warum gab sie sich so viel Mühe für diesen Münchner? Das war so überhaupt nicht sie! Lag es daran, dass ihre Freundinnen jetzt alle in Beziehungen steckten, nur sie nicht? Tatsächlich fühlte sie sich seitdem wie übrig geblieben, dabei wollte sie doch nichts Festes, und auch Freddy liebte seine Freiheit, hatte sein Leben in München, kam nur ab und zu auf die Insel. Fühlte es sich deshalb so gut an mit ihm?

Er war der beste und langjährige Freund von Matildas neuer Liebe Tom, konnte also nicht wirklich verkehrt sein. Freddy hatte bei Matildas Vater einen Teil des Orangenhains gepachtet und kam auch deshalb immer mal wieder nach Mallorca. Aber ganz hierherzuziehen, das konnte er sich überhaupt nicht vorstellen.

Wieder blickte Amelie hinaus aufs Meer, sah zu einer Möwe, die dort in der Luft segelte, die ihre Freiheit zu lieben schien. Musste man sich denn fest binden, um glücklich zu sein? Waren Möwen unglücklicher als Felsenpinguine, die einander ein Leben lang treu blieben, selbst über Tausende Kilometer hinweg?

Amelie trat zur Tür, atmete den Meeresduft ein. Sie hatte Düfte schon als Kind gemocht, hatte eine besonders feine Nase. In Hamburg roch das Meer streng, die Stadt angespannt. Irgendwann hatte sie alles nicht mehr riechen können. Amelie hatte ihren Job als Marketingmanagerin vor gut vier Jahren hingeschmissen und beschlossen, noch mal neu anzufangen. Auf Mallorca, mit ihrem Laden, in dem sie Naturkosmetik anbot, Cremes, Lotions und Aromaöle, gewonnen und angereichert aus und mit mallorquinischen Pflanzen. Seit ein paar Tagen, nach einem Artikel in einer Inselzeitschrift, der sie inspiriert hatte, beschäftigte sie sich intensiv mit Duftmarketing. Gerüche weckten so viele Emotionen, nicht umsonst wurde in Kaufhäusern damit gearbeitet, um die Leute zum Kaufen anzuregen. Da sie als Marketingfachfrau auch das Marketing für die

Läden ihrer Freundinnen, die sich rechts und links von ihrem befanden, übernommen hatte, wollte sie es ihnen nachher gleich vorschlagen. In jedem der fünf Läden ein anderer Duft, passend zu den verschiedenen mallorquinischen Besonderheiten, die jede verkaufte. Ihre besten Freundinnen der Welt, dachte Amelie beseelt und ging zurück hinter ihren Tresen, um eine Bestellliste durchzugehen. So viel hatten sie schon zusammen erlebt, und immer waren sie füreinander da! Es fühlte sich nicht nur wie Freundschaft an, sondern wie Familie, eine wohltuende Gemeinschaft. Perfekt für sie als Single, da eine eigene Familie zu gründen nicht mehr in ihrem Lebensplan stand. Nette Affären, wie mit Freddy, dagegen schon. Der Münchner sollte gern noch öfter auf die Insel kommen. Es war jetzt wieder verdammt lange her. Er war wie sie auch nicht auf den Mund gefallen, man konnte mit ihm scherzen und im Bett machte es Spaß. Also eine perfekte lockere Beziehung, nur etwas mehr Nähe wäre nicht schlecht gewesen. Ihr Bruder Nils hatte das früher einmal zu ihr gesagt, fiel ihr ein und sie hielt inne im Überprüfen der Bestellliste, die sie zur Hand genommen hatte. »Du willst immer zu viel. Vor allem bei Männern.« Amelie tippte sich mit dem Stift, den sie in ihrer Rechten hielt, an die Lippe, wurde sofort melancholisch, als sie an ihren Bruder dachte. An ihr Verhältnis, das früher so gut gewesen war, seit sie auf Mallorca war aber mehr als seltsam. Sie liebte Nils von klein auf über alles, aber seit er sie vor vier Jahren darin unterstützt und ihr so sehr zugeredet hatte, auf diese Insel auszuwandern, hatte er sie nicht ein einziges Mal besucht. Es war so merkwürdig. Ausreden gab es viele. Hinter den wahren Grund war sie bisher nicht gekommen, aus Nils war leider nichts herauszubekommen. Und das, wo sie früher so gut hatten reden können. Amelie wollte jetzt aber nicht wieder über ihren Bruder nachdenken. Es stimmte nicht, sie wollte nicht zu viel von Männern. Daran lag es nicht, dass sie sich nicht fest binden wollte. Eher daran, dass sie so einige schlechte Erfahrungen mit Kerlen gemacht hatte. Vor allem mit verheirateten Fremdgehern, die anfangs behaupteten, solo zu sein. Außerdem, war es nicht legitim, sich viel zu wünschen? Sie war eine moderne, kluge Frau, mochte ihre hellblonden, glatten Haare, ihre Größe, ihren norddeutschen, trockenen Humor. Sie war für ihre Freundinnen da und die gaben ihr immer das Gefühl, genau richtig zu sein. Amelie stellte sich aufrecht hin. Sie mochte sich selbst und das war doch gut so. Wenn es nach Nils gegangen wäre, hätte sie sich wohl auf einen Mann einlassen sollen, der eher in die Kategorie lauwarmer Grießbrei gehörte. Dabei gab es prickelnde Champagnercreme. Wobei Freddy vermutlich mehr der Typ Schokomousse war. Und die war ihr entschieden lieber. Süß und herzhaft. Aber einer wie Freddy schmeckte vermutlich vielen, dachte sie weiter, so durchtrainiert und gut, wie er aussah. Was ihm durchaus bewusst war.

Amelie blickte wieder auf die Uhr auf ihrem Handy, ärgerte sich über sich selbst, dass sie hier wartete wie ein verschossener Teenager und das mit Mitte dreißig. Sie drehte sich um zum Regal hinter ihr, um ein paar Cremepackungen anders zu stellen. Gerade als sie mit dem Rücken zur Tür stand, roch sie plötzlich Schokokuchen. Hatte Josy Freddy den Kuchen mitgegeben? Absurder Gedanke. Sie drehte sich um. Da stand ihre Freundin Liz, die den Laden »Olivenliebe und Meer« führte, mit einem Korb aus geflochtenen Zwergpalmen am Arm in der Tür. »Hey. Ich bin gerade bei Josy vorbeigekommen, sie ist im Stress und hat mir diesen Kuchen für dich mitgegeben. Was will Amelie denn mit einem ganzen Kuchen, habe ich gefragt.« Liz trat, während sie redete, ein, hielt den Korb hoch, den es in allen fünf Läden als Einkaufskorb gab. »Schokokuchen für Freddy will sie, hat Josy geantwortet.« Liz lächelte, schnupperte. »Neues Kleid? Und eine neue Duftmischung, oder?«

Amelie nickte zerknirscht.

»Das hast du ja noch nie veranstaltet für einen Kerl.«

Amelie fuhr sich mit beiden Händen durch ihr hellblondes Haar, dann übers Gesicht. »Du hast vollkommen recht, das muss geistige Umnachtung gewesen sein. Das wirkt total durchgeknallt.«

»Oder romantisch?«

»Gott ja, das bin ich doch gar nicht. Im Gegenteil! Bring den Kuchen bitte wieder zu Josy ins Café zurück. Bitte. Oder nein, Quatsch, das kann ich ja selbst tun. Was ist nur los mit mir? Ich bin völlig wuschig.«

»Tja.« Liz lächelte vielsagend. »Nichts da! Freddy und du, ihr macht euch gleich am Meer über den Schokokuchen her. Vielleicht bist du ja über Nacht so romantisch wie Teresa geworden? Jede von uns entwickelt sich weiter«, neckte sie Amelie lieb.

»Und manche in ungeahnte Richtungen«, erwiderte Amelie trocken. Da klingelte erneut ihr Handy. Diesmal sah sie aufs Display, runzelte die Stirn. »Nils? Was will der denn?«

»Wer ist Nils?«

»Mein Bruder, aus Hamburg.«

»Ach, den kenne ich ja noch nicht.«

»Genau. Der, der mich, seit ich auf der Insel lebe, nie besucht hat.« Sie hörte selbst, wie verletzt es klang.

»Na, dann geh ran.«

Amelie zögerte. »Was kann er nur wollen?«

»Das wirst du gleich erfahren. Ich muss leider weiter in meinen Laden, Cristian kommt gleich mit einer Lieferung.« Liz führte in ihrem Laden viele Olivenprodukte ihres Freundes Cristian, der eine Olivenfarm auf seiner Finca ganz in der Nähe betrieb. Liz stellte den Korb mit dem Kuchen auf den Tresen ab, verließ winkend den Laden. Amelie zögerte eine Sekunde, nahm dann ab. »Hey, großer Bruder.«

»Hey.« Seine Stimme klang ernst. »Na, wie gehts?«, fing er an.

Amelie fühlte sofort einen Kloß im Hals. »Ist was mit Mama? Oder mit Papa?«

»Nein, nein, alles wie immer.« Stille am Ende der Leitung.

Erleichterung pur. »Und was gibts dann?«

»Ich, also ein Freund von mir und ich, wir sind am Flughafen, also wir sind gerade in Palma gelandet.«

Irritiert fragte Amelie nach. »Palma de Mallorca?«

»Ja, genau. Viel schöneres Wetter hier als der Nieselregen in Hamburg.«

»Äh, klar. Und wieso sagst du nicht vorher Bescheid?«, hakte Amelie verblüfft nach.

»Ich dachte, ich überrasche dich lieber. Es war auch sehr spontan alles, wir haben noch nicht mal eine Unterkunft. Kennst du was bei dir in der Nähe, das du empfehlen kannst?«

Amelie überlegte. »Empfehlen?« Sollte sie ihm anbieten, bei ihr zu übernachten? Aber mit einem Freund würde es eng werden in ihrer Singlewohnung. Und dann kam ja noch Freddy. Sie hatte zu lange gezögert.

»Vielleicht vermietet ja jemand, den du kennst«, fuhr er fort.

»Cristian«, fiel Amelie ein. »Ein Freund von mir. Er lebt auf einer Finca, fußläufig von meinem Laden, baut Oliven an, hält Tiere, vermietet aber auch an Feriengäste ab und zu. Die sucht er sich aber aus. Er nimmt nur die Netten.«

»Verstehe. Du bist echt sauer, weil ich nie gekommen bin.«

»Sauer würde ich nicht sagen, eher ziemlich enttäuscht, aber das hab ich dir an Weihnachten ja mal wieder gesagt. Wir Norddeutschen sind normalerweise offen und direkt. Es gibt aber Ausnahmen.«

Sie hörte Nils atmen. Hintergrundgeräusche vom Flughafen. Eine Durchsage auf Spanisch. Das letzte Weihnachten hatte sie mal wieder versucht herauszubekommen, warum er seit ein paar Jahren so distanziert zu ihr war. Aber da seine Freundin Corinna ständig neben ihm saß wie angeklebt, war er ihr auch dieses Mal nur ausgewichen.

»Soll ich dir die Nummer von Cristian geben?«, erkundigte sich Amelie jetzt. »Wenn du sagst, dass du mein Bruder bist, und er was frei hat, könntest du Glück haben. Im Stall von seinem Esel könnt ihr bestimmt auf einem Strohballen schlafen.«

»Ha, ha. Okay, schick gern seine Nummer, danke.«

»Mach ich. Also, bis später.«

Er zögerte. »Eher bis morgen.«

»Wieso morgen?«, hakte sie nach. »Hast du heute schon was vor?«

»Ich, äh, heute müssen wir erst mal ankommen.«

Verdutzt hielt sie einen Moment inne. »Okaayy. Gut. Ich hab heute eh keine Zeit.« Sie legte wütend auf. Was sollte das denn jetzt wieder? Aber im Grunde konnte es ihr ja nur recht sein, Freddy kam gleich, dann musste sie sich nicht heute schon mit ihrem Bruder herumschlagen. Aber morgen. Es passte ihr dieses Wochenende überhaupt nicht. Wieso musste Nils ausgerechnet jetzt kommen? Sie schickte ihrem Bruder die Nummer von Cristian, nahm den Korb mit dem duftenden Schokokuchen, stellte ihn vehement hinter den Tresen. Das mit dem Kuchen war wirklich viel zu romantisch, was hatte sie da nur geritten und vor allem, was sollte Freddy denken? Amelie fühlte sich durch Nils' Anruf jetzt noch mehr durch den Wind. Rasch nahm sie ein Aromaöl zur Hand, das beruhigen sollte, tropfte es in die Schale der Duftlampe zu den anderen Düften einfach dazu. Lavendel, nervenberuhigend. Hoffentlich half es schnell.

Wieso nur war Nils so spontan gekommen, überlegte sie. Natürlich! Sie schlug sich mit der Hand gegen die Stirn. Er war mit einem Freund nach Mallorca gekommen und nicht mit

Corinna, das konnte nur bedeuten, dass endlich Schluss war. Denn Corinna hätte ihm niemals den Freiraum gegeben für einen Männerurlaub. Amelie fand alleine das furchtbar. Sie war mit Corinna nie warm geworden und vermutete, dass sie dahintersteckte, dass sich Nils von ihr so sehr zurückgezogen hatte.

Aber war das der einzige Grund?

Kapitel 2

Dennis betrachtete seinen Freund Nils verwundert, der an seinem Handy etwas googelte. Sie standen vor dem Flughafengebäude in Palma, eine Familie schob sich mit mehreren Koffern an ihnen vorbei. Dennis hatte nicht gewusst, dass das Verhältnis von Nils zu seiner Schwester so schwierig war. Wieso hatte er das nicht gesagt? Nils mit seinen hellblonden Haaren und dem zarten, schmalen Gesicht verbarg ganz offensichtlich etwas vor ihm. Die warme Luft und die mallorquinische Sonne, die sie gerade beim Aussteigen aus dem Flieger empfangen hatten, hatten gutgetan nach den langen, regnerischen Wochen in Hamburg, sie umarmt wie gute alte Bekannte. Dennis hatte es tatsächlich mit seinen Ende dreißig noch nie geschafft, nach Mallorca zu fliegen. Anfangs hatte er mit einem Besuch der Insel nur Saufgelage verbunden, irgendwann dann, als Freunde von Mallorca schwärmten, war ihm Afrika lieber gewesen. Afrika, die Liebe seines Lebens, so hatte er lange gedacht. Vor allem Namibia und Botswana. Aber dort war seine Liebe zerbrochen, zu der Frau, die ihn beinahe kaputtgemacht hätte.

»Wow, die Finca sieht ja traumhaft aus«, unterbrach Nils seine Gedanken und hielt Dennis sein Smartphone hin. Auf dem Display sah man ein mediterranes Haus, umgeben von roséfarben blühenden Büschen, davor eine mit Wein umrankte Überdachung. Nils switchte mit dem Finger zum nächsten Bild. Ein Esel vor einer alten Mühle. »Eine Ölmühle aus dem dreizehnten Jahrhundert«, las Nils die Bildunterschrift laut vor. »Der Pool.«

»Wow!«, gab Dennis ihm recht. »Sieht wirklich traumhaft aus. Nur, können und wollen wir uns das leisten?«

»Ich hoffe auf einen Schwesternrabatt.« Nils wählte eine Nummer, stellte auf laut und lauschte. Eine männliche Stimme meldete sich auf Spanisch. Nils erklärte auf Englisch, dass er der Bruder von Amelie sei, aus Hamburg, die hier einen Laden habe, und dass Amelie ihm gesagt hatte, er solle bei einem Cristian fragen, ob er auf seiner Finca zwei Zimmer frei habe.

Der Mann zögerte. »Ich bin Cristian«, sagte er auf Deutsch mit spanischem Akzent. »Und du bist wirklich der Bruder von Amelie?«

»Ja, Nils. Ich fürchte, sie hat sich über mich beschwert, dass ich sie auf der Insel noch nicht besucht habe, richtig? Aber jetzt stehe ich in Palma am Flughafen, bin spontan gekommen, mit einem Freund.«

»Verstehe.« Dieser Cristian klang jetzt netter. »Moment.« Es raschelte, vermutlich sah er in seinem Kalender nach. »Ein Doppelzimmer habe ich noch, ihr habt Glück, dass keine Sommerferien sind und ich oft ein Zimmer für besondere Gäste freihalte«, erklärte er.

»Oh, super, aber zwei Zimmer gibt es nicht?«

»Nein, leider nur noch ein Doppelzimmer.«

Nils sah Dennis fragend an. Der zögerte. Eigentlich hätte er lieber seine Privatsphäre gehabt. Sie kannten sich zwar schon lange, aus dem Studium, hatten ein Politikseminar zusammen bestritten. Dann hatten sie sich aus den Augen verloren, im Fitnessstudio vor zwei Jahren wieder getroffen, als Nils ein schweres Gewicht auf die Brust gefallen war. Dennis hatte ihm geholfen, sie waren etwas trinken gegangen und hatten sich wieder bestens verstanden. Was soll's, dachte Dennis. Die Finca sah wirklich pittoresk aus. Da gab es sicher viele schöne Fotomotive und Dennis liebte es, zu fotografieren. Deshalb bedeutete er Nils, dass es in Ordnung sei.

»Okay, und was würde das denn für uns kosten?«, hakte Nils nach.

Cristian nannte ihm einen fairen Preis, und nach einem kurzen fragenden Blick zu Dennis sagte Nils zu.

Er steckte sein Handy ein. »Wir nehmen uns erst mal ein Taxi, oder? Ob wir einen Mietwagen brauchen die Tage, sehen wir dann.«

Dennis stimmte zu. Merkwürdig, dass Nils seine Schwester hier nie besucht hatte und sie auch jetzt erst morgen sehen wollte. Hätte er eine Schwester gehabt, die auf Mallorca gelebt hätte, wäre er da ständig hingeflogen. Aber da Dennis Einzelkind war, verklärte er das Verhältnis zwischen Geschwistern vermutlich. Wie oft hörte man, dass es langjährigen Streit zwischen Geschwistern gab. Unausgesprochenes, Eifersucht, keine Harmonie. Dennis kannte diese Schwester ja auch nicht. Nils war ein netter, umgänglicher Mensch, diese Amelie vielleicht eine anstrengende Person. Wie Linda, als sie ihn nicht mehr geliebt hatte. Wie sehr veränderten sich Menschen dann. Oder zeigten sie nur ihren wahren Charakter?

Sie schnappten sich ihre Rollkoffer, gingen damit zum nächstgelegenen Taxistand und Nils nannte dem Fahrer die Adresse der Finca.

* * *

Während der Fahrt hätte Dennis so gern fotografiert, aber sie konnten ja nicht ständig anhalten. Was für eine wunderschöne, karge mediterrane Landschaft! Sie erinnerte ihn ein wenig an Afrika. Die rötlich orangefarbene Erde, der ausgetrocknete Boden. Offenbar hatte es schon länger nicht mehr geregnet. Aber hier gab es viele blühende Büsche. Weißer und roséfarbener Oleander, andere, agavenähnliche Gewächse. Dennis kannte sich mit Pflanzen nicht gut aus, erst recht nicht mit der mediterranen Flora. Dabei liebte er die Natur, die Bäume und Blumen, das Meer und den Himmel. Seinem fotografischen Blick entging nichts. »Du hast das besondere Auge«, hatte Linda einmal zu ihm gesagt. Als er sie fotografiert hatte, als sie sich auf dem Foto fast nicht wiedererkannt hätte. »Ich sehe so selbstsicher aus. So klug und stark.«

»Das bist du ja auch.«

»Dabei fühle ich mich meist so unsicher und unwissend«, entgegnete sie. Wieso mussten sich Frauen oft so klein fühlen? Noch dazu taffe, mutige Frauen. Denn das war sie. Er hatte sie auf einer Safari in Botswana kennengelernt. Linda, Requisiteurin beim Film, war mit einer Freundin unterwegs gewesen, sie hatten dieselbe Kleingruppe für eine Safari gebucht. Linda saß im Jeep vor ihm, als die Löwin genau auf sie zukam. Selbst Dennis hatte unwillkürlich seine Beine angezogen. Aber Linda blieb ruhig, sah die Löwin nur andächtig an, bewegte sich keinen Millimeter. Auge in Auge ging die Löwin an ihr vorbei, zum Glück schaffte es Dennis noch, ein Bild zu schießen. Das Bild seines Lebens, da war er sich sicher. Und auch die Frau seines Lebens? Ganz offenbar nicht. Denn nach einer turbulenten zweijährigen Beziehung hatte sich Linda von ihm getrennt. Nach einer Phase voller Leidenschaft. Und dann, ganz plötzlich, ohne Erklärung, ohne richtigen Abschied. Einzig einen kurzen Brief hatte sie ihm geschrieben und ihn auf dem Küchentisch zurückgelassen.

Ich brauche meine Freiheit, ich bin zu rastlos, wie die Löwin. Ich liebe dich nicht mehr. Es tut mir leid, Linda.

Es schmerzte, sehr. Lange hatte Dennis mit sich zu kämpfen gehabt. Denn er hatte Linda geliebt. Aber im Nachhinein hatte er verstanden, dass sie ihn nie wirklich an sich herangelassen hatte. Sie hatte ein schwieriges Elternhaus gehabt, von dem sie nur hin und wieder erzählte, einen narzisstischen Bruder, der sie als Kind schikaniert hatte. Vielleicht konnte sie es wirklich nicht, einen Menschen ganz nah an sich heranlassen. Vielleicht war sie wirklich wie die Löwin. Lauernd, Distanz haltend, gefährlich, zumindest für die, die sich nach Nähe sehnten. Und auch vor Linda hatten ihn Frauen immer wieder enttäuscht. Frauen, die in ihm etwas anderes sahen als das, was er war. Einen Hallodri, wie ihm eine einmal gesagt hatte. Einen Aufreißer, den sahen sie in ihm. Dabei war er das nie gewesen. »So gut, wie du aussiehst, lässt du mich doch bestimmt bald sitzen«, hatte eine gesagt. »Und ich komme dir jetzt zuvor.«

Nur Linda hatte ihm sofort blind vertraut, wie sie anfangs gesagt hatte. Sie war die Erste seit Langem gewesen. Dass sie ihn dann verlassen hatte, ohne Vorwarnung, hatte ihn zutiefst verletzt. Denn das hieß ja nur, dass er nicht ihre große Liebe gewesen war. Und eines war für Dennis klar: Nur mit einer großen Liebe wollte er seine Lebenszeit verbringen, eine Familie gründen, nur so konnte er glücklich sein. Mit einer Frau, die er nicht begehrte, auf keinen Fall. Dann würde er lieber Single bleiben, von ihm aus auch für immer. Umso wichtiger war ihm Nils geworden, Freundschaft bedeutete Dennis viel. Aber auch wirklich gute Freunde fürs Leben gab es selten.

Seine Eltern waren vor einigen Jahren kurz hintereinander gestorben und so stand er allein da in der Welt. Geschwister oder nahe Verwandte gab es keine, Linda war zuletzt seine

Familie gewesen. Zumindest hatte er sich das erhofft. Kinder mit ihr, eine eigene kleine Familie, Glück. Im Nachhinein war ihm klar geworden, dass man sich immer auslieferte, wenn man liebte, als er sich einsam und leer fühlte nach ihrer Trennung. Als er merkte, dass er kaum Freunde, eher nur Bekannte hatte. Zum Glück hatte er kurz nach der Trennung Nils wiedergetroffen. Nils befand sich zwar in einer Beziehung, die ihn ziemlich beanspruchte und ihm wenig Luft zum Atmen ließ, aber die Männer trafen sich öfter zum Sport und zu einem Bierchen danach. Mit Nils konnte er reden, sich öffnen. Es tat gut, ihm alles von Linda zu erzählen, von seinem Schmerz, dieser grenzenlosen Enttäuschung, dass es Sicherheit, wenn man liebte, nicht gab. Umso enttäuschter war Dennis jetzt, dass Nils ihm nie etwas über das schlechte Verhältnis zu seiner Schwester und vor allem die Ursache dafür erzählt hatte. »Hast du Lust, mit mir nach Mallorca zu fliegen, in die Sonne? Meine Schwester lebt dort«, hatte Nils ihn vor ein paar Tagen am Telefon gefragt. Nils hatte es endlich geschafft, sich von seiner Corinna zu trennen, nachdem sie ihm sogar hatte verbieten wollen, zweimal die Woche ins Training zu gehen. Sie sei wie ein Krake geworden, die ihm den Hals zudrücke, hatte er gesagt. Anfangs hatte sich das noch gut angefühlt, gewollt zu sein, aber irgendwann konnte er nicht einmal länger im Bad sein, ohne dass sie an der Tür stand, klopfte und ihn mit jammriger Stimme aufforderte, sie zu ihm hineinzulassen.

»Sonne, auf eine Insel, gern«, hatte Dennis spontan geantwortet. Einer seiner Chefs, für die er schrieb, hatte ihm mal wieder klarzumachen versucht, dass er seine Arbeit nicht wirklich wertschätzte. Dennis hatte die Nase voll von diesem Mann, der auch die anderen Mitarbeiter tyrannisierte, erst recht, wenn er mit seiner Ehefrau Krach und zu viel getrunken hatte. Der Vorteil als Selbstständiger war eindeutig, dass er sich Auszeiten erlauben konnte, wenn gerade kein Auftrag anstand. Und er hatte jetzt Zeit, zwei Wochen sogar, fühlte sich ausgelaugt und hatte Erholung dringend nötig. Sie hatten erst mal einen Hinflug gebucht. Keinen Rückflug, den wollten sie ganz spontan buchen, und das war ein tolles Gefühl. Einfach mal ausbrechen aus dem alltäglichen Trott, das sollte man viel öfter tun.

* * *

Dennis saß neben Nils im Taxi, blickte jetzt nach rechts aus dem Fenster. Palmen standen in einiger Entfernung an der Straße. Palmen, hier wuchsen tatsächlich Palmen, er liebte sie. Eigentlich träumte er schon lange davon, in Afrika zu leben. Aber mit Afrika verband er jetzt Linda, die Löwin, vermutlich würde er länger nicht mehr dorthin zurückkehren können. Nils daddelte an seinem Handy, anstatt diese wunderschöne Landschaft zu betrachten. Wie viel wir verpassen durch diese ständige mediale Ablenkung, dachte Dennis. Wie viel mehr sehen wir sogar noch durch die Linse eines Fotoobjektivs. Die meisten fotografierten nur noch mit ihren Smartphones. Oft sehr gute bildliche Qualität, aber mit seiner Kamera konnte er etwas erzählen. Geschichten. Mit einer Bildsprache, die ihn immer wieder neu faszinierte. Eigentlich hatte er Fotograf werden wollen, aber seinen jetzigen Job mochte er auch. Zumindest meistens.

Der Taxifahrer hatte das Radio angestellt, es lief klassische Musik, Tschaikowsky. Irgendwie passte es zu dieser kargen, mediterranen Landschaft und irgendwie auch nicht. Wieder sah er zu Nils, der immer noch den Blick auf sein Smartphone gerichtet hielt. Wieso hatten sie nie länger über seine Schwester gesprochen? Nils hatte sie so gut wie nie erwähnt, nur dass es eine Schwester gab, die nicht in Hamburg lebte, hatte Dennis gewusst. Erst vorher im Taxi hatte Nils kurz ein wenig mehr über sie erzählt. Dass sie seit ungefähr vier Jahren auf Mallorca lebte, eine coole Frau sei, selbstständig, witzig, schlagfertig und frech. Es klang sehr sympathisch und Dennis vermutete jetzt, dass sie, wenn sie so frech war, vielleicht einmal etwas zu Forsches zu Nils gesagt hatte, weshalb er sich so von ihr zurückgezogen hatte. Denn Nils konnte empfindlich sein. Das hatte Dennis gemerkt, als sie einmal zusammen Tennis spielten. Nils hatte haushoch verloren und als Dennis dann einen lockeren Spruch machte, nahm Nils es ihm übel. Offenbar konnte er nicht gut verlieren, wie er einmal zugab.

Hoffentlich würde Dennis nicht in diesen Geschwisterzwist hineingezogen werden! Denn wenn er jetzt eines brauchte, dann Ruhe und Erholung. Die letzten Jobs, vor allem die Chefs, hatten ihn ziemlich geschlaucht. Den einen Gefallen, um den Nils ihn kurz vor der Reise gebeten hatte, würde er ihm tun, aber sonst wollte er sich nur auf die faule Haut legen. Am Pool, am Meer, ab und zu wandern und die Insel erkunden. Hoffentlich würden sie die Tage auf Mallorca ohne Stress genießen können. In einem Zimmer, in einem Bett.

Kapitel 3

Der Kaffee roch herrlich, aber das Lavendelöl hatte überhaupt nichts gebracht. Amelie regte sich auf, nippte kurz an ihrer Espressotasse, sie stand mit Liz und Matilda bei Josy an der Theke. Liz und Matilda waren zu einem Café solo in der Mittagspause gekommen.

»Männer! Der eine ist immer noch nicht da und meldet sich einfach nicht und der andere ist plötzlich da und kann von mir aus bleiben, wo der Pfeffer wächst!«

Die Freundinnen, die alle Kaffeetassen in Händen hielten, mussten schmunzeln. »Ganz ruhig, Amelie, willst du einen Schokokeks?«, schlug Josy vor.

»Schokolade hilft jetzt auch nicht mehr!«, erwiderte Amelie aufgebracht.

Matilda versuchte, Amelie mit ihrer sanften Art herunterzuholen. »Du wolltest doch immer, dass dein Bruder dich mal besuchen kommt, und Familie ist so wichtig.«

»Aber doch nicht an dem Wochenende, an dem Freddy da ist! Wenn er dann mal da ist.«

»Vielleicht sitzt Freddy noch im Flieger fest, oder sein Handy hat keinen Empfang oder Akku«, vermutete Liz.

»Oder sein Handy ist explodiert oder von einem Elefanten gefressen worden«, entgegnete Amelie trocken. Die Freundinnen lachten.

Matilda wurde wieder ernst. »Auf Freddy ist Verlass, sagt Tom, du brauchst nur etwas Geduld.«

»Seit wann habe ich Geduld?«, entgegnete Amelie. »Und dann spannt mich Nils auch noch auf die Folter. Dass er mich morgen erst sehen will, ist doch wirklich strange.«

Josy gab ihr recht. »Aber wenn ich an meine Mutter denke, war das nicht so viel anders. Er scheint eben auch ein schlechtes Gewissen zu haben.«

»Kann er ruhig. Wo er mich nie besucht hat. Jetzt weiß ich noch nicht mal, ob das mit dem Zimmer bei Cristian geklappt hat. Der könnte sich ja wenigstens melden.«

Liz erklärte: »Bestimmt hat es geklappt. Soviel ich weiß, ist es frei. Wir können ja Cristian fragen.«

»Nein, lass mal. Erfahren wir schon noch.« Amelie nippte erneut an ihrem Kaffee.

»Das ist doch schön, dann wohnt er auf der Finca in Fußnähe und ihr könnt euch ganz oft sehen«, fand Matilda.

Amelie schnaubte. »Weiß grade gar nicht, ob ich das will. Nur, wenn er endlich sagt, was Sache ist. Butter bei die Fische eben.«

Josy nickte, hakte nach. »Und du weißt echt überhaupt nicht, warum er sich seit ein paar Jahren so merkwürdig verhält?«

»Nein, beziehungsweise ich gehe davon aus, dass seine Freundin Corinna ihn ganz für sich haben wollte, und jetzt ist mit ihr Schluss. Keine Ahnung.«

»Ich hoffe, du wirst es morgen erfahren«, erklärte Matilda lieb. »Es tut dir ja schon sehr weh. Ist ja auch verständlich, er ist dein Bruder.«

Amelie presste die Lippen zusammen, wollte sich ihre Gefühle nicht anmerken lassen, aber es gelang ihr nicht, ihre

Stimme vibrierte. »Egal, was der Grund ist, ich glaube, ich kann es ihm nicht verzeihen, dass er mich so lange nicht besucht hat auf der Insel. Nachtragend sein ist nicht gut, ich weiß. Aber wer ist schon perfekt.« Sie seufzte. »Tja, ich schätze, ich muss ein bisschen Pfefferminztee trinken, zumindest meinte ja Teresa, dass dieses Kraut hilft, um verzeihen zu können«, versuchte sie zu scherzen. Sie wollte jetzt nicht weiter über ihren Bruder reden, wandte sich an Josy. »Tausend Dank noch mal für den Schokokuchen, aber ich glaube, es war eine Blödsinns-Idee. Ich denke, wir verputzen den später alle gemeinsam, Mädels. Sonst denkt Freddy noch, ich bin superverliebt in ihn.«

»Bist du das nicht?«, wollte Josy wissen.

»Quatsch!« Amelie schüttelte schnell den Kopf, presste die Lippen zusammen, lächelte extra. »Ich konzentriere mich lieber auf das Marketing für unsere Läden. Was haltet ihr von einem neuen Duftmarketingkonzept für alle unsere Läden? Kuchenduft verursacht ein Wohlfühlgefühl bei den Kunden. Deshalb fühlen sich bei Josy alle so pudelwohl.«

»Und ich dachte, es liegt an mir«, scherzte Josy.

»Auch natürlich. Aber unterschätzt nicht die Wirkung von Düften.«

Liz lächelte. »Tja, da kann ich mit meinen Oliven nicht mithalten, die riechen nicht so köstlich wie Kuchen. Auch wenn sie super schmecken.«

»Deshalb würde ich bei dir einen zitronigen Duft vorschlagen, das passt gut zu deinen Oliven, ist ein toller Sommerduft und macht gute Laune. Kauflaune«, erklärte Amelie.

»Kauflaune klingt gut. Ich bin dabei«, verkündete Liz.

»Und Thymian passt auch sehr gut zu deinem Laden. Und Teresas ›Blütentraum und Meer‹ bekommt Mandelblüten und Rosenöl als Duftmischung.«

Matilda nickte angetan. »Und welchen Duft schlägst du in meinem Perlenladen vor?«

Amelie überlegte. »Feminine Düfte, edle Düfte. Und den Duft von Orangen, passend zur Orangenkonfitüre deiner Eltern. Orange hebt die Stimmung und entspannt gleichzeitig.«

Die anderen hörten ihr fasziniert zu. »Und damit kommst du jetzt erst?«, beschwerte sich Josy lachend. »Wir hätten schon lange viel mehr Kunden haben und uns zur Ruhe setzen können.«

»Wer will sich schon zur Ruhe setzen, Mädels«, konterte Amelie. »Dafür ist das Leben doch viel zu aufregend.«

»Das stimmt«, gab ihr Matilda recht. »Ich bin so froh, dass ich in meinem Laden arbeiten darf. Tom hat da zum Glück auch kein Problem damit, so wie Alvaro es hatte. Ich hab Alvaros Mutter wirklich gerne, aber den ganzen Tag bei der Schwiegermutter sein, wäre einfach nichts für mich. Ich bin gern Goldschmiedin.«

Josy gab ihr recht. »Ich will auch auf jeden Fall immer in meinem Café arbeiten und Touren anbieten. Insofern, immer her mit gutem Marketing, und Duftmarketing klingt super. Jetzt wundert mich auch nicht mehr, dass ich die letzten Tage so einen verrückten Heißhunger hatte auf die seltsamsten Sachen. Muss am extremen Kuchenduft hier drin liegen.«

Amelie wunderte sich etwas, stimmte ihr aber zu. »Düfte machen einiges mit einem. Wenn du einen Mann nicht riechen kannst, hilft ja auch alles nichts.«

»Das stimmt. Eric duftet köstlich«, gab ihr Josy grinsend recht. »Und Teresa hat ja anfangs auch gesagt, ihr Simon riecht so gut.«

»Stimmt. Hat sie eigentlich eine neue Aushilfe für ihren Laden gefunden?«, hakte Amelie nach. »Oder will sie doch schon wieder selbst arbeiten, die Zwillinge sind immerhin bald ein Jahr alt.«

Matilda erklärte: »Sie sucht, aber sie will uns nicht irgendeine Frau hier reinsetzen. Sie muss schon passen, so wie Alva, die

die letzten Monate da war. Schade, dass Alva jetzt in Barcelona studiert.« Alva war eine sehr sympathische Studentin gewesen, die nach der Geburt der Zwillinge den Laden von Teresa immer mal wieder ein paar Wochen geführt hatte, wenn es ihre Zeit erlaubte. Eine Zwischenlösung, aber perfekt eben nicht.

»Ja«, befand Josy. »Alva war sehr nett. Na ja, Teresa macht das schon. Es ist momentan nicht leicht, gutes oder überhaupt Personal zu bekommen. Das sagen viele auf der Insel. Scheint aber in Deutschland ähnlich zu sein.«

Eine Kundin kam und die Freundinnen verabschiedeten sich in ihre eigenen Läden. Amelie, Matilda und Liz traten aus dem Café hinaus ins Freie, die weiße Markise, die an jedem Laden hing, flatterte leicht im Sommerwind. Die Freundinnen gingen in Richtung ihrer Läden, an Teresas geschlossenem »Blütentraum und Meer« vorbei und Amelie hoffte plötzlich einfach, dass Freddy bald käme. Ihre Wut war dank der Ablenkung durch die Freundinnen verraucht, stattdessen spürte sie wieder dieses vorfreudige Flattern im Bauch. Aber gleichzeitig einen Kloß, weil sie an das morgige Treffen mit Nils erinnert wurde, an ihren Bruder, den sie doch eigentlich so sehr liebte, was die Enttäuschung über sein distanziertes Verhalten aber noch größer machte.

Amelie beschloss, dass sie das, was offenbar zwischen ihnen lag, unbedingt klären musste, solange er sich auf der Insel befand. Sonst würde sie wahnsinnig werden.

»Also, viel Spaß mit Freddy nachher, Tom freut sich auch schon auf seinen besten Freund«, verabschiedete sich Matilda, als sie an ihrem Laden »Perlenzauber und Meer« ankamen.

»Spaß werden wir haben, nachdem ich ihm den Kopf gewaschen habe«, scherzte Amelie. »Spaß haben Freddy und ich immer, wenn wir uns sehen.« Sie hob winkend die Hand. Matilda nickte lächelnd, betrat ihren Laden und Amelie und

Liz gingen weiter. Als sie an Amelies Laden ankamen, entfuhr Amelie aus Versehen ein tiefer Seufzer.

»Hey, alles okay?«, erkundigte sich Liz.

»Was? Ja, die Geheimniskrämerei von Nils macht mich einfach fertig, das merke ich jetzt wieder so sehr, wo er auf der Insel ist.«

»Das glaube ich.«

Amelie straffte sich. »Aber ich habe Hoffnung, wir sind beide Norddeutsche, da wird nicht lang drumrumgeschnackt. Normalerweise nicht. Ich setz ihm einfach noch mal die Pistole auf die Brust, wie an Weihnachten. Hat da nichts gebracht, weil Corinna daneben saß, aber vielleicht hilft die Sonne Mallorcas, um ihn weichzukochen, um die Butter zum Schmelzen zu bringen. Die Butter bei die Fische.« Die Freundinnen lächelten.

»Bestimmt, ich wünsche es dir so sehr. Wenn er bei Cristian wohnt, werd ich ihn und seinen Freund ja bald mal kennenlernen.«

»Stimmt. Perfekt. Nils ist nämlich im Grunde echt ein Toller.«

* * *

»Amelie ist wirklich eine super Frau«, erklärte Nils Dennis plötzlich, während das Taxi durch das offene Tor der Finca fuhr. Offenbar hatte er gerade an sie gedacht, er hatte sehr nachdenklich gewirkt.

»Ach ja? Dann bin ich mal gespannt auf deine Schwester. Wow«, entfuhr es Dennis, als er das pittoreske Landhaus sah. Ein Hund kam neugierig auf den Wagen zu, lief neben dem Taxi her, bis der Fahrer anhielt. Sie bezahlten, stiegen aus, der Taxifahrer reichte ihnen ihre Koffer.

»Na, du bist ja ein Hübscher«, sagte Nils. »Ich mag Hunde.«

»Ich auch, die meisten zumindest.«

Der Taxifahrer verabschiedete sich und fuhr wieder los, sodass ein wenig Staub aufgewirbelt wurde. Der Hund ging schwanzwedelnd zu Dennis. Der hielt ihm erst seine Hand hin, damit er schnuppern konnte, dann kraulte er ihn am Hals.

Dennis sah sich angetan um. Die Finca aus Sandstein sah aus wie auf dem Foto im Internet. Eine lila-pinkfarbene Bougainvillea wuchs neben der Eingangstür die Hauswand empor, das leicht abfallende Ziegeldach über der Terrasse wurde von Säulen gestützt, daran rankten Weinreben und daneben standen Terrakottatöpfe mit rot und rosé blühenden Geranien. Rechts und links vom Haupthaus befand sich je ein Nebengebäude, sandfarben und ebenfalls blumenumrankt. Dennis war sofort versucht, ein paar Fotos zu schießen, aber da sie sich ja ein paar Tage hier aufhalten würden, konnte er das ebenso später tun. Sie schnappten sich ihre Rollkoffer, zogen sie den Kiesweg entlang, begleitet von dem Hund, der Dennis nicht mehr von der Seite wich. Da kam eine Gans auf sie zugewatschelt, den Hund ignorierte sie. »Na, wen haben wir denn da?« Dennis amüsierte sich. »Ist ja richtig idyllisch hier.« Er streichelte dem Hund noch mal über den Kopf.

In dem Moment trat ein Mann aus der Finca, ein großer, sportlicher, dunkelhaariger Mann. Er begrüßte die beiden nett auf Deutsch mit spanischem Akzent. »Willkommen. Ich bin Cristian, wir können gern Du sagen.«

»Gern.« Dennis und Nils nickten.

»Und wer ist jetzt Amelies Bruder? Moment, lasst mich raten.« Er zeigte auf Nils. »Du.«

»Wetten, sie hat mich als Nils Holgersson aus der Zeichentrickserie beschrieben«, erwiderte der. Cristian gab es amüsiert zu. »Irgendwann mal, ja. Aber das blonde Haar hätte dich auch sonst verraten.«

»Blond sind doch viele, das sagt nichts«, erwiderte Nils und seine Miene wurde undurchschaubar.

Dennis, der das bemerkt hatte, warf seinem Freund einen verwunderten Blick zu. War er etwa wegen des Nils-Holgersson-Vergleichs durch seine Schwester verschnupft?

»Und es ist wirklich nicht noch ein Kämmerchen frei?«, erkundigte er sich spontan bei Cristian. »Wir sind kein Paar, falls das den Anschein hatte.«

»Aber Freunde?«

Dennis und Nils sahen sich an, nickten beide.

»Na dann. Mein Gästezimmer wäre normalerweise noch eine Option, aber da hab ich gerade meine Steuerunterlagen ausgebreitet, tut mir leid.« Cristian musterte Nils jetzt auch, denn dieser starrte gedankenverhangen vor sich hin. Irgendetwas lag ihm im Magen, das sah Dennis und selbst der Fincabesitzer schien es zu bemerken.

»Also dann, kommt, ich zeig euch euer Zimmer.« Cristian ging vor, der Hund trollte sich, und Cristian führte sie ins Nebengebäude links vom Haus, schloss ihnen auf und ließ Dennis vortreten. Ein hübsches, ordentliches Zimmer im mediterranen Stil eingerichtet, mit einem schnörkeligen Eisenbett, maximal 1,60 Meter breit, einem Holzschrank und einer Kommode. Weiße Vorhänge rechts und links am Fenster.

»Im Haupthaus befindet sich eine Wohnküche, da könnt ihr euch Kaffee machen und den Herd und Kühlschrank benutzen, Frühstück kann ich euch aber auch anbieten.«

»Wäre prima«, erwiderte Dennis. »Vielen Dank.«

»Gut, dann wollt ihr sicher gleich zu Amelie. Zu den Läden am Meer geht es dort hinten entlang, den Weg an den Olivenbäumen vorbei, maximal zehn Minuten.«

Nils stand im Raum, wirkte wieder geistig abwesend.

»Nils?«, sprach Dennis ihn an.

Der blickte auf, nickte rasch, schüttelte den Kopf, sagte nichts.

Dennis wandte sich an Cristian. »Wir gehen morgen zu den Läden am Meer, wollte Nils so.«

Cristian sah Nils stirnrunzelnd an. »Weiß Amelie das auch?«

»Ja, natürlich, ich hab ihr am Telefon gesagt, dass wir erst mal ankommen wollen und uns morgen sehen.«

»Okay. Dann kommt mit, ich zeig euch den Pool hinterm Haus und die Ställe mit den anderen Tieren. Eine Katze haben wir neuerdings auch. Ich hoffe, keiner von euch ist allergisch.«

Beide verneinten. Nils folgte Cristian und Dennis tat es ihm gleich. Was auch immer zwischen den Geschwistern geschehen war, es schien schwer zwischen ihnen zu liegen, mittlerweile wie Blei.

Kapitel 4

»Freddy!!«, rief Amelie aus, als sie diesen gut gebauten blonden Münchner durch die Schaufensterscheibe auf ihren Laden zukommen sah. Er trug seine orangefarbene Reisetasche lässig über der einen Schulter, grinste ihr zu. Eigentlich war sie ja wütend auf ihn, weil er sich nach der Landung nicht gemeldet hatte. Doch ihr Gefühl ging mit ihr durch, sie rannte hinaus, auf ihn zu und sprang an ihm hoch, schlang die Beine um ihn wie ein Äffchen. Ihr Kopf lag in seiner Halsbeuge und er roch so gut, nach Freddy, nach seinem holzigen Aftershave und ein bisschen nach Cola. Die letzten Male hatte er sie, wenn sie so an ihm hochgesprungen war, immer fest an sich gedrückt, sich mit ihr im Kreis gedreht und gelacht, aber heute hielt er sie nur fest, und drückte sein Gesicht in ihr Haar. Sofort spürte sie, dass etwas nicht stimmte. Amelie löste sich, ließ sich auf den Boden hinabgleiten, auf den Boden der Tatsachen. Sie spürte es immer sofort, wenn ein Mann sie nicht mehr begehrte. Wenn der Jagdinstinkt erloschen war. Und sie sah es ihm an. Ihren Blick konnte er nicht halten, tat so, als würde er erst mal seine Tasche ablegen wollen. Seine große Reisetasche, die er immer dabeigehabt hatte, die fünf Male, die sie sich bisher auf der Insel gesehen hatten. Oft war es nicht gewesen, seit sie ihn über Matildas Freund Tom kennengelernt hatte. Und immer mit mehrwöchigen Abständen, und nie hatte er ihr irgendetwas versprochen. Dennoch, Amelie hatte sogar einmal überlegt, ihn in München zu überraschen, die Flüge waren ja nicht besonders teuer. Zum Glück hatte sie es nicht getan.

Keiner von beiden sagte einen Ton. Dann riss sich Freddy zusammen. »Gut schaust aus.«

»Und du angestrengt.«

Freddy fuhr sich mit beiden Händen durch sein blondes, längeres Deckhaar. »Mei… lass uns doch ein bisschen zum Strand gehen.«

Amelie zögerte. »Wir können das auch hier sofort klären. Los, spuck's aus!«

»Du wieder. Jetzt komm, ich bin hungrig, gibts unten am Strand irgendwo was zu essen?«

»An dem hier nicht. Nur bei Josy.« Sie zögerte. Sollte sie doch den Schokokuchen mitnehmen? »Hast du Lust auf Josys Schokokuchen?«

»Der ist der Hammer, weißt du doch.«

»Zufällig steht bei mir einer im Laden rum«, erwiderte sie trocken. »Eigentlich ein Jippie-Freddy-kommt-Schokokuchen.«

Er verstand, fuhr sich wieder durchs Haar, überspielte seine Gerührtheit und sein Unwohlsein. »Du bist einfach 'ne Hammerfrau.«

Hoffnung keimte in ihr auf. Was, wenn es gar nichts mit ihr zu tun hatte? Wenn es ihm wegen irgendeiner Sache schlecht ging? Sofort lief sie hinein, holte den Korb mit dem Kuchen hinterm Tresen hervor. »Stell deine Tasche in den Laden, ich mach für ein Stündchen zu.«

»Perfekt. Schon cool, wenn man sein eigener Herr ist.«

»Frau.«

»So schauts aus.« Er lächelte gezwungen. Er schien wirklich etwas Ernstes mit sich herumzutragen.

* * *

Am Strand war ziemlich viel los. Bunte Sonnenschirme steckten im Sand, ein paar Strandmuscheln, Kinder, Mütter, Väter und Pärchen. Ein Mädchen vor ihnen warf eine Schippe nach einem Jungen, der kreischte. Nicht gerade der ideale Ort, um in Ruhe zu reden.

Freddy hatte ihr den Korb mit dem Kuchen abgenommen, Amelie hatte noch zwei Limos aus ihrem Minikühlschrank eingesteckt. Beide sahen sich nach einem ruhigeren Plätzchen um.

»Wenn dir keine eine Schippe an den Kopf werfen soll, sollten wir ein Stück da rüber gehen«, versuchte sie, locker zu klingen.

Normalerweise hätte Freddy einen Spruch dazu gemacht, aber heute wirkte er wirklich angespannt und still.

Amelie atmete kurz durch, ging vor und Freddy folgte ihr. Sie setzte sich in den Sand, denn er sollte erst mal den Kuchen essen, dann ging es ihm vielleicht schon etwas besser, danach konnten sie immer noch den Strand entlang gehen und über sein Problem reden. Hoffentlich war nichts allzu Schreckliches passiert. Vielleicht etwas mit seinen Eltern? Amelie wurde bewusst, dass sie gar nichts über seine Familiensituation wusste. Es hatte ja nur als lockere Affäre begonnen, auch wenn ihr gerade noch klarer wurde, dass sie doch schon mehr für ihn empfand, als ihr lieb war.

Freddy ließ sich neben ihr nieder, fuhr sich wieder durch sein Haar, verstrubbelte es, sagte immer noch nichts. Amelie hob die Pappschachtel, in der sich der Kuchen befand, aus dem Korb, nahm den Deckel ab. Sofort strömte ihr der herrliche Schokoduft entgegen. Mist, kein Messer. Zum Glück hatte Josy mitgedacht und ihn schon in Stücke geschnitten. Sie nahm eines in die Hand und reichte es Freddy. Der zögerte.

»Jetzt nimm schon, Schokolade macht wieder glücklich.«

»Dann iss du zuerst.«

Sie sah ihn alarmiert an. »Wieso? Seh ich so unglücklich aus?«

»Noch nicht.«

Also doch. »Jetzt rede endlich.« Sie spürte, wie sich ihr Puls beschleunigte.

Er räusperte sich. »Na gut. Es tut mir echt leid, aber ich hab dir nie was versprochen. Und du mir auch nicht und wir hatten echt eine super Zeit und viel Spaß.«

Hatten, dachte Amelie. In ihrem Hals formte sich ein Kloß. Freddy fuhr unbehaglich fort. »Es ist so. Eine Fernbeziehung ist einfach nix für mich. Und die Insel ist zwar cool, aber ich lieb die bayerischen Berge, geh da gern radln, viel lieber.«

»Du hast eine andere«, sagte ihm Amelie auf den Kopf zu. Ihre Stimme klang ruhig, aber in ihrem Inneren tobte es.

»Dir kann man eh nix vormachen. Jepp.« Wieder fuhr er sich durchs Haar. »Es ist eine Ex, die hab ich wiedergetroffen. Also lang warn wir damals gar nicht zusammen, die Tanja und ich, aber eben schon. Und die wohnt in München, im Lehel, und ich in Bogenhausen, und des ist einfach viel praktischer.«

Amelie sah ihn verwirrt an. »Praktischer?« So hätte sie ihn wirklich nicht eingeschätzt.

Er lachte bitter auf. »Na ja, wenn der Kleine dann da ist. Oder die Kleine.«

Fassungslos sah Amelie ihn an. »Du kriegst ein Kind?«

Freddy schlug sich jetzt die Hände vors Gesicht, als ob er es selbst nicht fassen könnte. Löste sie wieder, lächelte zerknirscht. »Jo. Und glaub mir, des war so nicht geplant.« Amelie rückte unwillkürlich von ihm weg. Ihre Gedanken rasten. Er bekam ein Kind.

»Aber ich freu mich auch wie narrisch. Weil, ich hätt das im Leben nicht vorgehabt. Und jetzt isses so und das ist *mein* Kind und ich glaub, Amelie, das ist irgendwie verrückt, aber ich habs jetzt schon lieb.«

Dafür mochte sie ihn gleich noch mehr. Wie emotional er sein konnte.

Freddy legte entschuldigend seine Hand auf ihren Arm. »Und dich hab ich auch total gern, verdammt gern sogar. Deshalb wollt ich dir des auch alles persönlich sagen, weil so was per SMS schreiben, ist echt Scheiße. Und ich bin kein Scheißkerl, des ist jetzt eine saudumme Situation. Aber du verstehst des sicher, dass ich mich für mein Kind und für die Tanja entscheiden muss.«

»Klar«, schoss es aus ihr heraus. Und das meinte sie auch so. Amelie nahm sich selbst ein Stück Schokokuchen, biss hinein, atmete den Duft ein, ganz tief. Atmen half, immer, wenn es einem schlecht ging. Schon als Jugendliche, als sie sich so unwohl fühlte in ihrer Haut, hatte es ihr geholfen. Und Nils, ihr Bruder. Er war für sie da gewesen. Aber seitdem kein Mann mehr länger und Nils seit Jahren auch nicht mehr wirklich. Sie verschluckte sich, ein Stück Schokokuchen geriet in ihre Luftröhre und Amelie hustete, japste nach Luft. Freddy klopfte ihr sofort auf den Rücken, aber Amelie rang weiter nach Atem. Strandbesucher, die in ihrer Nähe lagen, sahen zu ihnen. Sie stand hustend auf, beugte sich nach vorne und Freddy stand ebenso sofort auf, klopfte und endlich ging es wieder. Amelie stellte sich hin, sah ihn an, unendlich traurig. Wieder ein Mann, der sie enttäuscht hatte, bei dem eine andere im Spiel war. Wieder ein Mann, der sich nicht für sie entschieden hatte. »Machs gut, Freddy. Werd ein guter Papa. Ich glaub, das wirst du.« Mit diesen Worten drehte sie sich um, ging möglichst würdevoll an den anderen Badegästen vorbei. Das kleine Mädchen von zuvor lächelte sie an, als würde es spüren, wie traurig sie war. Amelie lächelte bemüht zurück. So süß die Kleine, irgendwie beneidete sie Freddy für eine winzige

Sekunde, dass ihm die Entscheidung, ob Kind oder nicht, abgenommen worden war.

Sollte sie jetzt in ihren Laden zurück? Nein, sie musste Dampf ablassen, sich bewegen, wegrennen.

Amelie rannte los. Die paar Meter zum Meer, von dort in die andere Richtung am Wasser entlang. Joggen half, um seinen Frust abzulassen, um tief durchzuatmen, um seinen Körper in einen Modus zu bekommen, dass nichts mehr schmerzte. Das hatte sie auch als Teenager getan, wenn die verkrusteten Hautstellen, die aufgekratzten Wunden, zu sehr wehgetan hatten. Zwar war am Knie beim Joggen immer wieder mal eine Kruste aufgerissen, aber Amelie nahm es in Kauf, liebte es, zu rennen, immer weiter, immer weiter. Jetzt wurde sie auch immer schneller, versuchte, ihren Gefühlen davonzurennen, doch es gelang nicht. Ihre Enttäuschung, ihre Wut pochten und mit jedem Schritt tat es weh. Immer wieder mussten Badegäste vor ihr ausweichen, sie selbst auch, vor allem wich sie kleinen Kindern aus, die hier am Wasserrand spielten. So viele Kinder, dachte Amelie traurig, fast jeder hatte welche, so kam es ihr gerade vor. Amelie rannte weiter, geriet immer mehr außer Atem. Sie hatte keinen heimlichen Kinderwunsch, hatte, um ehrlich zu sein, nie ernsthaft darüber nachgedacht, weil es kein Thema war in ihrem Leben, so ohne Mann.

Plötzlich stieß sie mit einem Kerl zusammen, der ihr nicht rechtzeitig aus dem Weg gegangen war, den sie selbst zu spät registriert hatte. Sie prallte gegen seinen Körper, strauchelte. Er hielt sie reflexartig an den Armen fest, damit sie nicht umfiel. Ein sportlicher, großer Typ, braune Haare, blaue Augen, die sie besorgt ansahen.

»Hey, hoppla. Alles gut?«

Aufgewühlt machte sie ihre Arme los. »Alles super! Lassen Sie mich los!«

»Ich wollte Ihnen nur Halt geben.«

»Ich brauch keinen männlichen Halt!«, entfuhr es ihr.

Er hob entschuldigend seine Hände. »Wie gesagt, ich wollte nur helfen.«

»Seh ich hilfsbedürftig aus? Was Kerle immer denken …«

Ein junger Mann stand neben ihnen, grinste und kommentierte: »Und wieso manche Frauen immer ihre Krallen ausfahren müssen.«

Amelie warf ihm einen wütenden Blick zu, sah dann wieder zu dem Kerl, den sie angerempelt hatte und der jetzt auch schmunzelte. Sie drehte sich um und rannte weiter, nur weg aus dieser peinlichen Situation. Sie rannte. Immer schneller, wich den Menschen am Strand aus, wäre jetzt am liebsten ganz allein auf dieser Welt. Sie bekam keine Luft mehr, musste anhalten, stützte die Arme auf den Knien auf und keuchte. Dabei sah sie aufs Meer, atmete den salzigen, vertrauten Geruch ein, drehte sich zum Meer, ging hinein, in ihren Klamotten, ging immer weiter und tauchte schließlich mit einem Köpfer ganz unter Wasser.

Kapitel 5

Das kühle Nass umfing ihn. Dennis hatte sich seine Badehose angezogen, war mit Anlauf und mit einem Köpfer in den Pool auf der Finca gesprungen, tauchte die ganze Bahn hindurch, wollte bis zum anderen Beckenrand. Er liebte diese Stille unter Wasser. Dennis war Taucher, hatte auch in Afrika schon den ein oder anderen Tauchspot erkundet. Linda hatte ihn auf diese zweite Dimension gestoßen. Diese zweite Welt, die sich unter Wasser auftat. Er hatte Buckelwale in Madagaskar gesehen, Lederschildkröten in Tansania und weiße Haie in Südafrika. Sie hatten ihm keine Angst gemacht, Angst hatte er nur davor, wieder so sehr zu lieben, so sehr, wie er Linda geliebt hatte. Um dann von einem Tag auf den anderen, ohne Vorwarnung, verlassen zu werden. Es hatte ihn an den Tag erinnert, an dem seine Mutter gestorben war. Morgens hatte er sie noch umarmt, ihren Duft nach Vanille gerochen, denn er war zu Hause auf Besuch gewesen. Am Mittag kam dann der Anruf aus dem Krankenhaus. Sie war beim Einkaufen zusammengebrochen, Herzinfarkt, die Ärzte hatten ihr nicht mehr helfen können. Er vermisste sie, fast jeden Tag. Denn seine Mutter war seine Vertraute gewesen. Die Frau, die er am meisten liebte. Aber auch sie hatte ihn viel zu früh verlassen.

Am anderen Beckenrand angekommen, tauchte er wieder auf, holte Luft. Wie gut diese kleine Abkühlung tat nach der Reise. Nils saß auf einer Liege am Beckenrand, das Handy in der Hand wie fast immer, beobachtete ihn.

»Komm rein, das bringt dich auf andere Gedanken«, rief Dennis ihm zu. »Und leg das Ding weg, wir sind im Urlaub. Du zumindest.«

Nils legte es neben sich auf die Liege. »Und woher willst du wissen, was ich denke?«

»Stimmt, du sagst es mir ja nicht«, erwiderte Dennis. »Obwohl dich irgendetwas ziemlich zu beschäftigen scheint.« Er stemmte sich aus dem Pool, setzte sich auf den Beckenrand. »Manchmal tut es gut, nichts zu denken. Und unter Wasser geht das prima.«

»Bin nicht so die Wasserratte«, erwiderte Nils nur. Wie verschieden die Menschen sein konnten. Dennis liebte das Meer, andere Gewässer auch. Die Unterwasserwelt Mallorcas sollte auch nicht schlecht sein, es gab eine große Artenvielfalt, Grotten, Höhlen und sogar Delfine, hatte er gelesen.

Dennis stand auf, ging zu Nils, neben dem eine zweite Liege stand. Er nahm sein Handtuch, das er dort abgelegt hatte, trocknete sich etwas ab und legte sich zu ihm in die Sonne.

»Jetzt sag schon, wie ist deine Schwester noch so? Auf was muss ich achten, was sollte ich auf keinen Fall sagen?«

Nils überlegte. »Amelie ist cool. Ich wüsste nichts, was du nicht sagen darfst. Obwohl …«

»Obwohl was?«

»Sie kann auch ziemlich nachtragend sein.«

»Aha. Okay. Nun ja, ich bin einfach normal nett zu ihr, es ist ja nur ein Gefallen dir zuliebe, sie wird mich schon nicht auffressen und mir irgendwas bis ans Ende meines Lebens nachtragen.«

»Hoffen wir es mal, fühlt sich nicht so gut an.«

Dennis sah ihn fragend an, aber Nils machte auch schon wieder zu.

»Ist echt nett von dir, Kumpel«, bedankte sich Nils.

Dennis sah ihn an. »Dafür sind Freunde da. Fällt dir sonst noch was ein zu ihr, was ich einbauen könnte?«

»Jede Menge«, brach es aus Nils heraus. »Sie ist toll. Umwerfend. Wenn sie lacht, dann fühlt sich das an, als würde der Himmel noch blauer werden.«

Dennis sah ihn forschend an. »Klingt wirklich toll.«

»Ich will einfach nur, dass es ihr gut geht«, sagte Nils schnell.

* * *

Aufgelöst, nass und leicht zitternd stand Amelie bei Josy im Café und fühlte sich wie ein ausgewrungenes Handtuch, das einer achtlos auf den Boden geworfen hatte. Ihre hellblonden Haare hingen in nassen Strähnen in ihr Gesicht. Sie trug immer noch die nassen Klamotten, in denen sie im Meer gewesen war. Um sie herum hatte sich eine kleine Pfütze gebildet. »So ein mieser Schuft!«, erklärte Josy.

Aber Amelie schüttelte nur den Kopf. »Er steht zu seinem Kind, das geht vor. Und die andere auch.«

Matilda kam dazu, Josy hatte alle per Kurznachricht zusammengetrommelt, wie sie es immer taten, wenn etwas geschehen war oder es etwas zu besprechen gab. Liz kam kurz nach ihr ins Café. Sie wussten schon durch die Nachricht Bescheid, dass es aus war mit Freddy. Josy war inzwischen zu Amelie getreten, stand eng bei ihr, streichelte ihr über den Arm. Die beiden anderen gingen sofort zu Amelie, umarmten sie abwechselnd, ignorierten ihre nassen Sachen.

»Ich hab es sofort gespürt, dass er eine andere hat, sofort, als ich ihn umarmt habe«, erzählte Amelie gerade tonlos. Liz verstand. »Das tut mir so leid.«

»Und mir erst«, pflichtete Matilda ihr bei. »Und es ist mir so unangenehm«, gestand sie, »weil Freddy Toms bester Freund ist. Aber ich wusste nichts von einer anderen, das musst du mir glauben.«

»Kein Thema, natürlich nicht«, versuchte Amelie, stark zu sein.

»Und Tom bestimmt auch nicht, sonst hätte er Freddy gesagt, dass er sofort mit dir reden soll.«

»Wir hatten keine feste Beziehung, nur was Lockeres, Spaßiges. Insofern, alles cool.« Die anderen blickten sich betreten an, wie sie aus den Augenwinkeln sah. Amelie wischte sich über die Augen. Sie versuchte wirklich, sich zusammenzureißen. »Das Gute ist ja jetzt«, fuhr sie tapfer fort, »dass Freddy Vater wird. Damit ist es für mich komplett gegessen und ich steigere mich in nichts rein, Indianerehrenwort.«

»Und damit ist auch klar, dass es nichts mit dir zu tun hat«, versuchte Josy, sie aufzubauen.

»Exakt.« Amelie straffte sich, sah genau, dass die Freundinnen sich erneut besorgte Blicke zuwarfen.

»Magst du einen Schokokeks?«, fragte Josy nach.

»Oh nein, danke, das erinnert mich zu sehr an den Happyschokokuchen für Freddy. Der Rest steht bei ihm am Strand. Oder wo auch immer.«

Liz schlug vor: »Was haltet ihr davon, wenn wir unsere Läden heute etwas früher schließen und etwas zusammen unternehmen? Gemeinschaft hilft vielleicht ein bisschen.«

Matilda stimmte sofort zu. »Das machen wir. Und wo wollen wir hin?«

»Das müsst ihr nicht«, widersprach Amelie.

»Das wollen wir aber«, entgegnete Liz. »Cristian hat mir von einer Aloe Vera Farm erzählt, auf der ein Bekannter von ihm arbeitet. Das wäre doch was für Amelie, Aloe-Vera-Produkte von der Insel für deinen Laden. Oder kennst du die schon?«

»Nein. Aloe Vera wächst auf Mallorca?«, fragte Amelie verwundert.

Josy fand: »Das klingt spitze. Gut, dass du mit einem Mallorquiner zusammen bist, Liz.«

Matilda gestand: »Ich wusste es ehrlich gesagt auch nicht, obwohl ich Mallorquinerin bin. Aloe Vera anzubauen ist nicht gerade typisch für Mallorca. Orangen, wie mein Papa, ja, aber eine Wüstenpflanze, die gibt es doch eher in Ost- und Südafrika, so viel ich weiß.«

»Ja, scheint eine abgefahrene Idee eines deutschen Pärchens gewesen zu sein, wie Cristian meinte. Das hat Aloe-Vera-Pflanzen von einer Kooperative auf den Kanaren, die pleiteging, aufgekauft. Aber was noch besser klingt«, fuhr Liz lächelnd fort, »Cristian meinte, dass der Bekannte mit der Betreiberin zusammen eine kleine Aloe-Vera-Wellness-Oase errichtet hat. Einen Spa.«

Josy gefiel das. »Einen Spa? Eine Wellness-Oase? Genau das Richtige für uns, für dich, Amelie. Was meinst du?«

Die zögerte, sah in die Gesichter ihrer Freundinnen. Sie wollten sie aufbauen, das war so lieb von ihnen.

Josy fügte hinzu: »Wir lassen dich jetzt auf keinen Fall allein nach Hause gehen und Trübsal blasen.«

Amelie hatte auch keine Lust darauf, allein zu Hause zu sitzen. Und die Aussicht auf einen Abend im Spa klang tatsächlich verlockend. »Na guuut, wenn ihr unbedingt wellnessen wollt, tu ich euch den Gefallen.«

»Oh danke«, erwiderte Matilda erfreut. »Das wird dir guttun.« Dann fiel ihr ein: »Meinst du, der hat am frühen Abend überhaupt noch auf, Liz?«

Die zuckte mit den Schultern, nahm ihr Handy und googelte nach der Nummer. »Das erfahren wir gleich, Mädels.«

* * *

In Josys Jeep fuhren die Freundinnen alle zusammen in Richtung Aloe Vera Farm. Ein Song aus Josys Playlist erklang, ein Gute-Laune-Song. Amelie saß hinten neben Liz, Matilda auf dem Beifahrersitz. Wie lieb von ihnen, dass sie sich gleich so um sie kümmerten. Auch wenn es sich Amelie nicht eingestehen wollte, das mit Freddy tat weh, sehr weh sogar.

Die Aloe Vera Farm lag in der Nähe von Santa Margalida, etwas weiter im Norden. Liz las am Handy aus dem Internet vor. »Wisst ihr, was man aus Aloe Vera alles machen kann? Einmal ist es natürlich super bei Sonnenbrand, kühlt und heilt die Haut, aber man kann auch Marmelade, Sirup, Blütengeist, Blütenlikör und Blütengrappa herstellen.«

»Blütengrappa nehm ich«, erklärte Amelie trocken.

»Nichts da, Alkohol ist auch keine Lösung«, widersprach Josy. »Wir sind deine Lösung. Und irgendwann der richtige Typ.«

»Ich dachte, *du* verstehst mich wenigstens, wo du doch auch jahrelang gedacht hast, beziehungsunfähig zu sein«, erwiderte Amelie. »Genau wie Freddy übrigens. Und ich jetzt auch.«

»Ja, hab ich, aber du siehst ja, was aus mir geworden ist«, scherzte Josy. »Superhappy mit Eric bin ich, und das war ja wirklich nicht zu erwarten am Anfang. Deshalb bin ich mir sicher, dass es auch dich irgendwann trifft.«

»Amors Pfeil und so?« Amelie schüttelte ungläubig den Kopf. »Dafür hab ich schon zu viel Mist erlebt. Aber lasst uns bitte nicht mehr über Freddy sprechen heute, okay?«

»Wenn du das nicht willst …« Matilda drehte sich zu ihr, lächelte sie lieb an. »Gut, dass dein Bruder jetzt da ist, das lenkt dich ab.«

»Na toll. Mit ihm ist es ja *noch* komplizierter. Der sagt nicht mal, was los ist.«

»Ich bin mir sicher, dass er gekommen ist, weil er mit dir reden will.«

»Klar. Und deshalb will er heute noch seine Ruhe vor seiner unmöglichen Schwester.«

»Ach, Amelie«, sagte Liz. »Versprich mir bitte, dass du nicht alles auf dich beziehst. Meist steckt ein Problem des anderen dahinter, wenn einer seltsam ist. So wie bei Freddy. Und du wirst sehen, bei deinem Bruder ist es ähnlich. Du bist so eine herzliche Frau, immer für alle da, du musst dir ganz sicher nichts vorwerfen.«

»Ich wüsste zumindest tatsächlich nicht, was es sein könnte.«

* * *

»Wow, seht mal!« Josy lenkte den Wagen an einem großen Feld, auf dem Aloe-Vera-Pflanzen in Reih und Glied standen, entlang, fuhr dann auf eine Art großes Gewächshaus zu und parkte dort. Einem Schild nach gab es hier auch Aloe-Vera-Produkte zu kaufen. Die Farm schloss zwar für Touristen um siebzehn Uhr ihre Pforten, aber Liz hatte mit einem gewissen Yago am Telefon abgemacht, dass sie auch noch ein Stündchen später kommen konnten. Er hatte sich sofort an Cristian, den Olivenbauern, erinnert, den er von einem Markt in Palma kannte.

Die Freundinnen stiegen angetan aus.

»Das sieht ja wirklich aus wie eine professionelle Plantage«, erklärte Matilda.

»Das stimmt, da drin ist laut Internet auch der Verkaufsraum für Touristen und es gibt einen Rundgang über die Farm. Soll wohl auch sehr interessant für Kinder sein. Dauert nur zehn Minuten. Es sind Schautafeln angebracht, durch die man die tollen Eigenschaften dieser Wunderpflanze erfährt.«

»Perfekt. Wenn das so ist, sehe ich mir die Aloe-Vera-Produkte mal genauer an, ich beziehe ja am liebsten alles von der Insel«, erklärte Amelie.

»Genau, unsere mallorquinischen Besonderheiten in den Läden sollten, wenn möglich, aus Mallorca stammen. Sind sogar bio, klingt also richtig gut«, erwiderte Liz.

»Du klingst wie eine top Verkäuferin«, stellte Amelie fest.

»Bin ich ja auch«, erklärte Liz amüsiert. »Die Olivenprodukte in meinem Laden gehen weg wie geschnitten Brot mit Olivenmus«, scherzte sie.

Alle, auch Amelie, mussten lachen. Wie gut ihr dieser kleine Ausflug jetzt schon tat! Zusammen mit ihren Freundinnen sah die Welt schon wieder etwas rosiger aus.

Ein attraktiver, dunkelhaariger Mann in ihrem Alter kam auf sie zu. Er trug ein T-Shirt, seine braun gebrannte Haut schimmerte in der Abendsonne.

»Hola«, begrüßte er sie und redete auf Englisch weiter. »Kann ich Ihnen helfen?«

Liz trat vor, erklärte auf Englisch, dass sie zuvor mit einem Yago telefoniert hatte, und fragte, wo sie ihn finden könne.

»Steht vor euch«, erwiderte er auf Deutsch mit mallorquinischem Akzent und lächelte sympathisch.

Josy rempelte Amelie an und flüsterte: »Wenn eine Tür zugeht, geht eine andere sperrangelweit auf.«

»Hör mir bloß auf mit Kerlen«, entgegnete Amelie leise amüsiert. Forsch wandte sie sich an diesen Yago: »Wo geht es denn hier zur Wellness-Oase?«

Yago sah sie an, lächelte. Deutete dann mit der Hand nach links. »Da entlang. Sie ist ganz neu, ihr seid die ersten Gäste.«

Er ging vor und die Frauen folgten ihm. Der Weg führte an den Aloe-Vera-Pflanzen vorbei. Königlich standen sie da, genossen die Abendsonne.

Es war ein ziemlich großes Feld voller Pflanzen. Eine Frau, vermutlich Ende sechzig, trat aus einem angrenzenden Bungalow zu ihnen und stellte sich als die Besitzerin vor.

»Herzlich willkommen, ich bin Beatrix, aus Freiburg. Yago hat mir erzählt, dass gleich ein paar deutsche Frauen kommen.«

Liz unterhielt sich sofort nett mit ihr und sie erfuhren, dass Beatrix die Aloe Vera Farm vor ein paar Jahren mit ihrem inzwischen verstorbenen Mann gegründet hatte. »Wir wollten ein anderes Leben und wir haben es nicht bereut. Jetzt muss ich leider wieder, ich habe was auf dem Herd, aber Yago wird euch den Wellnessbereich zeigen«, erklärte sie. »Der Spa-Bereich und die Kosmetiklinie waren seine Idee und ich lasse ihn da machen. Seit mein Mann tot ist, arbeitet Yago hier und ich bin sehr dankbar für seine Hilfe. Entspannt euch und genießt die Zeit.«

Amelie war die Frau sofort sympathisch. Auch eine Auswanderin, wie es viele gab auf Mallorca. Auch eine Frau, die ein besonderes Leben wollte. Die Freundinnen bedankten sich, verabschiedeten sich von ihr, folgten Yago zu einem kleinen Steinhaus im typisch mallorquinischen Stil, das früher vermutlich mal ein Stall oder Gartenhaus gewesen war. Auf einem Schild stand »Wellness-Oase«, dazu eine gemalte Aloe Vera. Yago wandte sich an die Frauen. »Kommt rein und fühlt euch wohl.«

Sie folgten ihm in das Innere des Steinhauses, neben dem ein gläserner Anbau errichtet worden war. Die Seitenfenster standen offen. Es war alles gemütlich beleuchtet. An der einen Seite, unter dem Glasdach, stand ein Whirlpool, auf der anderen Seite befanden sich sechs Saunaliegen. Es duftete leicht süßlich nach Aloe Vera. Frisch und erfrischend. Außerdem gab es eine Palme, die an einem der offenen Fenster stand, das einen weiten Blick auf die Aloe-Vera-Pflanzen in der rötlichen Erde bot. In einem Bambusregal lagen mehrere sorgsam gefaltete weiße Frotteehandtücher, in einem anderen standen verschiedene Aloe-Vera-Pflegeprodukte. Inmitten dieser Plantage wirkte dieser Wellnessbereich wirklich wie eine kleine Wohlfühl-Oase. Yago erklärte, dass die Glasfront im Winter geschlossen wurde und man den Spa so auch im mallorquinischen Winter nutzen konnte. Und dass man von hier einen spektakulären Sonnenuntergang sah. »Ihr müsst nur noch ein bisschen warten. Ich will, wenn es früher dunkel wird, auch Sundowner-Spa-Zeiten anbieten. Ach, und in den Whirlpool, der jetzt kaum geheizt ist, habe ich eine Aloe-Vera-Badelotion gegeben, danach fühlt sich die Haut wie um zehn Jahre verjüngt an.«

Amelie sah Yago neugierig an. Sie schätzte ihn ein paar Jahre jünger, als sie selbst war. »Dann hast du sehr oft in Aloe Vera gebadet, hab ich recht?«, fragte sie trocken. Er lachte, verriet sein Alter aber nicht.

Yago zeigte ihnen die anderen Pflegeprodukte und Amelie hörte genau zu. Würde er jetzt hierbleiben, während sich alle die Bikinis anzogen? Sie hatten sie vorsorglich alle eingesteckt. Zum Glück hatte jede der Frauen in ihrem Laden einen Bikini deponiert, falls sie in der Mittagspause kurz im Meer schwimmen gehen wollten.

»Das sieht wirklich alles toll aus«, befand Liz. »Auf in den Aloe-Vera-Whirlpool, dann sehen wir zehn Jahre jünger aus.«

»Du willst Cristian also mit deinem jugendlichen Aussehen überraschen?«, scherzte Josy.

Alle lachten. »Ganz genau.«

Yago erklärte: »Ihr könnt die Oase heute gerne nutzen, so lange ihr wollt. Ich habe ein kleines Appartement am Bungalow, dort findet ihr mich, wenn ihr fertig seid.«

»Oh danke, das ist ja nett.«

Yago fuhr fort: »Hinter dem Haus gibt es auch noch ein paar Liegen, falls jemand mit Aloe-Vera-Gesichtsmaske lieber draußen liegen möchte.« Er grinste. »Und falls es euch gefällt, würden wir uns über ein paar nette Bewertungen freuen.«

»Wird gemacht, wir wissen, wie wichtig das ist«, erklärte Josy. »Und so hübsch, wie das hier alles aussieht, nehme ich diese Aloe-Vera-Spa-Tour gern in mein Tourenprogramm auf.

Ich habe nämlich einen Laden und biete verschiedene Touren auf der Insel zu Wasser und zu Land an.«

»Perfekt, danke, darüber sollten wir uns noch ausführlich unterhalten.«

Er zeigte ihnen die Pflegeprodukte, die zum gebuchten Verwöhnprogramm gehörten, ging dann diskret, um die Frauen sich umziehen und in den Whirlpool gehen zu lassen.

Fröhlich zogen sie sich aus, stiegen in den Pool. Das Wasser war angenehm warm und man spürte sofort, dass es mit einer Lotion angereichert worden war.

»Herrlich, ich fühle mich jetzt schon wie Kleopatra«, erklärte Josy.

»Das war die beste Idee ever, Liz«, befand Amelie. »Was brauchen wir Freddys, wenn wir uns haben und ein Aloe-Vera-Bad?« Die Frauen lachten und genossen das leicht blubbernde Wasser.

Am liebsten wäre Amelie ewig mit ihren Freundinnen hier dringeblieben, fühlte sich geborgen und geliebt. Genau das hatte sie jetzt gebraucht. Sanfte Musik erklang, Yago hatte offenbar an alles gedacht. Die Frauen redeten kaum, genossen das blubbernde, duftende Wasser, die Musik und entspannten. Aber irgendwann würde ihre Haut schrumpelig werden und genau, als sie das dachten, ging der Timer, den Yago gestellt hatte. Die Freundinnen entstiegen dem Bad, trockneten sich mit den weißen, flauschigen Handtüchern ab, rieben sich mit der Aloe-Vera-Körperlotion ein, wie Yago ihnen noch empfohlen hatte, wickelten die weißen Handtücher um ihren Körper, legten eine Aloe-Vera-Gesichtspackung auf und gingen weißgesichtig hinaus auf die Liegen am Steinhaus. Die Luft war warm und sie wollten den Himmel über sich genießen. »Ich bin so tiefenentspannt wie eine Raupe nach dem Yoga«, sagte Amelie wohlig. Mit geschlossenen Augen lagen die Freundinnen kurz darauf auf den Liegen und eine Weile sagte keine von ihnen etwas.

Amelie versuchte, ihre Gedanken von Freddy wegzulenken, im Hier und Jetzt zu sein, was man viel öfter tun sollte. Erst recht, wenn man in einer Wohlfühl-Oase lag. Perfektes Marketing, dachte sie, um die Aloe-Vera-Produkte zu verkaufen. Sie wollte sich jetzt ganz auf ihren Laden konzentrieren, das Duftmarketing vorantreiben und sich auch sonst ein paar neue Marketingaktionen überlegen. Erfahrung hatte sie ja genug. In Hamburg war sie lange Marketingmanagerin gewesen. Zuletzt bei einer angesagten Werbeagentur, ein hammerharter Job, der ihre Hauterkrankung wieder aufblühen lassen hatte. Als Kind, als sie von Mitschülern ausgegrenzt worden war, hatte sie das erste Mal so einen starken Hautausschlag bekommen, der juckte und brannte. An ihrer Hautoberfläche hatten sich Schwellungen und Quaddeln gebildet und natürlich hatte sie gekratzt, vor allem nachts. Natürlich hatte es geblutet, sehr sogar. An ihren Oberschenkeln und Armen besonders, und teilweise gab es große blutige Flächen an ihren Beinen. Ihre Mutter war wie Amelie völlig verzweifelt gewesen, rannte mit ihr von Arzt zu Arzt. »Nesselsucht« lautete endlich die Diagnose und als Ursache wurde das Cortison vermutet, das sie zuvor wegen einer Atemwegserkrankung von einem Arzt verschrieben bekommen hatte. Auch Medikamente lösten Nesselsucht aus, hatten sie damals erfahren. Ihre Mutter versuchte es mit Schwarzteewickeln, die den Juckreiz tatsächlich linderten, aber so richtig beruhigte sich Amelies Haut nicht. Erst eine Antihistamintablette brachte etwas Linderung. Lange Jahre flammte die Nesselsucht immer wieder auf, auch in der Pubertät hatte Amelie damit zu kämpfen. Jedes Mal, wenn sie besonders unter psychischem Stress stand, kam der nässende, juckende Hautausschlag wieder. Vor allem an den Armen und Beinen, und so schämte sie sich lange, sich im Sommer in kurzer

Kleidung zu zeigen oder im Bikini. Die Nesselsucht, die dann vor vier Jahren erneut durch den Stress im Job so stark ausgebrochen war, hatte bei ihr tiefe Spuren hinterlassen. Inzwischen sah man nur noch, wenn man ganz genau hinsah, dass von den aufgekratzten Wunden ein paar Narben geblieben waren, aber man konnte sie sehen, die kleinen weißen Narbenpunkte, immer noch.

Ihre Haut war für sie schon lange ein großes Thema. Auch ein Grund, warum sie sich entschieden hatte, in ihrem Laden Naturkosmetik anzubieten. Denn erst seitdem sie diese selbst anwendete und vor allem, seit sie eine homöopathische Salbe und passende Globuli gegen Nesselsucht verwendet hatte, ein Tipp von einer Freundin, hatte sich ihre Haut langfristig beruhigt. Auch dass Amelie auf Mallorca in der Sonne lebte, im Meer badete, und sich wohlfühlte mit ihren Freundinnen und ihrem Laden, hatte ihrer Haut sicher sehr geholfen. Sie wusste, wie viele Menschen unter verschiedenen Hauterkrankungen litten. Wie sehr das die Psyche mitunter belasten konnte. Amelie wollte mit ihren kosmetischen Naturprodukten und Aromaölen einen kleinen Beitrag dazu leisten, dass sich Frauen, Männer und vor allem auch Kinder in ihrer Haut wieder wohler fühlten. So viele Kinder hatten schon Probleme mit der Haut, Amelie hatte das Gefühl, als nehme das zu. Aloe Vera, die die Haut beruhigte, war also genau ihr Ding. Dass diese Pflanze auch auf Mallorca angebaut wurde, fand sie höchst spannend und perfekt für ihren Laden. Gleich morgen würde sie mit Yago über eine Kooperation sprechen.

Morgen. Morgen würde ein Journalist kommen, fiel ihr siedend heiß ein, der eine Story in einer großen Hamburger Zeitung über ihren Laden herausbringen wollte. Vor lauter Freddy und der plötzlichen Ankunft ihres Bruders hatte sie das völlig vergessen. Vor ein paar Tagen war eine Mail von diesem Journalisten gekommen, und natürlich hatte sie sofort Ja gesagt und gefragt, ob sie die Story bei zwei Inselmagazinen ankündigen dürfe, ob diese dann etwas darüber bringen dürften, dass ihr Laden in einer großen Hamburger Zeitung besprochen werde. Der freie Journalist hatte eingewilligt und jetzt würde über seinen Artikel auch auf der Insel berichtet. Eine Story über die Story.

Amelie dachte nach. Besser wäre natürlich, er würde auch über die Läden der Freundinnen schreiben, das würde sie ihm morgen schon beibringen. Im Herumbossen war sie ja gut, wie ihr die Freundinnen immer mal wieder bescheinigten. Sofort dachte sie an Freddy, der genau das an ihr »saugut« fand, wie er einmal gesagt hatte. »Endlich mal eine Frau, die sagt, wo's langgeht«, hatte er erklärt und sie niedergeküsst. Kaum hatte sie das gedacht, tat es sofort wieder weh und fast spürte sie seine weichen Lippen auf ihren.

Kapitel 6

Behaarte Lippen eines Esels groß im Bild. Die Morgensonne sorgte für das perfekte Licht im Hintergrund. Dennis zoomte mit seiner Fotokamera noch näher an das Eselsmaul heran, sodass man die einzelnen Haare um die weich aussehenden grauen Lippen sehen konnte. Er hatte schon als Kind die Mäuler von Eseln und Kamelen gemocht. Sie sahen so gemütlich, friedfertig aus. Er drückte auf den Auslöser. Einen Preis für das schönste Foto würde er mit Picassos Maul nicht bekommen, aber eine Erinnerung an diese Finca mit den Tieren war ja auch nicht schlecht. Dennis musste gähnen. Er hatte nicht besonders geschlafen diese Nacht, neben Nils, der geschnarcht und seinen Arm immer wieder im Schlaf in seinen Rücken gebohrt hatte. Dazu noch die Erschöpfung der letzten Wochen, ja sogar Monate. Er hatte viel gearbeitet, einen Job nach dem anderen angenommen, nur um nicht nachdenken zu müssen, über sich und sein Leben. Jetzt war es wirklich einmal Zeit, dies zu tun und die Sonne und das Meer zu genießen. Der mallorquinische Esel schnaubte, sodass die Lippen vibrierten. Er sah ihn mit seinen dunklen Augen an. Diese Wimpern! »Du hast es gut«, sagte Dennis zu ihm. »Du bekommst jeden Tag zu fressen, hast ein schönes Gehege und lebst auf dieser traumhaften Insel.«

Er hörte ein Räuspern hinter sich. Dennis drehte sich um, da stand Cristian.

»Äh, ich rede normal nicht mit Eseln«, entschuldigte sich Dennis.

»Ach, das tut doch jeder mal«, erwiderte Cristian amüsiert.

Dennis verstand die Zweideutigkeit, gab ihm grinsend recht.

»Du beneidest den Esel, würdest also auch gern hier leben?«, fragte Cristian nach. »Was hält dich davon ab?«

»Tja. Gute Frage. Meine Auftraggeber sind in Deutschland, meine Wohnung ist es auch. So eine günstige finde ich nicht wieder in Hamburg.«

»Mehr hält dich nicht?«, hakte Cristian nach.

Dennis sah ihn nachdenklich an, schüttelte betreten den Kopf. »Freunde vielleicht. Ein paar. Aber keine Familie.«

Cristian hob entschuldigend die Hände. »Ich wollte dir nicht zu nahe treten.«

»Kein Ding. Ist das Frühstück fertig?«, lenkte er ab.

»Ja, Nils wartet schon, die anderen Gäste sind ganz früh ins Tramuntana-Gebirge aufgebrochen.«

»So früh aufstehen, das ist nichts für mich im Urlaub. Wenn ich heute nicht noch einen Termin hätte, würde ich auch noch schlafen.«

Cristian hakte nicht weiter nach, trat zu Picasso, streichelte ihm über das Maul. »Dann bekommst du jetzt auch dein Frühstück«, sagte er, wandte sich zu Dennis. »Ich komme gleich zu euch, der Tisch ist gedeckt und Kaffee bereite ich gleich zu.«

»Alles klar.« Dennis packte seine Kamera zusammen, ging den Weg zurück zum Haus.

Auf der Terrasse unter den Weinreben saß Nils, am Handy daddelnd, an einem reich gedeckten Frühstückstisch. Weintrauben, Erdbeeren, Melone, Manchego-Käse, frische Ensaimadas standen da.

»Moin moin«, grüßte Dennis ihn. Zuvor hatte Nils tief und fest geschlafen.

»Guten Morgen.« Nils sah auf. Er sah müde aus, noch angespannter als gestern.

»Alles klar bei dir?«, erkundigte sich Dennis.

»Mmhm, Kaffee bekommen wir gleich frisch von Cristian«, erklärte Nils. »Nimmst du Café con leche oder Café solo?«

»Ich bin eher der Solotyp«, erwiderte Dennis, setzte sich und steckte sich ein Stück Melone in den Mund. Sie schmeckte tausendmal besser als in Deutschland. Intensiver, und sie roch mehr nach Melone.

Cristian kam vom Stall dazu, fragte, welche Art Kaffee sie bevorzugten, und ging hinein, um ihn zuzubereiten.

Dennis nahm sich schon mal ein Ensaimada, roch daran. Er kannte die Teigteilchen aus dem Fernsehen, hatte aber noch nie eines gegessen. »Riecht köstlich.«

»Fang ruhig schon an«, entgegnete Nils und starrte weiter nachdenklich vor sich hin.

»Jetzt sag endlich, was dich umtreibt.«

»Ich hab keinen Hunger«, entgegnete Nils nur.

»Aha. Und warum?«

»Vielleicht weil ich heute Mittag meine Schwester treffe.«

Dennis biss in das Ensaimada, ließ sich den Geschmack auf der Zunge zergehen. »Ich denke, sie ist so eine klasse Frau?«

»Eben drum.« Nils schwieg und Dennis hatte keine Lust mehr, nachzufragen.

Cristian brachte kurz darauf den Kaffee, stellte vor jeden der beiden eine Tasse. Der Kaffee roch herrlich, irgendwie schien hier alles ein wenig intensiver und reicher zu duften und zu schmecken als zu Hause. Dennis bedankte sich, trank einen Schluck. Es gab wenige Hotels, in denen ihm der Kaffee schmeckte. Aber in dieser Finca war er genau nach seinem Geschmack.

»Könntest du meine Schwester bitte groß rausbringen?«, fragte Nils jetzt.

Dennis verschluckte sich am Kaffee, hustete. »Was? Ich dachte, das ist ein ganz normaler Job. Du hast mich darum gebeten, nur dir zuliebe schieb ich den in meinen Urlaub ein.«

»Schon gut, sorry, ich will ihr einfach nur einen Gefallen tun.«

Dennis stellte seine Kaffeetasse ab. »Ist sie denn hübsch? Also ich meine, fotogen?«

»Hübsch auf jeden Fall. Und auf Fotos sah sie schon immer super aus.«

Dennis musste schmunzeln. Dieses Geschwisterverhältnis kam ihm immer seltsamer vor. »Ich bin ja ein guter Fotograf, hole schon was aus ihr raus. Wenn sie aber genauso griesgrämig guckt wie du, seit wir auf der Insel sind, wird das schwierig. Da kann man noch so gut aussehen.«

Nils sah ihn sofort bemüht lächelnd an. »Tut sie nicht. Du bist ja ein wichtiger Typ für sie. Und Marketing kann Amelie, sie ist bestimmt extrem charmant zu dir.«

* * *

Amelie starrte unwohl zur Tür ihres Ladens. Denn da war gerade dieser Kerl vom Strand aufgetaucht, den sie beim Joggen fast umgerannt hätte. Er starrte sie mindestens genauso verblüfft an, wie sie vermutlich ihn. Sie dachte an ihren peinlichen Auftritt am Meer, riss sich aber zusammen, reichte einer Kundin in Surferklamotten die eben gekaufte Mandelcreme, die diese dankend entgegennahm und umständlich in ihre Tasche steckte.

Amelie hatte sich für den Termin mit dem Journalisten zurechtgemacht, trug ein blaues Sommerkleid, hatte ihr blondes Haar locker hochgesteckt. Dennoch wurde ihr gerade heiß, denn dieser Kerl vom Strand war jetzt in den Laden getreten und sah sie einfach nur wortlos an und wartete, solange sie die Kundin bediente. Was musste er ausgerechnet jetzt hier auftauchen, wo gleich der Journalist kommen würde?

Über der Schulter trug er eine Kameratasche. Wieder so ein Tourist, der die Welt nur durch eine Linse sehen wollte, anstatt sich auf das Leben im Hier und Jetzt einzulassen, dachte sie.

Endlich hatte die Kundin die Creme verstaut und erklärte: »Diese Creme duftet so herrlich nach Mandeln.«

Amelie lächelte professionell. »Ja, der Duft ist wunderbar, die Mandeln stammen aus Mallorca.«

»Und die ist wirklich gut für empfindliche Haut?«

»Ja, sehr gut. Ich habe selbst sehr empfindliche Haut und kann die Mandel-Gesichtscreme persönlich empfehlen.«

»Prima. Dann nehme ich noch eine, für eine Freundin.« Die Kundin wartete und die ganze Zeit stand dieser Mann hinter ihr und beobachtete Amelie bei jedem Handgriff. Amelie nahm eine weitere Mandelcreme aus dem Regal, warf ihm immer wieder einen Blick zu. Vielleicht würde er dadurch verschwinden. Aber er blieb dort stehen, mit einer Seelenruhe. Amelie rutschte die Creme zu Boden.

»Au Mann! So ein Mist«, entfuhr ihr. Vorwurfsvoll blickte sie ihn an, als ob er etwas dafürkönne. Ein Lächeln umspielte seine Mundwinkel. Sie ging in die Hocke, um die Creme hinter dem Tresen aufzuheben. Einen Moment blieb sie da unten. Am liebsten hätte sie sich ganz versteckt hier unten, für immer, so fühlte sie sich gerade. Vor der Welt, vor den Männern, vor dieser unangenehmen Situation. Sie war etwas kratzbürstig gewesen gestern am Strand.

»Alles in Ordnung?«, fragte die Kundin.

Amelie stand sofort wieder auf. »Ja, klar.« Sie reichte die Creme der Kundin, die diese umständlich zu der anderen in ihren Beutel steckte.

Amelie war zwar nach dem Aloe-Vera-Bad am Abend zuvor schnell und wohlig eingeschlafen, hatte sich aber ab vier Uhr morgens nur noch herumgewälzt und leider doch immer wieder an Freddy gedacht. Sie ärgerte sich über sich selbst, dass das Ende dieser lockeren Liaison ihr so zusetzte. Eine Strähne fiel aus ihrem hochgesteckten Haar. All dieser Aufwand für den Journalisten, der gleich kommen musste. Auch geschminkt hatte sie sich heute mehr als üblich. Normalerweise benutzte sie nur Kajal und Wimperntusche. Aber heute wollte sie professionell aussehen. Sie freute sich, dass sie den Deal mit den Inselmagazinen hinbekommen hatte, dass sie gleich zwei Inselredakteure zu dieser Kooperation hatte überreden können. Die Kundin zahlte die zweite Creme und verabschiedete sich. »Einen schönen Tag wünsche ich Ihnen.«

»Danke, den wünsche ich Ihnen auch.«

Die Frau ging und der Kerl trat näher, sah sie immer noch undurchschaubar an.

»Hallo, kann ich Ihnen helfen?«

Er sah sich zögerlich in ihrem Laden um. Amelie trommelte unwillkürlich mit den Fingern auf dem Tresen. Der Journalist musste jede Minute kommen und sie wollte dann den Laden für Kundschaft schließen.

»Und?« Sie merkte selbst, dass ihre Stimme ein bisschen ungeduldig klang. Aber irgendetwas an diesem Typen erinnerte sie an Freddy, wurde ihr gerade klar. Vermutlich weil er auch so gut aussah und mit den Frauen, die sicher massenhaft auf solche attraktiven Kerle standen, nur spielte.

Wieder blickte er zu ihr. Diese meerblauen Augen! Mit diesen Augen wickelte er bestimmt jede um den Finger. Sie verschränkte die Arme vor ihrer Brust, wie einen Schutzschild.

Jetzt schnupperte er, blickte auf die Duftlampe am Tresen, in die sie zuvor Lavendelöl und Weihrauchöl geträufelt hatte. Um ihre Nerven zu beruhigen. Nichts sollte mehr an Freddy erinnern. Kein Zitronen-, kein Orangen- und kein Rosenöl. Absolut nichts Frisches, Anregendes, und schon gar nichts Romantisches.

Er runzelte die Stirn. »Weihrauch?«

Fassungslos sah Amelie ihn an. »*Das* haben Sie gerochen?«

Der Typ lächelte und sie musste zugeben, dass das ziemlich nett aussah. Aber sie hatte keine Lust auf oberflächliches Geplauder. Und keine Zeit.

»Als Kind war ich Messdiener«, erklärte er. »Ein kleines Geruchstrauma. Wie können Sie freiwillig Weihrauchöl nehmen? In diesem schönen Laden?«

»Das ist ja wohl meine Entscheidung. Weil *mein* schöner Laden. Es ist gut für die Nerven.«

»Und? Wirkt es?« Herausfordernd sah er sie an.

»Und wie!«, erwiderte sie knapp. »Also, wie kann ich Ihnen helfen?«

»Ich bin Dennis Langström, ich soll eine Story über Ihren Laden herausbringen.«

Amelies Gesichtszüge entglitten. Er war der Journalist, der die Story in der Hamburger Zeitung bringen sollte, natürlich. Wäre sie nicht so übernächtigt und durch den Wind gewesen wegen Freddy, hätte sie das viel schneller erkannt. Am liebsten hätte sie jetzt erneut eine Mandelcreme auf den Boden fallen lassen und sich hinter die Theke gehockt, stundenlang. Aber sie war Profi, Marketingfachfrau. Sie musste sich zusammenreißen. Wieder fiel ihr die Strähne ins Gesicht. Sie blies sie weg.

»Ach, Sie sind das? Tut mir leid, dass ich Sie gestern am Strand umgehauen habe.«

»Kein Thema. Gibt nicht viele Frauen, die mich umhauen.«

Was musste sie ihm auch diese Steilvorlage liefern?

»Lassen Sie uns anfangen«, schlug er vor. »Sollte wegen mir nicht so lange dauern.«

»Ganz in meinem Sinne. Wegen mir auch nicht.« Hoffentlich gab er sich dennoch Mühe, der Artikel war wichtig für sie.

Sie kam hinter der Theke hervor, zupfte an ihrem Sommerkleid herum. Er würde sicher gleich ein Foto von ihr schießen wollen. Amelie war wegen ihrer Größe und blonden Haare in Hamburg schon zweimal angesprochen worden, ob sie nicht modeln wolle. Aber sie hatte jedes Mal dankend abgelehnt. Denn sie hatte keine Lust auf diese oberflächliche Branche, in der es nur um Äußerlichkeiten ging, in der das Selbstbewusstsein von jungen Frauen mit Füßen getreten wurde. Sie hätte eh nie ihren Mund halten können. So gut kannte sie sich. Aber sie wusste, wie sie sich vor der Kamera bewegen sollte, um gute Fotos zu bekommen. Allerdings packte er seine Kamera gar nicht aus.

»Wollen Sie mich erst fotografieren?«

»Nein.«

»Gut. Dann erzähle ich Ihnen erst mal etwas über die Idee hinter den ›Läden am Meer‹, über die einzelnen Sortimente der verschiedenen Läden, denn es handelt sich bei allen Läden um besondere mallorquinische Produkte. Sie machen am besten eine Story über alle Läden, einverstanden?«

Ihr Ton war etwas zu streng, wie bei einer dominanten Lehrerin.

Er grinste. »Gut. Wenn Sie das sagen. Schießen Sie los.« Amelie spulte ihren Text ab, den sie sich für solche Interviews schon früher einmal überlegt hatte. Nur war mit anderen Journalisten von der Insel die Stimmung nicht so angespannt gewesen, auch wenn es zugegebenermaßen nicht viele waren. Sie verhielten sich immer freundlich und interessiert. Dieser Dennis aber sah immer wieder auf seine Armbanduhr.

Amelie beobachtete ihn, hielt plötzlich in ihren Ausführungen inne. »Haben Sie noch etwas Wichtiges vor?«, hakte sie provozierend nach.

»Ja, meinen Urlaub, die Sonne und das Meer genießen.«

Er hatte also überhaupt keine Lust auf diesen Job. Dann konnte der Artikel ja nicht gut werden. Amelie dachte angestrengt nach, wie sie das verhindern konnte. »Dann schießen Sie jetzt doch ein paar Fotos und ich schicke Ihnen einen Pressetext, so brauchen Sie nicht selbst einen Artikel zu schreiben und können gleich ans Meer.«

Er sah ihr wieder in die Augen, lächelte, schüttelte den Kopf. »Das kommt überhaupt nicht infrage. Das wäre ganz gegen meine Journalistenehre.«

Amelie seufzte leicht. »Okay, dann fragen Sie mich endlich irgendwas.«

Der Typ überlegte einen Moment. »Sie verkaufen hier nur Naturkosmetik, sagen Sie?«

»Richtig, Produkte von der Insel. Und ein paar wenige vom spanischen Festland«, fügte sie hinzu.

Er sah sie skeptisch an. »Ich habe mal zum Milliardengeschäft der Kosmetikindustrie recherchiert. Auch in sogenannter Naturkosmetik ist nicht immer alles natürlich. Oft steht ›zu 95 Prozent natürlichen Ursprungs‹ darauf und die Produkte sind sehr teuer. Vor allem Anti-Aging-Produkte werden so sehr viel verkauft. Auch von bekannten, großen Marken.«

»Wollen Sie mir unterstellen, ich verkaufe keine echten Naturprodukte?«

»Ich stelle es zumindest infrage, wie ich als Journalist immer alles infrage stelle. Die Deutschen geben viel für Kosmetik aus. Der Umsatz von Naturkosmetik stieg schon auf rund anderthalb Milliarden. Das Geschäft mit der Schönheit floriert.«

»Dabei kommt wahre Schönheit von innen«, konterte sie und fuhr fort: »Ich verspreche meinen Kunden keine Faltenreduzierung in einer Stunde. Mir geht es nicht um Verjüngung, sondern um gesunde Haut, eine Haut, in der man sich wohlfühlt. Um Nachhaltigkeit, regionale Produkte, ohne Tierversuche.«

»Verstehe. Das klingt ja alles gut, ganz in meinem Sinne. Dennoch: Es gibt sehr viele sogenannte Eco-Labels auf Kosmetikprodukten. Darunter gibt es aber auch schwarze Schafe auf dem Markt, das können Sie mir glauben.«

»Natürlich wird es diese geben. Es gibt immer Gauner, aber glauben Sie mir, ich achte sehr darauf, woher ich meine Naturprodukte beziehe.«

»Aber die Hand für Ihre Lieferanten können Sie sicher nicht ins Feuer legen.«

Amelie sah ihn konsterniert an. »Ich muss ihnen vertrauen, alles im Leben basiert auf Vertrauen. Wissen Sie was, ich glaube, wir lassen das, Sie schreiben besser nichts über unsere Läden. Ich habe kein gutes Gefühl mehr dabei.« Sie fuhr sich durchs Haar. Was für ein anstrengender Kerl!

»Was?« Er sah sie verblüfft an, zögerte. »Sie wollen keine Story mehr über Ihre Läden?« Seine meerblauen Augen funkelten wie das Meer in der Sonne.

In dem Moment registrierte Amelie ihre Freundin Liz, die an der Tür stand und offenbar die Konversation zum Teil mitgehört hatte. »Oh, das wäre schade, Amelie«, entfuhr es Liz. »Entschuldigung, störe ich?«

»Nein«, entgegnete Amelie sofort. »Wir sind fertig.«

»Ich noch nicht. Ich finde das Thema interessant«, entgegnete der Journalist jetzt. »Schicken Sie mir mal den Pressetext zu, ich hab ja einen ersten Eindruck von Ihrem Laden, ich bastel mir dann schon eine Story.«

Liz sah Amelie bittend an.

»Na gut. Mail ich Ihnen. Ihre Mailadresse hab ich ja.«

Er tippte sich an die Stirn und ging an Liz vorbei.

Als er außer Hörweite war, fragte Liz irritiert nach. »Was war denn los? Die Story ist doch schon bei den Inselzeitungen angekündigt. Wieso wolltest du nicht mehr?«

»Ach! Der Kerl ist super unmotiviert, das hab ich noch nie erlebt«, entgegnete Amelie ausweichend.

»Amelie, bitte, nur weil du Liebeskummer wegen Freddy hast, kannst du nicht alle Männer über einen Kamm scheren. Diese Story ist wichtig für uns. Das Image unserer Läden steht auf dem Spiel.«

Amelie seufzte. »Du hast ja recht. Und was soll ich deiner Meinung nach jetzt tun?«

»Ihm hinterherlaufen, ihn zurückholen. Für ein nettes Interview.«

Amelie zögerte. »Ich habe mir mal geschworen, keinem Mann mehr hinterherzulaufen.«

Liz sah sie vielsagend und bittend an. Amelie schluckte, spurtete los, rannte aus ihrem Laden hinaus und Dennis, der bereits vor Josys Café angekommen war, hinterher. »Moment! Hey! Warten Sie! Dennis!«, rief sie ihm nach.

Er drehte sich um, sah sie mit seinen blauen Augen amüsiert an. Auch das noch, er machte sich über sie lustig. Sie stoppte vor ihm. Ein paar Cafégäste auf Josys Terrasse sahen neugierig zu ihnen.

»Was wollen Sie noch?«, fragte er amüsiert.

Bilde dir bloß nichts ein, dachte sie, biss sich auf die Unterlippe und suchte nach Worten.

»Doch nichts? Na dann«, er drehte sich wieder um, wollte weitergehen.

»Moment!«, rief sie.

Wieder drehte er sich zu ihr. Wieder lächelte er so unverschämt.

»Ich schätze Sie so ein, dass Sie immer gründlich recherchieren. Oder nicht?«, begann sie.

»Sicher tue ich das.«

»Dazu gehören auch persönliche Interviews. Ich würde Ihnen meinen Laden doch lieber persönlich zeigen und stehe für ein Interview zur Verfügung. Was sagen Sie dazu?«

* * *

Dennis verspürte große Lust, Amelie stehen zu lassen und zu verneinen. Die Frau war viel kratzbürstiger, als Nils sie beschrieben hatte. Aber eben weil sie die Schwester von Nils war und er ihm versprochen hatte, ihr etwas Gutes zu tun, einen Artikel über ihren Inselladen zu schreiben, rang er mit sich. Und vielleicht auch, weil ihre Widerworte ihn irgendwie reizten. Der Duft von Kaffee und Kuchen strömte aus dem Laden mit dem Schild »Schokoladenglück und Meer«. Auch Amelie, die jetzt dicht vor ihm stand, roch sehr gut. Nach Aprikose und Mandel. Dennis dachte an Nils, wie enttäuscht der wäre, wenn sein Freund ihm diesen kleinen Gefallen nicht tun würde. Und dann würde Nils Dennis erst recht niemals erzählen, was er vor ihm verbarg, was zwischen seiner Schwester und ihm geschehen war. Und das interessierte Dennis, jetzt, wo er diese Amelie kurz kennengelernt hatte, irgendwie schon. Vermutlich wegen seiner angeborenen Neugierde, weshalb sonst? Dennis war schon als Kind extrem neugierig gewesen, brachte seine Eltern mit seiner Fragerei an den Rand der Verzweiflung, untersuchte alles, warum es so war, wie etwas funktionierte. Auch die Lehrer erlagen seinen Fragen oft, fanden keine passenden Antworten. Sie stellten ihn dann als störend und anstrengend dar. Dabei wollte er nur wissen, wie alles zustande kam. Insofern passte der Beruf des Journalisten sehr gut zu ihm, hier konnte er endlich so viele W-Fragen stellen, wie es ihm gefiel. Warum, weshalb, wieso? Dass die Zeitungsbranche die letzten Jahre so den Bach hinuntergegangen war, hatte er nach dem Abitur noch nicht wirklich ahnen können. Oder er hatte es nicht wahrhaben wollen. Denn um ehrlich zu sein, ging es freien Redakteuren schon seit Langem schlecht. Seit kaum noch einer eine Zeitung kaufte, seit alle alles für umsonst am Handy oder PC lesen wollten. Wie viel Arbeit hinter einer Story steckte, wie viel Recherche,

Zeit und Hirn zum Schreiben des Textes, schien die Leser nicht zu interessieren, oder sie honorierten es zumindest nicht entsprechend. Seit ein paar Jahren frustrierte ihn sein Job immer mehr. Freie wurden immer als Erste geschasst, auch ihn hatte es schon hin und wieder betroffen. Aber Dennis war ein Kämpfer. Er stand immer wieder auf, machte weiter, stellte Fragen. Jetzt hatte er Amelie lange genug zappeln lassen.

»Wieso wollen Sie jetzt doch das Interview?«, hakte er nach.

»Weil Werbung für unsere Läden immer gut ist und ich mit den beiden Inselzeitungen eine Kooperation vereinbart habe. Unser Image auf der Insel steht auf dem Spiel. Also nicht nur meines, auch das meiner Freundinnen. Und die sind mir sehr wichtig.«

»Verstehe.« Das war ihm sympathisch. Und sie war die kleine Schwester von Nils. Er hatte seinem Freund versprochen, erst mal nicht zu sagen, dass er von Nils geschickt worden war, das wollte dieser im Nachhinein selbst tun, wenn er Amelie heute traf.

»Also gut«, bestätigte Dennis jetzt. »Dann schieße ich ein paar Fotos und stelle Ihnen Fragen. In Ihrem Laden?«

»Wo sonst?«, konterte Amelie blitzschnell.

Auf Zack war sie. Die Sache fing an, ihm Spaß zu bereiten. Wenigstens nicht so ein langweiliger Job wie der letzte. Er war von einem seiner Chefs in Hamburg zu einem genialen Schachspieler geschickt worden. Der Mann war zwar jung gewesen, aber so ganz ohne Esprit. Amelie dagegen schien davon jede Menge zu besitzen. Vielleicht sogar zu viel. Sie sprühte geradezu davon. Frauen wie sie konnten aber auch anstrengend sein, das wusste er. Er wollte wissen, wie sehr.

Also folgte er ihr zu ihrem Laden.

Sie drehte sich um, hielt inne. »Sie haben mir auf den Hintern gesehen!«

»Sie laufen vor mir, soll ich Ihnen mit geschlossenen Augen folgen?«

Sie musste kurz grinsen. »Wollen Sie einen Kaffee? Ich könnte ihn aus Josys Café für Sie holen. Es gibt dort auch Schokocookies oder Schoki-to-go.«

Sie schien sich jetzt zu bemühen. »Danke, das gönne ich mir später. Allein.«

Wie sollte er sie am besten fotografieren, überlegte er. Fotogen war sie auf jeden Fall, aber eines dieser Standardfotos passte nicht zu ihr.

»Wie wollen Sie mich fotografieren?«, fragte sie nach, als sie im Laden angekommen waren, als hätte sie seine Gedanken erraten.

Dennis nahm seine Kameratasche zur Hand, öffnete sie, holte seine Kamera hervor, sah Amelie an und überlegte. »Wie wäre es, wenn Sie sich auf die Bank dort legen.«

Amelie sah verblüfft zu der Bank, die in ihrem Laden unter einem Regal mit Lotions und Cremes stand. Eine weiße Eisenbank, darauf lagen Kissen mit dem mallorcatypischen Ikat-Muster aus Teresas Laden.

»Und was soll das dann aussagen? Einschläfernder Laden oder was?«, entgegnete sie.

Er lachte. »Nein, im Gegenteil. Entspannende Düfte, Cremes und Lotions, ein Laden fast wie ein Spa. Es ist ein Hingucker. Weil es kein normales, gestelltes Foto ist.«

Es schien ihr zu gefallen. Wusste er es doch. Mit dieser Frau konnte man verrückte Dinge tun. Erfahrungsgemäß gingen genau solche Bilder viral. Denn die Hamburger Zeitung wurde oft auch digital gelesen, hatte auch einen Facebook- und Instagram-Kanal.

Amelie trat zur Bank, legte sich lässig rücklings darauf, drehte den Kopf zu ihm und sah ihn an. Ihr Kleid war an den Beinen etwas hochgerutscht, gerade so, dass es nicht zu lasziv wirkte. Sie hatte es nicht bemerkt, war sehr natürlich. Der lockere Dutt löste sich etwas, ihre blonden Haare umrahmten ihr Gesicht. Sie lag da wie eine Göttin und dann dieses Lächeln. Rasch nahm er seine Kamera zur Hand, sah hindurch, zoomte heran. Diese hellblauen Augen! Er drückte auf den Auslöser, hatte hoffentlich diesen Moment eingefangen, diesen provozierenden, frechen Blick. Er schoss gleich mehrere Bilder. Amelie bewegte sich, schien zu wissen, dass ein Fotograf verschiedene Angebote wollte. Sie schien zu wissen, was *sie* wollte.

Dann stand sie wieder auf, bemerkte ihren gelockerten Dutt, löste ihn ganz. Ihre langen blonden Haare fielen ihr über die Schulter. Dennis machte spontan noch ein paar Fotos.

»Hey«, beschwerte sie sich. »So war das nicht gedacht.«

»Sah aber gut aus. Sehr natürlich, gefällt mir.«

»Muss den Lesern gefallen. Jetzt schießen Sie noch ein paar Fotos von meinen Produkten.« Es klang ziemlich forsch. »Die sind natürlich.« Sie sah auf die Uhr, die neben einem der Regale hing.

»Haben Sie Zeitdruck?«

»Ich bin gleich zum Mittagessen mit meinem Bruder verabredet. Aber der kann auch warten.«

Dennis musste schmunzeln. Auch sie schien nicht sonderlich gut auf ihren Bruder zu sprechen zu sein.

Er packte seine Kamera wieder weg. »Fotos von Regalen will keiner sehen und Werbung für Produkte auch nicht. Ich schieße gleich noch ein paar Bilder draußen von Ihrem Ausblick aufs Meer und von den anderen Ladeninhaberinnen. Jetzt interessiert mich aber erst mal: Wieso sind Sie auf diese Insel ausgewandert und haben hier Ihren Laden ›Mandelduft und Meer‹ eröffnet? Moment, ich schalte mein Diktiergerät ein.« Er öffnete eine App an seinem Smartphone.

Amelie sah ihn an, atmete durch. »Ich hatte einen fordernden Job in Hamburg als Marketingmanagerin. Ich merkte immer mehr: Das kann nicht alles sein. Das Leben muss noch mehr bieten als einen Nine-to-five-Job, ab und zu chic essen gehen mit Kollegen, Freunde, die auch viel arbeiten und immer weniger Zeit haben. Viel zu oberflächlich. Ich wollte mein Leben selbst in die Hand nehmen und gestalten. Ich wollte in der Sonne am Meer leben und etwas Sinnvolleres tun.«

»Mit einem Duft- und Creme-Laden?«

Er provozierte extra und sie sprang wie erwartet darauf an.

»Mit einem Laden, der dazu beiträgt, dass Menschen sich wohlfühlen. Aromaöle heben zum Beispiel die Stimmung.« Ehe er etwas erwidern konnte, fuhr sie fort: »Und supersinnvoll: Düften und Aromaölen werden heilende Kräfte nachgesagt.« Sie nahm ein paar Aromaölfläschchen aus dem Regal, hielt sie ihm hin. Ließ ihn daran riechen. Er tat es, trat dazu näher zu ihr. Es duftete herrlich.

»Die sind aber sicher nicht von der Insel.«

»Tja, falsch gedacht. Es gibt einen Park der Düfte auf Mallorca. Dort werden im Einklang mit der Natur Aromaöle hergestellt.«

»Ein Park der Düfte? Auf dieser Insel? Das interessiert mich.«

»Ich wollte eh mal wieder hin, falls Sie mitwollen …«

Er merkte, dass sie sich selbst über den Vorschlag ärgerte.

»Ich überlege noch. Bin auch gerne allein.« Er wirkte plötzlich verletzlich. Dann fuhr er fort: »Ich war mal auf einer Gewürzfarm auf Sansibar. Egal. Vielleicht seh ich mir diesen Garten besser allein an.«

»Gern«, entgegnete sie irritiert und fuhr professionell fort: »Naturkosmetik ist wundervoll für die Haut und die Haut ist unser größtes Organ, mit dem viele Probleme haben. Dieser Laden unterstützt Kleinbauern der Insel, denn die Mandeln, Orangen, der Lavendel und das alles wird auf Mallorca angebaut. Es ist alles nachhaltig produziert, gut für die Umwelt, keine Tierversuche, also sinnvoll.«

Er hob die Hand, um sie zu stoppen. »Alles gut, ich habe verstanden.« Er sah sie an. Sollte er das jetzt fragen, was ihm gerade in den Sinn gekommen war? »Auswandern scheint ja im Trend. Aber nimmt man seine Probleme nicht immer mit?«, sagte er nun. »Fehlt Ihnen denn nicht Ihre Familie in Deutschland?«

Amelie schnappte einen Moment nach Luft, das sah er. Er hatte sie aus dem Konzept gebracht. »Sicher nimmt man seine Probleme mit. Wenn man welche hat«, fügte sie jetzt lächelnd hinzu.

Gut gekontert, dachte er. Aber nicht ganz ehrlich. Denn die Beziehung zu ihrem Bruder Nils schien ja sehr problembeladen zu sein.

»Und was meine Familie angeht. Auch wenn Sie das nichts angeht, aber für die Leser, die überlegen auszuwandern: Mallorca ist nicht aus der Welt. Ich fliege öfter im Jahr nach Hamburg, wenn ich in München leben würde, wäre es auch nichts anderes. Nur fehlt dort das warme Mittelmeer. Und am Meer auf dieser Trauminsel zu arbeiten, ist einfach ein riesiges Privileg. Noch dazu mit den besten Freundinnen der Welt, die alle nebenan arbeiten, ihre eigenen Läden betreiben, jede mit anderen mallorquinischen Spezialitäten.«

Chapeau, dachte Dennis. Ganz die Marketingfachfrau. Elegant hatte sie die Klippe umschifft und auf das Thema zurückgelenkt.

»Ich zeige Ihnen jetzt die anderen Läden und die Besitzerinnen.«

»Sie können sie mir gerne morgen vorstellen. Ich dachte, Sie haben gleich ein Treffen mit Ihrem Bruder?«

»Ach der. Ja, stimmt. Sie können aber gern morgen auch allein zu den anderen Ladenbesitzerinnen gehen, sie beißen nicht. Es sind alles moderne, tolle Frauen.«

»Wie Sie«, entfuhr ihm und Amelie sah ihn skeptisch an, als wäre sie sich nicht sicher, ob er meinte, sie beiße oder sie sei eine tolle Frau.

Dennis verabschiedete sich schnell, irritiert über sich selbst, verließ den Laden mit einem seltsamen Gefühl im Bauch.

Kapitel 7

War das gerade ein Kompliment gewesen oder eine Unverschämtheit? Amelie sah ihm nach, wurde aus diesem Mann nicht schlau. Egal, wenn er sie nicht allzu schrecklich fand, konnte das ja nur gut für den Artikel sein. Amelie räumte die Aromaölfläschchen, die sie ihm gezeigt hatte, in das Regal zurück. Matilda betrat ihren Laden und grüßte.

»Hey«, grüßte Amelie zurück.

»Wie geht es dir?«, wollte Matilda wissen. Amelie wusste, dass sie auf Freddy anspielte, ging darauf aber nicht ein.

»Der Journalist war gerade da. Ein seltsamer Kerl. Aber egal, er kommt morgen in eure Läden, macht auch Fotos, also hübsch zurechtmachen«, erwiderte Amelie, ohne auf Matildas Frage einzugehen. Sie schob die Fläschchen in dem Regal hin und her.

»Gut, wird gemacht. Amelie, ich habe noch mal mit Tom gesprochen, er wusste das von Freddy wirklich nicht. Dass er wieder mit seiner Ex zusammen ist und sie schwanger ist, das hat ihn auch sehr überrascht. Freddy ist gerade bei ihm, wollte auch mit Tom reden.«

»Aha. Und wieso hat es Tom überrascht?«, fragte Amelie nach.

»Na ja, diese Tanja findet Tom einfach nicht so passend für Freddy. Er kennt sie aus München, meinte, sie gibt nie Kontra, das hat Freddy an dir so gut gefunden. Und er war total fasziniert von dir.«

»Tja. Irgendwas scheint sie ja zu haben.« Amelie wechselte das Thema, ehe sie wieder mit den Tränen kämpfen musste. »Sucht ihr euch jetzt eigentlich eine größere Wohnung zusammen, Tom und du?«

Matilda strahlte sofort. »Ja, wenn du von irgendetwas Schönem und Bezahlbarem hörst, sag Bescheid.«

»Mach ich. Und hast du es deinen Eltern schon gesagt?«

Matilda wurde ernster. »Nein, noch nicht. Das macht mir auch Sorgen. Sie haben gerade erst verdaut, dass ich Alvaro nicht heiraten werde, sie kennen Tom zwar schon ein bisschen und mögen ihn, aber gleich mit ihm zusammenziehen finden sie sicher nicht gut. Noch dazu unverheiratet.«

»Egal. Hauptsache, *ihr* findet es gut.«

»Du weißt, wie wichtig mir meine Familie ist.«

»Klar, sonst würdest du sie ja nicht so unterstützen. Aber dein eigenes Leben ist dein eigenes Leben. Family kommt danach. Du zuerst. Viele, gerade Frauen, vergessen das oft.«

Matilda lächelte, nickte, sah Amelie forschend an. »Triffst du eigentlich heute deinen Bruder?«, hakte sie nach.

»Ja, gleich, wenn er denn überhaupt erscheint.«

»Da ist er«, hörten sie eine männliche Stimme vom Ladeneingang her. Amelie starrte ihn an, auch Matilda betrachtete Nils neugierig. Er sah gut aus, aber angespannt. Amelie mochte sein zartes, blasses Gesicht schon immer, seine blonden Haare. Im Grunde sahen sie sich nicht ähnlich, bis auf die Haarfarbe. Sein Gesicht war schmaler geschnitten, seine Nase auch. Voll schlechten Gewissens sah er sie an. Oder täuschte sie sich?

»Hey, Nils Holgersson«, begrüßte sie ihn, kam aber nicht hinter der Theke hervor, um ihn zu umarmen. Die

Enttäuschung, dass er sie nie auf der Insel besucht hatte, seit sie hier lebte, dass er sich so sehr von ihr zurückgezogen hatte, saß tief. Sie musste den Grund wissen, um zu versuchen, ihm zu verzeihen.

Er sah sich angetan um. »Wow, der Laden sieht toll aus!«

»Danke. War auch jede Menge Arbeit, vor allem am Anfang«, konnte sich Amelie nicht verkneifen. »Ich hätte Hilfe gebrauchen können.«

Schuldbewusst sah er sie an. »Tut mir leid, Amelie.«

Matilda verabschiedete sich. »Ich muss wieder rüber in meinen Laden. Ich bin übrigens Matilda.« Sie reichte ihm ihre Hand.

»Ach, sorry, meine Freundin«, fügte Amelie an. »Eine von vier besten Freundinnen. Du kennst noch nicht mal ihre Namen.« Wieder klang es vorwurfsvoll und das sollte es auch.

Nils schluckte sichtlich, Matilda lächelte ihm noch kurz zu, winkte und verschwand nach links in ihren Laden.

»Sieht nett aus«, sagte Nils, nur um irgendwas zu sagen.

»*Ist* nett. Sehr sogar und hilfsbereit.«

»Ich habe verstanden, Amelie. Weißt du was, da vorne ist ein kleines Café, ich lade dich auf Kaffee und Kuchen ein.«

»Ein kleines Café ist da?«, wiederholte Amelie ironisch. »Wusste ich ja gar nicht. Ist von Josy, meiner anderen Freundin.«

Nils nickte nur. Sie machte es ihm nicht leicht. Weil er es ihr schwer gemacht hatte.

»Also, darf ich dich einladen? Bei Josy. Aber nur, wenn du wieder etwas runterkommst.« Er sah sie abwartend an.

Amelie hatte im Grunde gerade keine Lust. Mit dem Journalisten vorher war es anstrengend gewesen, eigentlich hätte sie jetzt gern eine entspannte Mittagspause gehabt und wäre am liebsten eine Runde im Meer schwimmen gegangen.

»Lass uns im Meer schwimmen gehen«, schlug sie spontan vor.

Nils sah sie verblüfft an. »Ich habe keine Badehose dabei.«

»Na und, dann gehst du eben im Schlüppi ins Wasser. Die Sonne trocknet ihn schnell.« Sie öffnete eine Schublade hinterm Tresen und holte ihren Bikini vor. Damit ging sie ins Bad hinten im Laden, rief ihm dabei zu. »Ich zieh mich kurz um.«

* * *

Das Meer glitzerte in der Sonne. Eine Möwe flog kreischend über ihnen.

Amelie stand neben ihrem Bruder am Wasser, trug unter ihrem Sommerkleid den Bikini, spürte mit ihren nackten Zehen den warmen Sand und sah aufs Meer. Nils schien wirklich beeindruckt von allem hier. Das sah sie an seinem Blick. Ein Eisverkäufer mit einem Bauchladen ging am Strand entlang, ein paar Kinder liefen ihm hinterher. Nils hatte Eis als Kind geliebt, erinnerte sich Amelie. Wie sie sich an so viel erinnerte aus ihrer Kindheit. Sie hatten sich selten gestritten, meist zusammen Streiche ausgeheckt. Besser gesagt, sie hatte sich diese überlegt und ihren zwei Jahre älteren Bruder Nils dazu überredet, mitzumachen. Meist hatte er dann Schimpfe bekommen, aber die kleine Amelie hatte sich immer vor ihn gestellt und alles auf sich genommen. Sie liebte ihren großen Bruder sehr, auch wenn sie sich manchmal gewünscht hätte, dass er mehr Mut besaß. Sie war die Frechere, die Pippi Langstrumpf, wie Nils sie öfter nannte. Und er der Zarte, der Nils Holgersson, der mit den Gänsen flog. Die weiße Möwe über ihnen drehte einen Kreis, flog dann weiter aufs Meer.

»Da hast du wohl vier Jahre lang was verpasst, stimmts?« Sie konnte es nicht lassen, sie trug ihr Herz nun mal auf der Zunge, wie es ihre Freundin Teresa einmal ausgedrückt hatte.

»Allerdings.« Nils fuhr sich durch sein blondes Haar. »Verdammt schön hier. Ich bin echt ein Idiot.«

»Du sagst es. Und wieso?« Sie musste es wissen, endlich.

Er schüttelte den Kopf. »Ist nicht so leicht zu erklären.«

Genervt zog sie sich ihr Kleid aus, legte es in den Sand und rannte im Bikini ins Meer. Wie gut das tat, das kühle Nass! Sie tauchte unter, schwamm unter Wasser ein paar Züge und tauchte wieder auf.

»Komm rein«, rief sie ihm zu. Nils zögerte. Sah angetan zu ihr. Dann zog er sich sein T-Shirt und seine Jeans aus, legte seine Klamotten neben ihr Kleid und rannte in seiner schwarzen Unterhose zu ihr ins Meer. Er sah attraktiv aus, durchfuhr es Amelie. Ihr Bruder war zwar nicht besonders sportlich gebaut, eher schlank und drahtig wie ein Langstreckenläufer, aber wohlproportioniert. Er erinnerte sie vom Typ her ein wenig an Leonardo di Caprio in blonder. »Uaaah, ist das genial!«, rief Nils beim Ins-Wasser-Rennen, tauchte schließlich auch unter, dann wieder auf und schwamm zu ihr.

»Das mach ich jede Mittagspause«, rief Amelie erfreut. »Und abends sitz ich mit meinen Freundinnen im Sonnenuntergang am Meer, esse Tapas, trinke Wein und rede mit den besten Freundinnen der Welt.«

Fasziniert sah er sie an. »Und es gibt keinen Mann in deinem Leben? Ich meine, was Ernstes?«

Sofort dachte sie wieder an Freddy, sie spürte Tränen empordrängen, tauchte erneut unter. Als sie wieder an die Wasseroberfläche kam, schüttelte sie sich.

»Was will ich mit einem festen Kerl, der mir nicht meine Freiheit lässt. Ich genieße mein Leben. Jede Sekunde, das habe ich mir damals vorgenommen. Weißt du nicht mehr? Ich lass mich doch nicht in Ketten legen.«

»Doch, weiß ich.«

»Und du? Gibs zu, Corinna hat sich von dir getrennt?«

»Ich mich von ihr.«

»Dachte ich mirs doch. Aber ich schätze, das sieht sie anders.«

»Nein, wirklich, sie hat mir einfach die Luft zum Atmen genommen. Ich wusste irgendwann nicht mehr, ob ich sie noch liebe. Beziehungsweise ich wusste es schließlich, dass nicht.«

»Verstehe. Dann war sie wirklich der Grund, warum du nie gekommen bist? So sehr lässt du dich unter den Pantoffel stellen, du Pantoffelheld?«

Nils zögerte, schüttelte den Kopf, nickte dann. »Nein. Es ist komplizierter. Ich kann keiner Frau wehtun. Dir auch nicht. Das ist das Problem.«

Verständnislos sah sie ihn an. »Mir wehtun?« Jetzt wurde Amelie wütend. »Und du glaubst, indem du mich fallen gelassen hast, hast du mir nicht wehgetan? Noch dazu ohne irgendeine Erklärung. Das ist das Schlimmste, was man einem Menschen antun kann!«

Sie schwamm aufgewühlt in Richtung Strand, stieg aus dem Wasser. Am liebsten hätte sie jetzt ihr Kleid geschnappt und wäre zurück in ihren Laden gegangen. Ohne Nils, ohne weiter nachzufragen. Antworten bekam sie ja eh nicht.

»Warte, Amelie«, rief Nils und kam jetzt aus dem Meer zu ihr an den Strand. Das Wasser perlte an seinem Körper ab, die Wassertropfen glitzerten in der Sonne. Sie standen sich gegenüber, er sah ihr in die Augen, rang sichtlich mit sich.

»Rede endlich, verdammt noch mal oder muss ich dir ins Gesicht springen!?«, fauchte sie ihn an.

»Ich, ich kann nicht«, stotterte er.

»O Mann, Nils!«, entfuhr es ihr sauer. »Du bist echt eine feige Knalltüte!« Die umliegenden Badegäste sahen zu ihnen. »Ist mein Bruder, zu dem darf ich das sagen«, wandte sie sich an eine Frau, die sie empört ansah.

Nils blickte sie immer noch an, ohne ein weiteres Wort. Amelie hob ihr Kleid auf, zog es über. Sofort wurde es nass, aber das war ihr jetzt egal. Der Sommerwind würde es schon trocknen. »Weißt du was, Nils, lass mich einfach in Ruhe! Hab einen schönen Urlaub!«

Kapitel 8

Sie hatte schlecht geschlafen, war immer wieder aufgewacht, dazwischen träumte sie wirres Zeug von Freddy und auch von Nils. Freddy im Orangenhain von Matildas Eltern, wie er in je einer Hand eine Orange hielt, damit jonglierte und sie auf eine hochschwangere Frau warf, die sie fing. Und dann von Nils, wie er sie als Bruder vor einem Typen in der Schule beschützte. Im Traum mutierte Nils dann zu einer Riesenfliege, die Amelie in die Arme nahm und mit ihr davonflog. Schweißnass war Amelie aufgewacht, genoss jetzt den Wind vor ihrem Laden, ließ wie jeden Morgen ihre weiße Markise ausfahren, die sogleich in der Brise flatterte. Nachdenklich sah Amelie aufs Meer. War sie gestern zu kühl zu Nils gewesen? Sie hatte aber definitiv keine Lust auf Spielchen. Zu viele Männer hatten mit ihr gespielt, dachte sie bitter. Ihre letzte Liebe in Hamburg, Andy, der sich erst nach mehreren Monaten als verheiratet herausgestellt hatte, der ihr dann versicherte, sich bald zu trennen. Amelie stellte ihm sofort ein Ultimatum, und als dies ablief und klar war, er würde seine Frau nicht verlassen, zumindest nicht für sie, beendete sie es. Diese Lektion hatte sie gelernt. Ein Mann, der sie nicht wirklich wollte, dem lief sie nicht hinterher. Und jetzt beschloss sie, sich ganz auf ihren Job zu konzentrieren.

Dieser Journalist hatte sich für heute angekündigt, um die anderen Läden und ihre Besitzerinnen zu fotografieren. Auch Amelie hatte sich wieder zurechtgemacht, ein sommerliches Kleid angezogen, diesmal ein orange-gelbes. Sie kam sich fast vor wie verkleidet, denn sie war eigentlich mehr der Hosentyp, fühlte sich in Shorts und T-Shirt am wohlsten.

Rasch träufelte sie noch ein ganz besonderes Aromaöl in ihre Duftlampe, schließlich wollte sie ihn dazu anregen, einen guten Artikel über sie alle und ihre Läden zu schreiben. Ob er auch diesmal erkannte, um welchen Duft es sich handelte? Amelie atmete tief ein, lächelte zufrieden und als sie die Augen wieder öffnete, stand dieser Dennis belustigt vor ihr.

»Aprikose und Rosmarin?«

Er schien eine fast so gute Nase zu haben wie sie, noch nie hatte sie einen Menschen getroffen, der ihr dufttechnisch das Wasser reichen konnte.

»Verblüffend. Ich sehe, Sie sind ein Grenouille.«

Er lachte, hatte den Roman wohl auch gelesen, in dem es um Grenouille, den Parfümeur ging.

»Wollen wir uns nicht duzen?«, schlug er vor.

Überrascht sah sie ihn an. Seine Distanz vom Anfang schien er abgelegt zu haben, wirkte heute auch viel lockerer und weniger angespannt.

»Okay. Soll ich dir jetzt die anderen Ladeninhaberinnen vorstellen oder willst du erst noch ein paar Atemzüge nehmen? Aprikose wirkt ja stimmungsaufhellend und Rosmarin belebend.« Sie grinste.

Er atmete übertrieben tief ein, schmunzelte dabei. »Es kann losgehen. Hübsches Kleid übrigens. Die Farbe passt gut zu Aprikose.«

»Tja, durchdachtes Marketingkonzept eben.« Sie ging vor, aus ihrem Laden hinaus und er folgte ihr.

Was war denn heute mit ihm los? Er konnte ja richtig umgänglich sein. Sie führte ihn zuerst nach rechts in Liz' Laden »Olivenliebe und Meer«, in dem es köstliche Olivenprodukte von Cristians Finca gab. Liz war gerade dabei, neue Gläser mit Olivenmus im Regal zu sortieren, drehte sich zu ihnen und grüßte Dennis freudig.

»Hey, Dennis, gut geschlafen?«

»Ja, danke.«

»Schön, freut mich.«

»Ihr kennt euch?«, hakte Amelie verwundert nach.

»Klar, er wohnt bei Cristian auf der Finca.«

»Ach, wie mein Bruder«, entfuhr es Amelie.

»Dennis ist doch mit Nils gekommen«, erklärte Liz irritiert, während Dennis die ganze Zeit nur schweigend danebenstand. »Sie schlafen in einem Zimmer.«

Erstaunt sah Amelie ihn an. »Dann bist du der Freund von Nils aus Hamburg, mit dem er nach Mallorca gekommen ist?«

Jetzt erst schien Dennis seine Sprache wiedergefunden zu haben. »Ja, ich bin der Freund von Nils. Wir schlafen in einem Bett und Nils schnarcht, ich schätze, das weißt du als seine kleine Schwester.«

Amelie überlegte einen Moment, ob sie das jetzt richtig interpretierte. Dennis und Nils schliefen in einem Bett, hieß das, sie waren ein Paar? Hatte Nils sich all die Jahre nicht getraut, sich als homosexuell zu outen? Trug er das die ganze Zeit mit sich herum? Dennis schien ihre Gedanken zu erahnen.

»Also, wir sind kein Paar« erklärte er. »Falls das jetzt so klang.«

»Nicht?«

»Nicht.«

»Okay. Und wieso hast du nicht gesagt, dass du ein Freund meines Bruders bist?«, wunderte sich Amelie.

»Ich ziehe es vor, Berufliches und Privates zu trennen«, entgegnete Dennis ausweichend. »Wollen wir mit dem Interview zu deinem Laden beginnen, Liz?«

Liz, die die ganze Zeit abwechselnd von Amelie zu Dennis gesehen hatte, nickte unsicher. »Gern. Oder was meinst du, Amelie?«

»Klar, legt los.«

»Amelie berät uns alle nämlich marketingmäßig«, wandte sich Liz an Dennis. »Und sie macht das toll. Duftmarketing führen wir jetzt in allen unseren Läden ein.«

Dennis sah Amelie an. »Ach, deshalb der Weihrauch, du dachtest wohl, ich bin der Teufel und wolltest mich vertreiben?«

»Ganz genau, hat ja, wie man sieht, leider nicht geklappt«, entgegnete Amelie forsch und spürte Dennis' Blick auf sich. »Ich gehe wieder in meinen Laden. Weihrauch nachlegen, falls du noch mal reinkommst.« Mit diesen Worten drehte sie sich um und verließ nachdenklich den Raum. Das konnte doch kein Zufall sein, dass Nils plötzlich auf der Insel auftauchte, mit einem Freund, der eine Story über ihren Laden machen wollte. Irgendetwas steckte dahinter und Amelie würde herausfinden, was.

* * *

Kaum dass sie in ihrem Laden stand, trat ein Kunde um die vierzig ein. Er roch nach Zigaretten und Bier. Amelie ertrug diese Geruchsmischung kaum, erst recht nicht am Morgen.

»Guten Morgen, meine Freundin hat heute Geburtstag, ist mir vorhin im Bett eingefallen«, sagte er.

»Ganz schön früh«, entfuhr es Amelie trocken.

»Also hör'n Sie mal. Die schläft noch. Ich kauf schnell irgend 'ne Creme und weck sie mit 'nem Kuss. Das wollen Frauen doch.«

»Woher wissen Sie, was Frauen wollen!?«

Er runzelte die Stirn. »Sind Sie immer so biestig? Keinen Kerl abgekriegt?«

Amelie sah ihn sauer an. »Doch, aber den will ich nicht.«

Der Kerl lachte. »Also, ham Se 'ne dufte Creme?«

Sie roch seinen Atem.

Amelie reichte ihm eine eingepackte Rosenlotion und nannte den Preis. Die arme Freundin! Von diesem miefigen Kerl wäre sie nicht gern geküsst worden. »Wir haben übrigens auch Düfte für den Herrn. Und Pfefferminzbonbons gibt es im Café da vorne.«

Mehr Zaunpfähle konnte sie nicht schwenken, aber der Mann winkte ab. »Ne, ne, *ich* brauch kein Parfum. Meine Freundin kann mich super riechen, wie ich bin.« Er zahlte.

»Wunder gibt's immer wieder.«

Er sah kurz auf, schluckte. »Äh, wo ist das Café? Einen Latte könnte ich jetzt gebrauchen.«

»Drei Läden weiter, das ›Schokoladenglück und Meer‹.«

Er grüßte, verließ ihren Laden und im selben Moment trat Liz ein.

»Hey, schon fertig mit dem Interview?«, erkundigte sich Amelie.

»Ja, ich hab Dennis zu Matilda gebracht. Hast du uns nicht vorbeigehen sehen?«

Amelie schüttelte den Kopf. »Ich hatte gerade einen Macho-Kunden, ein duftes Exemplar.« Sie rollte die Augen.

Liz lachte. »Jedenfalls fotografiert Dennis gerade Matildas selbst hergestellte Ketten und Armbänder.«

In Matildas Laden »Perlenzauber und Meer« gab es viel, was Matilda, die gelernte Goldschmiedin, selbst herstellte, aber auch einiges von anderen Kunsthandwerkern der Insel.

»Er ist ganz begeistert von unseren Läden«, fuhr Liz fort.

»Wäre ja auch seltsam, wenn nicht. Und wie findest du ihn?«, konnte sich Amelie nicht verkneifen.

»Ich? Nett. Und wie ich dir angemerkt habe, du auch.« Liz lächelte vielsagend und verschränkte die Arme vor ihrer Brust.

»Was? So ein Quatsch, er ist der Freund meines Bruders. Bin ich lebensmüde? Wenn ich eine Lektion endlich gelernt habe, dann, dass ich mich auf keinen Kerl mehr einlasse, der mit jemandem, den ich gut kenne, befreundet ist. Ist zu anstrengend, wenns auseinandergeht. Matilda ist das mit Freddy sehr, sehr unangenehm, das habe ich ihr angesehen. Und ihrem Tom bestimmt auch und mir sowieso.«

»Ach was. Dafür weiß man, dass der Mann in Ordnung ist, im Prinzip. Wenn er der Freund von jemandem ist, den man mag.«

»Tja. Wieso bist du gekommen?«, lenkte Amelie ab.

Liz strahlte jetzt. »Ich bin mir ziemlich sicher.«

Verständnislos blickte Amelie ihre Freundin an. »Bei was?«

»Na, dass es endlich geklappt hat. Dass ich schwanger bin.« Seit Monaten hofften Liz und Cristian, schwanger zu werden, aber bisher ohne Erfolg.

»Oh, wow! Das ist ja … toll, gratuliere.« Amelie merkte selbst, dass es nicht allzu freudig klang.

»Ich weiß, für dich ist das momentan kein Thema«, erwiderte Liz. »Aber wenn du den passenden Partner findest, änderst du deine Meinung zur Kinderfrage bestimmt schnell.«

»Never ever. Ich wollte früher mit Nils immer eine Familie haben. Mama, Papa, zwei Kinder. Da war ich fünf und er sieben. Und er wollte es auch. Aber mit den Jahren kann ich es mir immer weniger vorstellen. Trotzdem, ich freue mich wirklich mit euch, auch wenn ich gerade seltsam klinge.«

»Danke. Ich versteh das schon. Tut mir so leid, das mit Freddy.«

»Oh nein, bitte nicht. Ich bin nicht die bedauernswerte Dauersingle-Freundin. Du weißt, ich liebe meine Freiheit sehr und wir hatten nur ein lockeres Ding.«

»Gott nein, das sollte jetzt gar nicht bedauernd klingen.«

In dem Moment trat auch noch Josy in Amelies Laden. Sie sah blass aus, geradezu panisch, angespannt. »Ich muss jetzt doch mit euch reden«, brachte sie gehetzt hervor und sah sich immer wieder um, ob ihr jemand folgte.

Sofort wandten sich die Freundinnen ihr zu. Normalerweise trafen sie sich in Josys Café, wenn es etwas zu besprechen gab, zum Hot-News-Kaffee-Treffen. Umso verwunderlicher, dass Josy zu Amelie gekommen war.

»Ich brauche euren Rat, weil ich fürchte, ich bin … schwanger«, brach es aus Josy hervor.

»Du?«, entfuhr es Liz und Amelie gleichzeitig. Denn Josy hatte ihnen nie erzählt, mit Eric eine Familie gründen zu wollen.

Josy fuhr sich verzweifelt durch ihr blondes Haar, zupfte an den Hosenträgern ihrer kurzen Jeans. »Ja, ist das nicht furchtbar?«

»Ihr hattet es also nicht geplant?«, erkundigte sich Liz vorsichtig.

»Nein, überhaupt nicht. Wir wollten *uns* genießen. Und Erics Schokoladenladen in Palma läuft zwar ganz gut, aber so super nun auch wieder nicht. Und vor allem hat er sein Trauma immer noch nicht so richtig verarbeitet, auch wenn es schon so lange her ist. Aber kein Wunder. Ein Baby war bisher nie Thema zwischen uns, er klang eher so, dass er keines möchte. Was für mich in Ordnung ist.«

Die Freundinnen sahen sich betreten an. Amelie und Liz traten zu Josy, nahmen sie abwechselnd in den Arm. »Aber wenn es jetzt so sein sollte. Manchmal denkt man, ein Baby passt nicht«, erklärte Liz. »Aber es ist doch ein kleines Wunder,

Ausdruck eurer Liebe, ein Geschenk. So furchtbar wäre es doch wirklich nicht, oder?«, fügte sie zaghaft an.

Josy schüttelte den Kopf, blickte zu Boden, wirkte dennoch angespannt. »Ich habe Angst, ihn zu verlieren. Und ich bin auch einfach noch nicht bereit dafür. Ich wollte mein Leben erst noch genießen. Ihr seht doch bei Teresa, wie sehr sie gefesselt ist und unter Schlafmangel leidet. Sie ist nur noch ein Schatten ihrer selbst und das, obwohl sie sich so auf die Zwillinge gefreut hat.«

»Das ist doch ganz normal«, erklärte Liz. »Die Anfangszeit ist wirklich anstrengend, das sagt jede Mutter. Man kann es sich nicht vorstellen, sagen auch alle.«

»Ich will meinen Laden jedenfalls nicht schließen und Eric seinen sicher auch nicht, das können wir uns auch gar nicht leisten«, fuhr Josy fort. »Mir macht es Spaß mit meinen Kunden, ich will nicht zu Hause sitzen und hoffen, dass eine Aushilfe die Stammkunden nicht vergrault. Jetzt noch nicht. Und so einfach scheint es ja nicht zu sein, eine gute Aushilfe zu finden. Teresas Laden ist zu.«

»Sie findet bestimmt bald jemanden, sonst helfen wir aus, wie wir ja schon angeboten haben«, entgegnete Liz.

»Wie sicher ist es denn?«, erkundigte sich Amelie.

Josy zuckte die Schultern. »Meine Tage sind schon länger ausgeblieben, ist mir aber gerade erst aufgefallen.«

»Das heißt, du hast noch keinen Test gemacht?«, erkundigte sich Liz.

»Nein, sollte ich vielleicht mal tun.« Josy bedankte sich bei den Freundinnen. »Ich muss zurück ins Café, Eric ist da, er soll noch nichts drüber wissen. Sobald ich mir einen Test besorgt habe und mehr weiß, sag ich erst ihm und dann euch Bescheid.«

»Klar, wir schweigen«, versicherte Amelie und auch Liz bestätigte das.

Josy verschwand und Amelie sah Liz an. »Und was ist mit dir, hast du einen Test gemacht?«

»Das wäre zu früh. Deshalb wollte ich jetzt auch vor Josy nichts sagen. Schon seltsam, die einen bekommen dieses Geschenk einfach so und wir mussten Monate darauf warten. Hoffentlich habe ich mich nicht getäuscht.«

»Also wenn ihr jetzt alle gleichzeitig Kinder bekommt, dreh ich total durch«, erklärte Amelie seufzend. »Du siehst es ja wirklich an Teresa, von ihr sehen und hören wir nichts mehr.«

»Was aber doch okay ist für eine Zeit. Freundschaften verändern sich, aber solange man sich mag, macht das ja nichts, wenn man sich mal nicht mehr so oft sieht.«

»Natürlich nicht. Aber trotzdem ist alles anders als früher.«

»Wir können sie ja auch besuchen«, entgegnete Liz. »Soviel ich weiß, ist ihre Schwiegermutter Gabriele gerade auf der Insel.«

»Dann hat sie ja erst recht keine Zeit«, fand Amelie.

»Im Gegenteil, Gabriele liebt ihre Enkelinnen. Und hat sicher größtes Verständnis, wenn Teresa mal wieder was mit uns allein unternehmen will.«

Amelie lächelte. »Stimmt, klingt gut. Nur wir Freundinnen. Wie früher.«

Kapitel 9

Das große weiße Segel des Katamarans blähte sich im Wind. Dennis und Nils hatten vor ihrem Abflug nach Mallorca online für heute eine Klettertour gebucht. Deep Water Soloing nannte sich das, freies Klettern an einem Felsen, ohne Gurte oder Ähnliches, denn wenn man hier fiel, landete man sanft im tiefen Wasser. Mallorca war offenbar prädestiniert dafür, auf dieser Insel gab es viele gut kletterbare Felsen im Wasser, wie Dennis vor seiner Reise gelesen hatte. Dieser brückenähnliche Fels vor ihnen sah perfekt aus, auch für Anfänger. Dennis, Nils und vier andere Touristen, zwei französische Pärchen, saßen auf dem Katamaran, ließen sich den warmen Sommerwind um die Nase wehen. Der Tourführer, der den Katamaran lenkte, ein braun gebrannter Mallorquiner, steuerte genau auf den brückenähnlichen Felsen mitten im türkisblauen Wasser zu. Elegant segelte er um den Felsen herum. Dennis nippte an seiner Limo. Wie er den Gesprächen der Franzosen im Boot entnahm, waren zwei davon Anfänger, zwei erfahrenere Kletterer. Nils übte diesen Sport zwar noch nicht so lange aus wie Dennis, und natürlich beide bisher nur in einer Halle in Hamburg, aber hier konnte man ohne Gefahr üben.

Nach dem Treffen mit seiner Schwester wirkte Nils noch geknickter als vorher schon. Kein Wunder, Amelie war sicher temperamentvoll, wenn ihr etwas nicht passte, zumindest schätzte Dennis sie so ein. Aber genau das gefiel ihm an Frauen. Wenn sie sich nichts vorschreiben ließen, wenn sie eine eigene Meinung hatten, Widerworte gaben.

Das Meer glitzerte und kleine weiße Schaumkronen tanzten neben dem Boot. Der Guide, Enrique, hatte den Katamaran mitten im Meer nahe dem brückenähnlichen Felsen zum Stehen gebracht, warf den Anker aus und erklärte den Tourmitgliedern auf Englisch mit Akzent, dass sie gleich mit einem Schlauchboot zum Felsen fahren würden.

Wenn Dennis gewusst hätte, dass es in den Läden am Meer Josys Laden gab, in dem man Touren buchen konnte, hätte er lieber sie unterstützt und bei ihr gebucht. Klettern am Meer, das gab es sicher auch bei ihr. Das Interview mit ihr hatte Spaß gemacht, ihr Café und ihr Tourenladen wirkten sehr gemütlich und einladend. Wie überhaupt alle Läden dieser Frauen. Er wunderte sich, warum sie nicht schon viel bekannter waren auf Mallorca. Vielleicht konnte er ihnen mit seinem Bericht ein wenig Anschub geben. Wie jeder Selbstständige konnten sie das sicher gut gebrauchen.

Nils' Miene passte so gar nicht zu der grandiosen Kulisse. »Du siehst aus, als würdest du im verregneten Hamburg sitzen«, versuchte Dennis, seinen Freund etwas aus der Reserve zu locken. »Sieh dich um, das türkisblaue Meer, die Sonne, die tolle Felsformation und wir auf einem Katamaran, da darf man keine schlechte Laune haben.«

Nils versuchte, sich zusammenzureißen. »Du hast ja recht. Aber es ist eben nicht nur schlechte Laune. Es ist viel tragischer.«

Dennis horchte auf. Würde sein Freund jetzt endlich reden?

Doch in dem Moment unterbrach der Guide Enrique auf Englisch: »So, dann könnt ihr eure T-Shirts aus- und die

Kletterschuhe anziehen. Mehr braucht ihr nicht. Und dann ab ins Boot.«

Die Franzosen taten wie ihnen geheißen, eines der Paare küsste sich und Dennis sah ihnen nachdenklich zu. Im Grunde sehnte er sich nach einer harmonischen Beziehung, aber dieses Glück war ihm bisher nie lange vergönnt gewesen. Oder lag es doch an ihm? Er schob den Gedanken beiseite. Natürlich lag es auch an ihm. Es lag immer an beiden. Auch er und Nils hatten sich ihrer T-Shirts entledigt, zogen ihre Kletterschuhe an, legten sich Gürtel mit Kletterkreide darin um und folgten den anderen ins Schlauchboot. Enrique paddelte es in ein paar Zügen zu dem Felsen, der jetzt hoch über ihnen aufragte. Dennis freute sich auf die Herausforderung, wie er überhaupt Herausforderungen liebte. Vielleicht reizte ihn deshalb Nils' Schwester Amelie. Denn dass sie das tat, konnte er nicht mehr verleugnen, das wurde ihm gerade bewusst. Umso neugieriger war er, was Nils und sie so auseinandergetrieben hatte.

»Amelie hat gestern gesagt, sie will mich nicht mehr sehen«, brach es jetzt aus Nils heraus.

»Was? Wieso hast du mir das nicht schon gestern gesagt? Du bist doch extra wegen ihr hier.«

»Ja, sie hat mir einen schönen Urlaub gewünscht. Sie ist sauer, dass ich mich nicht erklären kann, aber das ist eben nicht einfach und wäre vielleicht ein riesiger Fehler. Der Fehler meines Lebens. Ich weiß es nicht.«

Dennis verstand Amelie. So langsam hatte auch er genug von diesen Andeutungen und keine Lust mehr, Infos aus Nils herauszubekommen. War er überhaupt sein Freund? Unter Freunden konnte man sich doch alles sagen.

Aber Dennis schob diese Frage jetzt beiseite, wie er unangenehme Gespräche auch sonst gern verschob. »Verdrängungskönig« hatte Linda ihn genannt und damit vermutlich nicht unrecht gehabt. Dennis erwiderte nichts mehr auf Nils' Äußerung, stieg hinter den Franzosen aus dem Boot auf den Felsen. Er nahm etwas Kletterkreide aus seinem Beutel, rieb seine Hände damit ein und machte sich schließlich daran, langsam und mit voller Konzentration den Felsen hinaufzuklettern. Er liebte Freeclimbing, betrieb diesen Sport einmal die Woche in Hamburg in einer Boulderhalle, in der auch Nils ab und zu trainierte. Nils war schmaler gebaut als er, besaß nicht so viel Muskelmasse und Gewicht und tat sich tatsächlich an manchen heiklen Kletterstellen leichter.

Die Felsvorsprünge waren gut zu greifen, Dennis kam rasch voran. Die Sonne schien ihm auf die nackte Haut am Rücken, das Meer plätscherte unter ihm und vor ihm fiel eine der beiden Französinnen, die einen Bikini trug, gerade kreischend ins Wasser.

Sie tauchte wieder auf und lachte. »C'est amusant!«, rief sie, schwamm flink zum Felsen und fing erneut an zu klettern. Es war ihr erstes Mal, wie Dennis vorher aus ihren Gesprächen entnommen hatte. Er sprach ganz gut Französisch, wie auch Spanisch. In der Schule war es ihm leichtgefallen, Sprachen zu lernen, nur mit Mathematik stand er lange auf Kriegsfuß. Als Journalist brauchte man das zum Glück nicht wirklich oft.

Nils kletterte hinter ihm nach oben, wirkte heute auch beim Klettern angestrengt und nicht sonderlich konzentriert.

Ein falscher Griff und Nils plumpste ins Wasser. Dennis musste lächeln. Es war wirklich der perfekte Kletter-Hotspot hier, weil man ins erfrischende Wasser fiel. Laut Enrique gab es einige empfehlenswerte Deep-Water-Spots auf der Insel. Dennis hatte zunächst gedacht, es handele sich überall um Spaßklettern bis drei Meter über dem Wasser. Aber auf Mallorca endeten die Routen wohl im Schnitt in acht bis vierzehn Metern Höhe, auch Höhen von bis zu zwanzig Metern waren laut Enrique möglich. Oft konnte man, wenn man den Felsen erklommen hatte, von oben ins Meer springen. Dennis wollte das unbedingt ausprobieren. »Enrique, zeigst du uns eine Stelle, von der man gut ins Meer springen kann?«, fragte er den Tourguide auf Englisch. Währenddessen hievte sich Nils aus dem Meer und setzte sich erschöpft auf den Felsen.

»Gern«, erwiderte Enrique. »Beim nächsten Spot, zu dem wir segeln, kannst du springen.«

Auch die anderen freuten sich darauf, nur Nils machte immer noch ein Gesicht, als wäre ihm sein Leben entglitten.

Dennis beschloss, nicht mehr nachzubohren. Wenn Nils das Bedürfnis zu reden hatte, war er für ihn da, ansonsten wollte er diese Tage auf Mallorca genießen.

Nachdem alle ausgiebig auf diesem Felsen geklettert waren, öfter lachend ins Wasser gefallen waren oder auch sich fallen gelassen hatten, brachte Enrique die Truppe mit dem Schlauchboot zurück auf den Katamaran und weiter ging es, zum nächsten Spot. Dabei gab es einen kleinen Snack, mallorquinische Tapas, frisches Brot mit Oliven und selbst gemachte Limonen-Orangen-Limonade. Immer noch wirkte Nils ernst, aber vielleicht schon ein kleines bisschen gelöster, oder bildete sich Dennis das ein?

»Tut gut, das Klettern am Meer«, sagte Nils. Das hieß, dass Dennis sich nicht geirrt hatte. Die Sonne, der Sommerwind, das Meer und Sport in der freien Natur, das alles schien Nils' Verspannung zu lösen.

Allein deshalb hatte sich die Tour schon gelohnt. Dennis würde definitiv öfter nach Mallorca kommen, um an diesen genialen Felsformationen zu klettern, nahm er sich vor. Und dann würde er sicher auch Amelie wiedersehen, zumindest hoffte er das, gestand er sich ein. Schon verrückt, aber irgendetwas hatte diese Frau in ihm ausgelöst. Vielleicht würde er ja durch sie erfahren, was zwischen ihr und ihrem Bruder geschehen war, fiel ihm ein. Hoffentlich würde er dann Nils als Freund nicht verlieren, Freundschaft ging vor.

Von Weitem schon sahen sie einen sehr hohen Felsen. Enrique deutete nach oben. »Von dort könnt ihr springen, wenn ihr es nach oben schafft. Ist nichts für Anfänger. Die können da rechts an dem kleineren Felsen üben.«

»Perfekt«, entgegnete Dennis. »Noch eine echte Herausforderung.«

»Junge, ist das hoch!«, entfuhr es Nils.

»Das packst du schon.«

»Und wenn nicht?«

»Dann fällst du ja nur ins Meer.«

»Sind da keine Felsen im Wasser?«, erkundigte sich Nils bei Enrique.

Der lachte. »Dann würde ich es euch nicht empfehlen. Ihr solltet nur dort springen, wo euch Einheimische oder Guides sagen, dass es okay ist. Manche Touristen sind verrückt. Die sehen einen hohen Felsen und das Meer und springen einfach. Ohne zu wissen, wie tief das Meer da wirklich ist. Gab schon böse Unfälle. Aber hier ist es okay. Nur beim Klettern müsst ihr aufpassen, wenn ihr fallt, dass ihr euch etwas abstoßt. Deshalb ist es nichts für Anfänger. Sonst schrappt ihr am Felsen nach unten.«

Nils sah Dennis alarmiert an. »Willst du da wirklich hoch?«

»Sicher. No risk, no fun.« Dennis sah Nils an, dass er zögerte, und fuhr fort. »Das Leben ist voller Risiken. Man muss eben immer abwägen, welches man eingehen sollte. Das Risiko, deine Schwester ganz zu verlieren, ist zum Beispiel auf jeden Fall deutlich höher, wenn du ihr nicht sagst, was dich umtreibt. Das Risiko, wenn du ihr die Wahrheit sagst, ist kleiner.« Jetzt hatte er es doch wieder angesprochen, es war aus ihm herausgeplatzt, weil es ihn auch beschäftigte, da Amelie wirklich eine tolle Frau zu sein schien.

Nachdenklich sah Nils ihn an. Dennis folgte Enrique und den anderen ins Schlauchboot. Schließlich kam auch Nils hinterher. Eines hatte Dennis in seinem Leben gelernt. Es gab immer Risiken, aber wenn man nichts riskierte, wurde man erst recht nicht glücklich.

Der Felsen ragte hoch über ihnen auf. Vom Katamaran aus hatte er kleiner gewirkt. »Los, wer zuerst oben ist«, versuchte er, Nils anzuspornen. In der Boulderhalle in Hamburg machten sie oft ein Wettklettern. Doch wie viel genialer war diese Location hier! Und tatsächlich klappte es. Nils' Ehrgeiz wurde angestachelt, er kletterte neben Dennis flink den Felsen hinauf, versuchte, schneller zu sein als er. Doch der Aufstieg war nicht leicht, je höher sie kamen, desto schwieriger wurde es, Halt zu finden. Das Meer im Rücken gab einem jedoch ein einigermaßen sicheres Gefühl. »Denkt dran, weit abstoßen, wenn ihr fallt«, rief Enrique ihnen zu.

»Alles klar«, rief Dennis gepresst zurück. Er rutschte mit der rechten Hand ab, griff an einer anderen Stelle nach und fand zum Glück gleich Halt. Nils neben ihm erging es ähnlich, der Fels war wirklich nur für Fortgeschrittene. Nils kletterte jetzt angestrengt, rutschte auch immer wieder an einer Stelle etwas ab. Kleine Felsbrocken fielen hinunter. Gleich würde er Dennis überholen. Gib alles, dachte Dennis, aber wieder kam Nils seine drahtigere Figur zugute und er überholte Dennis jetzt wirklich. Dennis sah nach unten zum Meer, ein Fehler, den er nicht hätte machen sollen. Kurz wurde ihm schwummrig. Er krallte sich am Felsen fest, schloss die Augen, hielt inne.

»Alles gut?«, rief Enrique von unten besorgt. »Ich dachte, ihr seid erfahrene Kletterer, sonst hätte ich euch nicht da hochgelassen.«

»Sind wir«, rief Nils von oben. Er beugte sich zu Dennis, um ihn das letzte Stück hochzuziehen. Aber das erschien Dennis noch gefährlicher. Konzentriert kletterte er weiter, bis ganz auf den Felsen. Außer Atem, erschöpft aber glücklich, kam er oben an. Nils zog ihn zu sich, sie standen auf und klatschten sich lachend ab.

Auch Enrique und die Franzosen unten klatschten Beifall, sie hatten alle gebannt zugesehen.

Dennis betrachtete fasziniert die Aussicht. Von hier oben sah alles noch viel überwältigender aus. Das riesige glitzernde türkisblaue Meer, der weite Horizont. Er dachte unwillkürlich an Amelie. Die jeden Tag von ihrem Laden aus diesen Blick genießen durfte. Schon wieder dachte er an diese Frau. »Klettert deine Schwester eigentlich auch?«, fragte er Nils.

Der sah auf. »Was? Keine Ahnung. In Hamburg zumindest nicht. Aber ich bin mir sicher, dass sie der Typ dafür ist. Verrückt genug ist sie. Mutig. Für alles zu haben.«

»So schätze ich sie auch ein. Sag mal, wenn du so von ihr schwärmst, wieso hast du sie dann auf dieser Insel nie besucht?« Er konnte es nicht lassen. Vielleicht würde Nils hier oben endlich reden.

»Ich schwärme nicht von ihr«, verteidigte sich Nils sofort.

»Aber du scheinst ja angetan von ihr zu sein, zu Recht.«

»Du wohl auch«, entgegnete Nils und sah Dennis merkwürdig an. »Verkuppeln wollte ich euch zwei nicht.«

Die beiden sahen sich in die Augen. »Du klingst ja richtig eifersüchtig«, provozierte Dennis.

»Spinn nicht rum«, erwiderte Nils sofort.

»Los, wir springen jetzt gemeinsam«, schlug Dennis vor. »Auf drei? Wer zuerst unten ist?«

Nils nickte. »Okay. Da hast du bestimmt einen Vorteil, weil du fünf Schnitzel mehr gegessen hast.« Er lachte. »Eins, zwei, drei.«

Sie rannten los, sprangen nebeneinander auf zwanzig Meter Höhe ab, flogen lachend frei wie Vögel, und kurz darauf tauchte Dennis als Erster ins kühle Nass und sank weit in die Tiefe.

* * *

»Und du willst deinen Bruder jetzt wirklich gar nicht mehr sehen, solange er auf der Insel ist?«, fragte Josy ungläubig nach. Sie stand in Amelies Laden, einen Einkaufsbeutel über der Schulter. Die Mittagssonne schien, es war heiß für Anfang Mai, die Luft staute sich im Laden, es duftete nach Lavendel und Zimt. Amelie tropfte ein Zimt-Aromaöl in ihre Duftlampe, dachte traurig nach. Sie schüttelte den Kopf. »Nein. Ich habe keine Lust auf oberflächliche Gespräche. Nicht wir. Nils und ich, wir haben uns immer alles gesagt, konnten früher stundenlang und intensiv reden.«

»Und du hast auch nach eurem Treffen hier absolut keine Ahnung, wieso jetzt nicht mehr?«, hakte Josy nach.

»Absolut keine. Ich bin mir immer noch keiner Schuld bewusst.«

»Seit wann gibst du denn so schnell auf?«, provozierte Josy ihre Freundin.

»Schnell ist gut. Seit vier Jahren erzählt er mir nicht, was los ist, egal wie oft ich nachbohre. Und ich kann gut bohren.«

»Ich weiß. Scheint etwas Großes zu sein. Immerhin ist er jetzt einen Schritt auf dich zugekommen, nach Mallorca. Gib ihm etwas Zeit. Die Insel hat schon vielen geholfen, aufzutauen. Und bei Cristian und seinen Tieren auf der Finca ist er doch in besten Händen.«

»Du meinst, Picasso wird es schon richten?«

Josy lachte. »Ja, wer weiß. Cristians Esel hat schon mehreren geholfen, sich zu öffnen, zu genesen. Ich habe keine Ahnung, wie er das macht. Aber Eseltherapie soll ja helfen.«

»So von Esel zu Esel, vielleicht ist es das«, scherzte Amelie bitter.

Josy lächelte. »Sag mal, riecht es jetzt hier nach Zimt? Weihnachten dauert noch ein bisschen, das weißt du schon?«

Amelie fächelte mit der Hand über der Duftlampe. »Der Geruch von Zimt lindert depressive Stimmungen, wirkt sich generell positiv auf das Wohlbefinden aus«, erklärte sie. »Und da meine Stimmung gerade im Keller ist …«

»Ach, Süße!« Josy dachte nach. »Dann ist Zimtsterne zu backen also das perfekte Wohlfühlprogramm. Oder eben Zimt als Aromaöl.«

»Genau. Wäre passend zu deinem Café, regt die Lust auf Kuchen an und die Gäste fühlen sich wohl und sind gut drauf.«

»Klingt gut, probiere ich aus. So, du brauchst also nur Kopfschmerztabletten aus der Apotheke?«

Amelie nickte, sie spürte Josys mitleidigen Blick auf sich. »Weißt du was, sollen wir Mädels heute Abend alle noch mal etwas zusammen unternehmen?«, schlug Josy vor. »Also ich meine, falls du nicht doch deinen Bruder treffen willst oder er dich.«

Amelie schüttelte den Kopf. »Will ich nicht. Aber euch treffen gern. Wer auch immer Zeit für mich hat und nicht gerade mit seinem Freund kuscheln will.« Amelie seufzte. »Ich bin die Übriggebliebene, Single forever. Ich dachte, es macht mir nichts aus, aber gerade zieht es mich runter.«

»O Mann, aber ich verstehe das. Du hast uns, die besten Freundinnen der Welt, vergiss das nie, das ist mehr wert als irgendein Kerl.«

»Ich weiß.«

»Ich frage die anderen wegen heute Abend. Vielleicht kann Teresa ja auch, wenn ihre Schwiegermutter auf die Zwillinge aufpasst, oder Simon, oder beide zusammen.«

Amelie lächelte aufgefangen. Es tat so gut, ihre Freundinnen zu haben.

»Und dann weiß ich auch schon mehr und kann berichten«, fuhr Josy jetzt nervös fort. »Wer hätte das gedacht, dass *ich* in der Mittagspause in die Apotheke gehe und mir einen Schwangerschaftstest hole.«

Amelie lächelte. »Tja, das Leben hält viele Überraschungen bereit.«

Josy lachte. »Das sagt Cecilia doch immer.«

»Genau. Und Cristians Großmutter ist eine weise alte Frau, von der wir viel lernen können. Selbst in ihrem Alter hat sie noch die Liebe gefunden. Federico und sie sind so süß zusammen.« Amelie seufzte. »Vielleicht passiert mir das ja auch noch, mit achtzig.«

»So habe ich ja auch gedacht. Dann stand Eric plötzlich da in seiner kleinen Schokoladenmanufaktur in Palma. Wie herbeigezaubert. Und dann habe ich es erst nicht verstanden, dass er doch der Richtige ist.«

Amelie nickte bemüht tapfer. »Und bis ich so etwas kapiere, muss ich atmen, tief einatmen«, scherzte sie traurig, beugte sich über die Duftlampe und atmete tief ein und aus. In dem Moment trat Yago ein, beladen mit mehreren Pappkartons, auf denen Aloe-Vera-Pflanzen abgebildet waren.

»Hola«, grüßte er die beiden.

»Hey«, erwiderten Amelie und Josy.

Yago trug ein ärmelloses Top und so sah man seine muskulösen Oberarme. »Hier kommt wie versprochen die erste Lieferung der Aloe-Vera-Produkte, wie bestellt.«

Amelie hatte nach dem Wellnessprogramm gleich einiges geordert.

»Perfekt«, erwiderte sie. »Stell sie bitte da hin.«

Sie deutete auf die Bank, auf der sie für Dennis gelegen hatte. Sofort dachte sie wieder an das Fotoshooting, an diesen Mann. Er schien zu wissen, was er wollte. Irgendwie hatte er sie seltsam angesehen. Gefiel sie ihm? Er ihr schon, wurde ihr bewusst. Doch er hatte bei ihr keine Chance, dachte sie schnell. Als Freund ihres Bruders, als Fotograf und Journalist, der sicher charmant zu vielen Frauen war. Berufskrankheit, anders kam man nicht zu einer guten Story. Sie kannte das aus ihrer Zeit in der Hamburger Agentur. Gerade die Freien gaben immer alles, damit man sie mochte, damit man weiter mit ihnen zusammenarbeiten wollte. Sie verstand das, schließlich arbeiteten sie selbstständig, so wie sie jetzt. Yago lächelte sie an, seine dunklen Augen funkelten. »Magst du mal sehen, was ich dabeihabe?«, fragte er mit seinem mallorquinischen Akzent.

»Ähm, Amelie, ich muss«, unterbrach Josy und Amelie, die zu Yago getreten war, um die Pakete anzusehen, sah zu ihr, nickte. »Klar, und melde dich sofort, du weißt schon.«

»Mach ich.« Dann raunte Josy ihr noch zu. »Oft übersieht man die Guten.«

Amelie verstand und flüsterte zurück. »Er ist einiges jünger als ich. Was null Problem wäre. Aber ich hab nach Freddy jetzt wirklich erst mal genug von Männern.«

»Jünger ist super«, wisperte Josy. »Und jetzt geh ich.« Sie verschwand.

Yago sah Amelie an und lächelte. Seine weißen Zähne strahlten. Dieser Mallorquiner sah wirklich nicht schlecht aus, aber Dennis gefiel ihr vom Typ her besser, dachte sie insgeheim.

»Die Aloe-Vera-Gesichtscreme kommt bei Frauen mit empfindlicher Haut immer gut an«, erklärte Yago jetzt.

»Super, ich habe sehr empfindliche Haut und viele Kunden auch«, erwiderte Amelie. Sie hatte es nie geschafft, sich eine »dicke Haut« zuzulegen, war, auch wenn sie mit ihrer lockeren Art nicht so wirkte, sehr verletzlich. Vermutlich wegen ihrer Verletzlichkeit hatte ihr der innerliche Rückzug ihres Bruders besonders wehgetan.

Yago sah sie an. »Du siehst nicht wirklich glücklich aus.«

Ertappt blickte sie ihm in die Augen. Dieser Mann schien ein gutes Gespür zu haben. Sie hätte ihn nicht als so feinsinnig eingeschätzt. »Wer ist schon immer glücklich«, erwiderte sie ausweichend.

»Das stimmt.« Yago presste die Lippen zusammen. »Das muss man auch nicht sein. Ich mag Frauen, die sich viele Gedanken machen.«

Amelie sah Yago überrascht an. Sie hätte ihn als oberflächlicher eingeschätzt. Vielleicht hatte Josy ja recht und sie sollte ihn näher kennenlernen. Aber etwas in ihr sträubte sich dagegen. Dieser Journalist spukte ihr immer noch im Kopf herum, auch wenn sie das gar nicht wollte. Warum blockierte sie sich selbst immer gedanklich mit Männern, erst recht mit Männern, mit denen es eh nichts Längeres werden konnte? Kerle, die nicht auf der Insel lebten, Freunde von Freunden – oder ihrem Bruder… Sie sah Yago nachdenklich an. Sie schien ihm zu gefallen, das spürte sie.

Er öffnete ein paar der Pakete. Aloe-Vera-Produkte, Lotions, Cremes, Haarshampoo. »Wenn du möchtest, kann ich dir von jedem Produkt etwas hierlassen und wenn es gut gekauft wird, liefere ich nach. Wenn nicht, nehme ich es zurück, sofern es noch geschlossen ist.«

»Okay, das klingt gut, Deal.«

»Und wenn du mit deinen Freundinnen mal wieder bei uns wellnessen möchtest, bekommt ihr einen Sonderpreis.«

»Wirklich? Das ist ja nett.« Amelie überlegte. »Wir wollten uns tatsächlich heute Abend treffen, mit einer Freundin, die ziemlich gestresst ist, weil sie Mutter von knapp einjährigen Zwillingen ist. So ein Wellness-Event bei euch wäre optimal für eine Zwillingsmama und ihre Freundinnen. Ist zwar erst zwei Tage her, dass wir da waren, aber ich fand es sehr entspannend.«

»Sehr gern. Noch hat sich unser Wellness-Angebot nicht so herumgesprochen, dass wir ausgebucht sind.«

»Perfekt. Dann komme ich heute mit den Mädels, sofern sie nichts dagegen haben, auf die Aloe Vera Farm. Passt am Abend für dich?«

»Ja, gern, meine Chefin lässt mir mit dem Wellnessbereich ja freie Hand. Das ist mein Revier. Ich freue mich.« Er sah sie mit seinen dunklen Augen intensiv an. Amelie lächelte, drehte sich zum Regal, um ihm keine Hoffnung zu machen. Sie begann die Aloe-Vera-Produkte einzuräumen, spürte Yagos Nähe in ihrem Rücken. Roch seinen Duft nach einem frischen Aftershave. Es roch ein bisschen nach Meeresbrise.

* * *

Die Stille im Wagen tat weh. Amelie beobachtete Josy sorgenvoll, die ernst den Jeep lenkte. Die frühe Abendsonne tauchte den Himmel in ein sanftes Orangerot. So lange zusammen geschwiegen hatten die Freundinnen vermutlich noch nie, aber Josy hatte gebeten, auf der Fahrt einfach mal nichts zu sagen, ob das ginge?

Sie fuhr, ihre Hände umkrampften das Lenkrad, als müsse sie sich an irgendetwas festhalten. Amelie saß neben ihr auf dem Beifahrersitz, Matilda und Liz auf dem Rücksitz. Josy tat Amelie unendlich leid. Sie war schwanger, zumindest hatte der Schwangerschaftstest aus der Apotheke das behauptet. Josy hatte ihn bei Amelie in deren kleinem Bad im hinteren Ladenbereich gemacht, mit der Freundin nervös auf das Ergebnis gewartet. All die Sprüche, die Amelie machte, um Josy zu beruhigen, hatten nicht geholfen. Zwei Streifen, schwanger. Der Stab schien es geradezu herauszuschreien. »Oh nein!«, hatte Josy aufgejault, ihre Hände vors Gesicht geschlagen und geweint. »Hey, das ist doch jetzt noch nicht sicher«, versuchte Amelie, sie zu beruhigen, aber sie wussten beide, wie zuverlässig diese Tests mittlerweile waren. Josy hatte es ja eigentlich zuerst Eric sagen wollen, wenn es denn so war, aber da sie nun schon die Nähe ihrer Freundin gesucht hatte, konnte sie es ja gleich den anderen auch erzählen. Amelie hatte per Kurznachricht Matilda und Liz zu sich in den Laden gerufen und vor allem Liz bewegte diese Gewissheit bei Josy sehr. Sie und Cristian versuchten jetzt schon seit Monaten, schwanger zu werden, so lange hatte es nicht geklappt, hoffentlich jetzt auch endlich. Jedoch wäre sie nicht Liz gewesen, hätte sie sich nicht in Josy hineinversetzen können.

»Josy, du bist genau im richtigen Alter, hast einen Partner, den du liebst, eine Vertretung für deinen Laden am Anfang findest du, sonst helfen wir aus, und dann kannst du ja bald wieder ein paar Stunden arbeiten. Kinderlieb bist du doch auch, oder nicht?«

Josy, der die Tränen hinunterrannen, schniefte auf. »Schon, aber ich habe Angst, dass Eric das nicht will, weil er traumatisiert ist, weil er die Sorge um ein Kind nicht mehr aushalten würde. Und wenn ich mir den Stress bei Teresa ansehe, dann zweifele ich auch, ob *ich* das wirklich möchte. Mein Leben ist so perfekt gerade. Ein Kind würde alles durcheinanderbringen.«

»Aber das ist doch auch schön«, redete Matilda ihr gut zu. »Kinder bringen Sonne in dein Leben. Nie wieder Langeweile, also ich möchte auf jeden Fall einmal mit Tom Kinder haben. Gern zwei oder drei oder sogar vier, und er auch.«

»Ja, irgendwann, das dachte ich auch lange«, gab Josy ihr recht. »Wenn ich mal groß bin«, scherzte sie unter Tränen. »Aber ich fühle mich immer noch zu jung, um eine Familie zu gründen, um diese Verantwortung zu übernehmen. Erst recht nach dem, was Eric passiert ist.«

Vorsichtig wandte Liz ein: »Manchmal ist es gut, wenn einem eine Entscheidung genommen wird.«

Josy zuckte die Schultern. »Finde ich nicht. Ich möchte über mein Leben selbst bestimmen.« Dann brach sie wieder in Tränen aus. »Aber nicht über ein anderes Leben. Und das nur, weil ich einmal die Pille vergessen habe. Was, wenn ich keine gute Mutter werde? So wie meine Mutter sich schwergetan hat, mir ihre Gefühle zu zeigen, vielleicht kann ich es auch nicht?«

Die Freundinnen hatten weiter versucht, sie aufzubauen, aber Josy ließ sich kaum beruhigen und ging mit trauriger Miene in ihr Café zurück.

Amelie hatte daraufhin Teresa angerufen, ihr kurz die Lage erklärt, sie gebeten, es für sich zu behalten, und gefragt, ob sie mit zum Wellnessen komme, sie könne doch sicher auch etwas für die Seele gut gebrauchen. Teresa hatte sofort zugesagt und losgesprudelt: »Oh ja, mein Gott, die arme Josy, und ich kann das jetzt eh so sehr gebrauchen, die Mädchen sind extrem aktiv. Gabriele, meine Schwiegermutter, kann auf die Zwerge aufpassen. Im Moment ist es wirklich anstrengend, wenn zum Beispiel Emilia in die eine Richtung und Mia in die andere krabbelt. Aber sag Josy nichts davon. Ich habe ja wirklich Glück, Simon ist auch da, er ist so ein toller Vater. Und Eric wird das sicher auch sein. Ich komme mit zur Aloe Vera Farm, zusammen bauen wir Josy heute Abend auf.«

»Super, wir holen dich ab.«

* * *

Josy lenkte den Wagen durch das Tor zur Villa von Simon, in der jetzt auch Teresa mit den Zwillingen lebte.

Das weiße, edle Haus mit den prächtig blühenden Pflanzenkübeln davor sah wunderschön aus, genauso wie der Garten, den Simon, der Landschaftsarchitekt war, im Slowliving-Stil hatte anlegen und bepflanzen lassen.

Josy parkte den Jeep auf dem Parkplatz und die Freundinnen stiegen aus. Amelie legte den Arm um Josy. »Kopf hoch.«

Josy nickte tapfer. »Aber siehst du, ich bin jetzt schon eine schreckliche Mutter. Normal müsste ich mich doch wie verrückt freuen, dass ich ein Kind bekomme von dem Mann, den ich liebe und der mich liebt.«

»So ein Unsinn!«, widersprach Matilda. »Du machst dir Sorgen um deine Beziehung, aber ich bin mir sicher, dass du das nicht musst. Und du bist durcheinander, voller Hormone und warst einfach nicht darauf vorbereitet. Nur dass deine Mutter distanziert zu dir war, heißt doch nicht, dass du es ebenfalls sein wirst.«

Liz gab ihr recht. »Du bist Josy. Ein herzlicher, herzensguter Mensch. Und es ist immer noch deine Entscheidung. Und die von Eric. Du musst es ihm auf jeden Fall bald sagen.«

Josy nickte betreten. »Natürlich. Das werde ich. Morgen. Wenn ich mich etwas beruhigt habe beim Wellnessen.«

»Mädels!«, schallte es von der Villa. Teresa stand in der Tür, kam freudig auf die Freundinnen zu. Sie hatte immer noch ein paar Kilos mehr als zuvor von der Zwillingsschwangerschaft, aber das dauerte natürlich, vor allem da Teresa zugab, keinen Sport zu treiben und gern und gut zu essen.

»Ich freue mich wie verrückt«, rief sie und trat zu ihnen. Sie umarmten sich abwechselnd und Amelie roch ihren vertrauten Teresaduft. Nach Blumen, inzwischen auch nach Stilltee, nach Milch.

»Du hast mir gefehlt«, erklärte sie leise.

»Ihr mir auch«, antwortete Teresa und sah Amelie und dann Josy sorgenvoll an. »Ihr müsst mir gleich alles in Ruhe erzählen. Wollt ihr erst reinkommen und den Mädels und Gabriele Hallo sagen? Dann können wir auch gleich los.«

Die Freundinnen folgten ihr in die Villa. Clara, die Haushälterin, empfing sie erfreut, bot ihnen Getränke und ihre köstlichen mallorquinische Petits Fours an, aber die Freundinnen lehnten dankend ab.

»Yago wartet«, erklärte Amelie. »Mit unserem Aloe-Vera-Wohlfühlbad.«

»Oh, das klingt gut. Dann packe ich euch ein paar Petits Fours ein.« Clara ging zurück in die Küche und so lange begrüßten alle Simon, seine Mutter und die Zwillinge, die aussahen wie zwei Wonneproppen und in ihren Stramplern quietschfidel durchs Wohnzimmer krabbelten. »Inzwischen ist ja alles kindersicher, aber irgendwie denken sie sich immer was Neues aus, vor allem Emilia«, erzählte Teresa.

Gabriele gab ihr recht. »Diese zwei Flöhe zu hüten ist wirklich etwas anderes. Ich hatte damals ja nur Simon und das war schon anstrengend genug.«

»Hey, ich war ein Traumbaby, was erzählst du denn da?«, neckte Simon seine Mutter.

Die lachte. »Also wer behauptet, diese Anfangszeit sei nicht der reinste Stress, vor allem der Schlafmangel, und wenn sie dann so viel schreien und man weiß nicht, was sie haben, der lügt.«

Amelie sah Josy an, dass ihr durch diese Aussage noch mulmiger wurde.

»Aber wenn sie dann lächeln, wiegt das nicht alles auf?«, fragte Amelie extra, wobei sie selbst nicht daran glaubte. Gabriele, die nicht eingeweiht war, dass Josy schwanger war, schüttelte jedoch vehement den Kopf. »Nicht alles. Schlafmangel ist Folter, machen wir uns nichts vor.« Teresa versuchte, sie gestisch zum Schweigen zu bringen, aber Gabriele verstand nicht und redete munter weiter. »Und Teresa hat es ja noch gut, weil sie Clara und mich ab und zu hat. Und Simon, meistens.«

Plötzlich fing Mia an zu weinen und Emilia stimmte ein. »Hey, was habt ihr denn?« Mütterlich besorgt ging Teresa sofort zu Mia, Simon nahm Emilia hoch, hielt sie in die Luft und machte Faxen, aber weder die eine noch die andere ließ sich beruhigen. Das Schreien wurde immer lauter, ging in ein Kreischen über.

»Das ist der Moment, wo wir gehen sollten. Wellnessen, Teresa, komm«, sagte Amelie trocken. Alle lachten und plötzlich waren auch die Zwillinge beide still und sahen die Frauen mit ihren großen blauen Kulleraugen an.

»Sind sie nicht niedlich?«, fragte Liz extra.

»Pscht, kein Wort mehr, schnell weg«, erklärte Teresa amüsiert. Sie gab ihren Töchtern rasch einen Kuss, Simon ebenso und dann winkte sie Gabriele und Simon dankbar zu. »Ihr seid die Besten. Milch ist abgepumpt und wenn irgendwas sonst ist, mein Handy schalte ich nicht aus.«

»Doch, doch, mach das. Ich habe Simon ja auch großgekriegt. Was soll schon sein?«, erklärte Gabriele und herzte erst das eine Mädchen, dann das andere. »Sie sind solche Schätze, meine Enkelinnen, zumindest manchmal.« Sie lachte.

Kapitel 10

»Ihr habt keine Ahnung, wie schön es ist, Mutter zu sein«, erklärte Teresa, als Josy den Jeep auf den Parkplatz der Aloe Vera Farm lenkte.

»Ja, es ist bestimmt das größte Glück auf der Welt«, sagte Liz.

»Und wie! Ich bin so dankbar, dass ich die beiden Goldschätze habe.«

Josy brauste auf. »Und was ist damit, dass du mir kürzlich erzählt hast, sie machen dich total fertig? Und Simon und du, ihr fühlt euch beide wie Zombies und von wegen Pärchenzeit und Sex, davon könnt ihr nur noch träumen? Du meintest sogar, du hast vielleicht sogar eine postnatale Depression.«

Amelie, Liz und Matilda sahen Teresa besorgt an. »Wirklich?«

»Nein! Das war doch nur so dahingesagt. Nein, wirklich, natürlich ist es auch Stress.«

»Wie können wir dir helfen?«, fragte Matilda sofort.

»Und jetzt sei bitte ehrlich«, fügte Josy hinzu. »Ich finde es schrecklich, wenn Mütter nach außen alles verherrlichen.«

»Ehrlich? Ich auch. Also gut, ihr könnt mir gar nicht helfen. Weil Babysitter hab ich ja genug, Simon nimmt mir viel ab, Clara hilft und Gabriele will länger bleiben. Und sogar Max hilft echt mit und ist total süß mit seinen Schwestern. Aber ich bin nun mal die Mutter, ich stille und will das ja auch, und sie schreien einfach furchtbar viel, oft sogar, wenn ich nur den Raum verlasse. Und dann mein Körper. Nach einer Zwillingsgeburt ist das normal, aber ich komme mir vor wie ein Walross. Und Kraft, euch öfter zu sehen oder zu telefonieren, habe ich einfach nicht. Jede Sekunde, die ich für mich habe, muss ich schlafen.«

Josy hatte den Wagen abgestellt, stieg stumm aus, auch die anderen stiegen aus. Josy trat zu Teresa, umarmte sie fest. Amelie sah den beiden berührt zu.

Teresa löste sich wieder, sah die anderen lächelnd an. »Dass ich euch habe, das hilft mir sehr, auch wenn wir uns gerade weniger sehen. Es kommen wieder andere Zeiten.«

Sie wandte sich an Josy. »Und du weißt hoffentlich genau, dass ich meine Schätze abgöttisch liebe und sie gegen nichts auf der Welt eintauschen würde. Das war nur ein bisschen ehrliches Mamma-Gejammer, du wolltest es ja.«

»Ja, ich hasse es, wenn alle immer so tun, als wäre ihr Leben perfekt. Wir unter uns, wir können über all unsere Gefühle reden.«

»Können wir.« Teresa trat zu ihr, nahm sie erneut in den Arm, löste sich wieder. »Dass du schwanger bist, finde ich wundervoll. Bitte, bitte glaube mir, das Baby wird dich glücklich machen, zumindest meist, und du hast einen tollen Mann, Eric wird sich freuen, da bin ich mir sicher.«

Josy zuckte die Schultern. »Das weiß ich eben nicht. Wegen des Verlusts seiner Tochter. Vielleicht, wird er erst mal nach außen so tun, als ob er sich freut. Aber was tue ich ihm damit an?«

»Du tust ihm gar nichts damit an«, widersprach Teresa. »Du machst ihn zum glücklichsten Mann auf der Welt.« Vorsichtig fragte sie nach: »Dann ist es also nicht sicher, ob du es behalten willst?«

Amelie hielt den Atem an. Alle sahen Josy an, die sichtlich mit sich rang.

»Ich weiß, es klingt furchtbar egoistisch, aber ich brauche einfach noch Zeit.«

»Das ist nicht egoistisch«, half Amelie ihr sofort. »Abtreibung darf kein Tabuthema sein. Schlimm genug, dass es in einigen Ländern jetzt sogar ganz verboten ist. Nimm dir die Zeit, noch musst du Eric nichts sagen.«

»Ja, danke dir. Und mir ist bewusst, dass ich in einer sehr privilegierten Situation bin und deshalb keinen existenziellen Grund habe, abzutreiben. Aber ich möchte wenigstens darüber nachdenken dürfen. Vor euch.«

»Das darfst du auch, ich finde es gut, dass du dir viele Gedanken machst«, pflichtete Liz ihr bei.

Nur Matilda, die sehr katholisch erzogen war als Mallorquinerin, sah Amelie an, dass sie nicht der gleichen Meinung war, aber sie hielt sich zurück.

Die Freundinnen betraten die Aloe Vera Farm und Teresa sah sich angetan um. »So viele Aloe-Vera-Pflanzen, das sieht ja toll aus.«

»Ja, und Aloe Vera ist so gut für die Haut«, erklärte Amelie.

»Aber auch für die innere Anwendung. Diese Pflanze hat eine große Heilkraft«, erklärte Teresa, die sich mit der Heilkraft von Pflanzen auskannte.

»Für die innere Anwendung auch?«, hakte Amelie nach. »Für was denn?«

»Es ist zum Beispiel gut bei Magen-Darm-Beschwerden, gegen Gelenkschmerzen, auch bei Zahnfleischentzündungen kann sie helfen.«

Yago kam auf die Freundinnen zu, begrüßte sie freudig. »Ich habe euch schon kommen hören.« Sein Blick blieb auf Amelie haften. »Schön, dass ihr gekommen seid.«

Amelie lächelte kurz, deutete auf Teresa. »Und das ist Teresa, die Fünfte im Bunde.«

»Zwillingsmama und von daher sehr wellnessbedürftig«, erklärte sie.

»Herzlich willkommen, Teresa.« Yago gab ihr die Hand, deutete einen Handkuss an. »Vor Müttern verbeuge ich mich immer.«

»Oh, was für eine nette Begrüßung! Ich fühle mich schlagartig entspannt«, scherzte sie und alle lachten.

»Das ist gut. Kommt mit, der Aloe-Vera-Whirlpool ist schon für euch bereit.« Yago lächelte Amelie an und es war sofort klar, dass er sich für sie interessierte.

Normalerweise hätte sie das amüsant gefunden, aber gerade war ihr das alles zu viel.

Als sie kurz darauf alle fünf in dem Whirlpool lagen, der zum Glück genau für fünf ausgerichtet war, unterhielten sie sich noch eine Zeit lang übers Kinderkriegen, aber dann bat Josy, es jetzt wirklich gut sein zu lassen. »Jede Frau und natürlich jeder Mann muss das selbst für sich entscheiden.«

Amelie schloss die Augen und versuchte, sich zu entspannen, die anderen ebenso.

Irgendwann flüsterte Amelie Teresa zu: »Alles okay bei dir?«

»Mmhm. Dieser Yago scheint dich ja zu mögen.«

»Kann sein«, erwiderte Amelie nur. »Ist mir gerade alles zu viel. Erst taucht dieser Dennis auf, dann mein Bruder … Ich konzentriere mich jetzt nur noch auf meinen Laden. Hab ich das schon mal gesagt?«

Josy bestätigte amüsiert. »Aber ich verstehe das zu gut. Der Job macht einen wenigstens glücklich. Zumindest unser Job, wenn es läuft. Und das tut es bei mir ja wieder.«

Amelie setzte sich auf. »Und ich habe bereits eine neue Idee. Ich werde Naturkosmetik selbst herstellen. Tages- oder Nachtcreme kann man gut selbst herstellen und dann weiß man auch ganz sicher, dass keine bedenklichen Stoffe drin sind. Und Parfum genauso.«

»Das finde ich wunderbar«, erklärte Matilda.

»Ja«, pflichtete Liz ihr bei. »Oliventages- oder -nachtcreme könntest du selbst herstellen, ich wüsste da einen netten Olivenbauern, der dir die Oliven liefern kann.«

Sie lachten.

Amelie fügte hinzu: »Und einen netten Aloe-Vera-Farmer kenne ich jetzt auch, der Aloe Vera liefern kann. Ich will etwas Besonderes anbieten: nämlich Naturkosmetik-Workshops in meinem Laden. Ähnlich wie Matildas Trauring-Workshop, der wird doch inzwischen gut gebucht.«

»Ja, und es macht Spaß, mit Menschen zusammen etwas herzustellen«, pflichtete Matilda ihr bei.

»Und es lenkt ab«, fügte Amelie hinzu.

»Dann solltest du Dennis davon berichten. Das ist doch wirklich gut für seine Story«, schlug Liz vor.

»Wer ist jetzt noch mal Dennis?«, hakte Teresa nach. »Irgendwie komm ich nicht mehr so ganz mit bei euch. Vermutlich Stilldemenz.«

»Der Journalist, der eine Story über unsere Läden macht, für eine große Hamburger Zeitung. Was dann auch von zwei Inselmagazinen aufgegriffen wird«, erklärte Liz.

»Ah! Ich habe übrigens eine nette Frau gefunden, die meinen Laden noch ein paar Monate führen kann«, fuhr Teresa fort. »Ich hoffe, ihr mögt sie.«

»Wenn du sie magst, mögen wir sie auch. Und das Wichtigste ist ja, dass sie den Laden gut managt«, erklärte Amelie.

»Ja, der ist ja auch wie mein Baby und es fällt mir schwer, ihn noch mal eine Zeit lang abzugeben. Aber besser als schließen, denn meine echten Babys brauchen mich noch, habe ich das Gefühl. Das muss jede selbst wissen. Ich will diese kostbare Zeit am Anfang auf jeden Fall so viel wie möglich mit ihnen verbringen. Viele Frauen müssen aus finanziellem Druck arbeiten, da ist es etwas anderes, aber dank Simon kann ich aussetzen, ich bin so dankbar.«

»Nicht schon wieder das Babythema«, scherzte Josy.

»Oh nein, sorry«, entschuldigte sich Teresa. »Es tut mir wirklich leid, dass ich so viel darüber rede, aber es ist nun mal gerade mein Leben.«

»Ich weiß, alles gut.«

Die Freundinnen genossen die Entspannung auf den Liegen nach dem Bad, plauderten noch über dies und das und Amelies Gedanken schweiften wieder zu Dennis ab. Wieso nur dachte sie immerzu an diesen Mann? Weil er so verletzt wie sie wirkte? Auch wenn er als Journalist nach außen versuchte, taff zu sein, als er an die Gewürzfarm auf Sansibar gedacht hatte, hatte sie ihm angemerkt, dass er auch einiges erlebt haben musste, was wehgetan hatte. Und auch Nils, ihr Bruder, ging ihr nicht aus dem Kopf. Nils Holgersson wirkte so zerbrechlich, immer schon. Hatten die Freundinnen recht und sie sollte ihm noch eine Chance geben, solange er sich auf der Insel befand?

* * *

Auf Cristians Finca stand Dennis mit seiner Fotokamera in der Hand wieder einmal beim Stall, in dem Picasso gerade Heu fraß. Er betrachtete den Esel, wie er das Heu zermalmte, schoss erneut ein paar Fotos von ihm. Diese Ruhe hier war wirklich beeindruckend. Man kam zum Nachdenken, über sich und sein Leben. Man kam endlich einmal zum Innehalten, etwas, was er im Berufsalltag in Hamburg nie schaffte. Gerade als Selbstständiger musste er ständig akquirieren oder arbeiten, das Hamsterrad drehte sich immer weiter, manchmal viel zu rasant. Viel zu wenig Zeit blieb für Freundschaften, für Beziehungen, für sich selbst.

Der Sprung vom Felsen hatte etwas in ihm gelöst. Und auch in Nils, das hatte Dennis gespürt. Auf der Fahrt zur Finca hatte der Freund mehr über seine Gefühle geredet als sonst, aber leider immer noch nicht den Grund für das belastete Verhältnis zu seiner Schwester erzählt.

Die Gans watschelte auf Dennis zu. Was für eine Idylle! Er hob seine Kamera erneut an, zoomte die Gans näher heran. Seit er hier war, hatte er so viele Tierfotos geschossen wie damals in Afrika. Natürlich waren die Big Five im Grunde viel spannender, aber wenn man diese Tiere auf der Insel näher betrachtete, was man durch seine Kamera gut konnte, fiel einem auf, wie besonders und anmutig auch sie waren. Ja, die Gans und den Esel als anmutig zu bezeichnen, klang vielleicht etwas seltsam, aber sie strahlten eine Würde aus, die wenige Menschen ausstrahlten. Wieder schoss er ein Bild von der Gans. Sie watschelte an ihm vorbei, sah ihn einen Moment an, als würde sie ihn anlächeln.

»Hey, hast du dich in die Gans verliebt?«, hörte Dennis Nils' Stimme hinter sich.

Er drehte sich um, grinste. »Ich mag ihren Gang, ihren Hüftschwung«, scherzte er.

Nils lachte, trat zu ihm, lehnte sich auf den Holzzaun, der das Gehege des Esels eingrenzte. Kaum war Nils dazugekommen, hörte Picasso auf zu fressen, kam zu Nils, blieb vor ihm stehen, sah ihn mit seinen dunklen Augen an.

»Hoho, was will er mir denn sagen?«, fragte Nils amüsiert.

Dann stupste Picasso ihn mit seinem Maul sanft an.

»Na du, ich verstehe dich leider nicht«, erklärte Nils bedauernd.

»Da scheint sich ein Esel in dich verliebt zu haben«, neckte Dennis seinen Freund.

Nils streichelte dem Esel über sein Maul. »Ha, ha. Wie warm und weich sich das Maul anfühlt.« Nachdenklich sah er dem Tier in die Augen und Dennis spürte die nonverbale Kommunikation zwischen den beiden. War sie das, die Eseltherapie? Er hatte darüber recherchiert, alte Journalistenkrankheit, als er von Cristian bei seinem Einführungsrundgang auf der Finca davon gehört hatte. Der Umgang mit einem Esel sollte das Selbstbewusstsein stärken, milderte wohl Ängste, war gut, um soziale Kontakte besser aufbauen zu können, verlieh innere Ruhe … Und die Therapie gab Vertrauen zurück, denn sie basierte auf Vertrauen. Vertrauen wieder zu erlernen würde auch ihm guttun, dachte er im nächsten Moment. Denn seit Lindas Weggang konnte er keiner Frau mehr vertrauen, wie er gemerkt hatte. Selbst wenn er sich für eine Frau interessierte. So wie für Amelie. Sie weckte Gefühle in ihm, gut verdrängte Gefühle. Auf Sansibar war er mit Linda glücklich gewesen. Und dann … Diese Gefühle machten ihm Angst, ließen ihn sich in sein Schneckenhaus zurückziehen. Nicht noch einmal wollte er so sehr verletzt werden wie damals von Linda, sich nie wieder so weggestoßen fühlen, nie wieder.

Erneut stupste der Esel Nils an. Und plötzlich begann Nils zu reden. »Ich weiß, ich bin ein Esel.« Er wandte sich zu Dennis. »Manchmal muss man einfach den Spiegel vorgehalten bekommen.«

»Wie meinst du das?«

»Ich habe viel zu lange gewartet, es Amelie zu sagen«, seufzte Nils.

Dennis horchte auf. Hatte Picasso es wirklich geschafft, ihn zum Reden zu bringen? Und tatsächlich öffnete sich Nils jetzt endlich. Immer noch lehnte er mit den Armen auf dem Holzgatter des Stalls, betrachtete den Esel und redete.

Die Sonne stand schon recht hoch am Himmel, der Geruch nach Fell und den Blüten des Oleanderbusches neben ihnen stieg Dennis in die Nase.

»Amelie und ich, wir hatten eine richtig glückliche Kindheit. Wir sind in Elmsbüttel aufgewachsen, in einem Reihenhaus mit

Garten. Amelie war schon immer frech und hatte viele verrückte Ideen und ich hab immer alles mitgemacht und sie bewundert.«

Dennis musste lächeln, denn genau so schätzte er Amelie ein. Frech und voller verrückter Ideen.

»Wir wollten heiraten als Kinder. Sie trug immer zwei geflochtene Zöpfe und erinnerte mich an Pippi Langstrumpf, in Hellblond. Und ich war ihr Nils Holgersson, von Anfang an. Unsere Mutter hat ihr nämlich mit fünf Jahren einmal Selma Lagerlöfs ›Nils Holgersson‹ vorgelesen und Amelie fand, dass ich genau so aussehe wie er.« Er hielt inne und seufzte. Nils fuhr fort: »Und als es mit Corinna vor vier Jahren eine Krise gab, wurde mir klar, dass ich mich in Amelie verliebt hatte.«

Fassungslos sah Dennis ihn an. »Was? Du hast dich in deine Schwester verliebt?«

Nils schluckte, senkte den Blick, nickte.

Dennis fuhr sich durchs Haar, musste das erst mal verdauen. Dann sah er seinen Freund mitleidig an. »O Mann, das ist ja …was für ein Mist! Tut mir leid für dich!«

Nils sagte nichts mehr.

»Du weißt schon, dass das zu nichts führt?«

Nils zuckte nur die Schultern.

Dennis sah zu Picasso. Kein Wunder eigentlich bei so einer Schwester, dachte er. »Und jetzt?«, fragte er nach.

»Na ja, ich wollte es erst selbst nicht wahrhaben. Aber eine Beziehung mit Corinna war eben auch nicht möglich. Eigentlich gab es die Krise mit Corinna, weil sie es gemerkt hatte«, erklärte Nils. »Und als dann plötzlich im Raum stand, dass Amelie überlegte, nach Mallorca zu ziehen, wieder so eine verrückte Amelie-Idee, habe ich sie darin bestärkt.«

»Wieso das?«

»Weil ich dachte, die Distanz wäre gut. Ich habe sie regelrecht weggestoßen, sie hat es nicht verstanden, kein Wunder. Ich wollte es ihr irgendwann sagen, aber aus irgendwann wurden vier Jahre und das Gefühl, dass ich den richtigen Zeitpunkt verpasst habe.« Nils' Augen wurden schmal, er sah Dennis eifersüchtig an. »Sie gefällt dir auch, hab ich recht?«

Dennis schluckte. »Sie ist eine tolle Frau.«

Die Gans kam wieder angewatschelt. Schnatterte ein wenig, ging dann weiter.

»Sie ist nichts für dich«, brach es aus Nils heraus. »Das wollte ich sicher nicht, als ich dich gebeten habe, eine Story über ihren Laden zu bringen.«

»Was wolltest du denn dann?«

»Ich wollte, dass Amelie mir wohlgesonnen ist, ich wollte es vorbereiten, ihr alles sagen.«

»Verstehe. Wieso willst du es ihr eigentlich genau jetzt sagen?«, hakte Dennis nach.

Nils zuckte die Schultern. »Weil ich mich endlich von Corinna getrennt habe. Corinna mochte Amelie nicht besonders, beziehungsweise mochte es nicht, dass sie mir so viel bedeutet hat.«

»Hoffst du wirklich, dass aus deiner Schwester und dir ein Paar wird?«, fragte ihn Dennis irritiert.

Nils sah ihn aufgewühlt an, rang mit sich, als läge ihm noch etwas auf der Seele. Aber dann schüttelte er den Kopf, sagte nichts mehr. »Ich weiß, es geht nicht. Ist tabu.«

Dennis sah ihn mitleidig an. Es musste schrecklich sein für seinen Freund. Eine Frau zu lieben, die man nicht lieben durfte.

»Bitte«, fuhr Nils fort. »Mach auf keinen Fall eine Andeutung in die Richtung. Ich möchte ihr den Grund für mein seltsames Verhalten die letzten Jahre selbst sagen.«

»Klar.«

»Also, versprochen, du sagst Amelie kein Sterbenswort?«, fragte Nils angespannt nach.

Dennis zögerte. »Aber nur, wenn du es ihr sehr bald selbst erzählst, sie hat die Wahrheit verdient.«

»Mach ich.«

* * *

Amelie hatten die Stunden in der Wellness-Oase mit ihren Freundinnen gutgetan. Und auch die anderen wirkten entspannter und ausgelassen. Josy, Matilda und Liz gingen vor zum Wagen, Amelie und Teresa hinterher.

»Dieser Yago hat dich richtig sehnsüchtig angesehen bei der Verabschiedung«, sagte Teresa mit einem Lächeln auf den Lippen.

»So sehen mich alle Männer an«, scherzte Amelie trocken. Dann wurde sie ernster. »Aber die, an denen mir wirklich etwas liegt, die können mir nicht mal mehr in die Augen blicken.«

Teresa verstand sofort, dass sie ihren Bruder meinte, denn Amelie hatte ihr vorher von ihrem Treffen erzählt. »Ach, Süße, du solltest wirklich noch mal mit Nils reden. Du liebst deinen Bruder, das merke ich doch, alleine, was du erzählt hast, wie gut euer Geschwisterverhältnis früher immer war. So einen Bruder hätte ich mir auch gewünscht, ganz ehrlich. Und du hast ihn und er hat etwas auf dem Herzen, also sei für ihn da und hilf ihm, es zu sagen. Mach ihm klar, dass du ihn liebst, egal was es ist. Dann wird sicher alles gut, davon bin ich überzeugt.«

»Ich eben nicht. Inzwischen hab ich richtig Angst davor, es zu erfahren.«

»Unsinn! Du bist doch immer für die Wahrheit. Also, sei mutig und stell dich ihr.«

»Du hast recht.« Amelie seufzte. Nachdenklich fügte sie hinzu: »Vielleicht bekomme ich ja etwas aus Nils' Freund Dennis heraus, um was es geht.«

»Das stimmt. Der scheint es dir ja eh angetan zu haben.« Teresa lächelte.

»Was? Du wieder. Er macht eine Story über unsere Läden, ich muss einigermaßen nett zu ihm sein. Auch wenn es mir schwerfällt. Der Mann reizt mich, ihm Kontra zu geben.«

»Das ist ein gutes Zeichen«, erklärte Teresa wissend lächelnd.

* * *

»Kennst du das, wenn dich eine Frau wahnsinnig macht?«, fragte Dennis Cristian, der seinem Gast gerade einen Rotwein einschenkte. Dennis saß beim Pool an dem Tischchen, von dem man in einiger Entfernung das Meer sah.

»Oh ja, das kenne ich gut«, erwiderte Cristian lächelnd. »Meine Ex-Freundin hat mich wahnsinnig gemacht, und auch Liz schafft das immer wieder, aber im positiven Sinne.«

»Ach ja? Möchtest du dich zu mir setzen und einen Wein mit mir trinken?«, fragte Dennis. Nils war bereits ins Bett gegangen, hatte Kopfschmerzen, aber der Abend war viel zu schön, um sich jetzt schon schlafen zu legen.

Cristian sagte zu. »Gern, ich hole mir noch ein Glas.«

Er verschwand in Richtung Finca und kam kurz darauf mit einem weiteren Weinglas zurück.

Dennis schenkte ihm ein und Cristian setzte sich neben ihn. »Danke.« Sie prosteten sich zu, tranken einen Schluck, genossen den Wein und den Sonnenuntergang, der sich orangerot auf dem Meer spiegelte. »Manche Frauen sind so faszinierend wie dieser Ausblick«, sagte Cristian nachdenklich. »Und Liz und ihre Freundinnen, jede auf ihre Art, gehören da definitiv dazu.«

Dennis gab ihm recht. »Ich habe ja alle nur kurz kennengelernt, aber sie sind mindestens so besonders wie ihre Läden.«

»Das sind sie.«

»Kennst du sie alle gut?«, fragte Dennis vorsichtig nach.

»Du meinst Amelie? Ich kenne sie, seit sie auf Mallorca lebt. Insofern seit vier Jahren und schon ganz gut. Das hier ist keine lockere Zweckgemeinschaft, die Ladeninhaberinnen sind echte Freundinnen. Und sie sind auch meine Freundinnen. Das heißt, ich möchte nicht, dass ihnen wehgetan wird.«

Dennis horchte auf. »Verstehe. Das hat auch keiner vor.«

»Auch ihr Bruder nicht?«, fragte Cristian direkt nach.

»Nein, Nils möchte sie beschützen. Wie er es wohl immer getan hat. Aber die Sache ist kompliziert. Ich darf leider nicht darüber reden.«

Cristian nickte, sah aufs Meer, nippte an seinem Wein.

»Amelie wirkt oft etwas kühl, durch ihren trockenen Humor, ihre direkte Art. Aber dahinter steckt nur eine verletzte Seele. Wie wir alle hat sie schon einiges erlebt«, fuhr Cristian fort.

»Ja, wie wir alle.«

»Sie ist ein herzensguter Mensch, würde alles tun, um anderen zu helfen. Wenn ihr Bruder Probleme hat, ist sie sicher für ihn da. Aber er muss mit ihr reden. Ich habe von Weitem gesehen, dass Picasso ihm das auch schon gesagt hat, ich hoffe, er hört auf einen Esel.«

Cristian schmunzelte und Dennis musste jetzt auch lächeln. Dieser Cristian schien auch ein guter Kerl zu sein. Dennis fühlte sich in dieser kleinen Inselgemeinschaft so wohl wie lange nicht mehr. In Hamburg lebte man eher anonym, wie in jeder Großstadt, zumindest wenn man nicht viel Energie darauf verwendete, Freundschaften zu pflegen. Und durch Dennis' Job als Journalist, durch den er oft auf Reisen war, auch durch seine vielen Afrika-Aufenthalte, hatte er zugegebenermaßen manche netten Kontakte schleifen lassen. Er fühlte sich einsam in Hamburg, einsamer, als er es sich lange eingestanden hatte, das wurde ihm hier in dieser netten Gemeinschaft klar.

Die beiden Männer saßen noch eine Weile einfach nur da, genossen den guten Wein, blickten aufs Meer, betrachteten den Sonnenuntergang. Was für ein Glück hatte Amelie, mit so guten Freunden auf dieser traumhaften Insel zu leben.

Kapitel 11

Am nächsten Morgen, nach einem wirren Traum, in dem auch seltsamerweise schon wieder Dennis vorgekommen war, nahm Amelie in ihrem Laden eine Creme nach der anderen zur Hand und las die Inhaltsstoffe. Der Verdacht, den dieser Journalist angesprochen hatte, dass es sich nicht bei allen Produkten, die als Naturkosmetik verkauft wurden, um solche handeln könnte, ging ihr einfach nicht aus dem Kopf. Sie kannte zwar die meisten ihrer Zulieferer von der Insel inzwischen ganz gut, aber ob es wirklich alles ehrliche Menschen waren, konnte sie natürlich nicht sagen. In der Mandelcreme in ihrer Hand gab es nur natürliche Zutaten, in der Pfirsichlotion, die sie nun zur Hand nahm, auch. Sie nahm sich vor, in Zukunft noch mehr darauf zu achten, schließlich wollte sie ihrer Kundschaft nur das Beste verkaufen und schließlich wollte sie sicher sein, dass wirklich keine Tiere für die Herstellung gequält wurden. Dennis schien das genauso wichtig zu sein wie ihr. Dieser Journalist hatte ihr wieder bewusst gemacht, dass man nicht alles glauben durfte, was einem manche Leute sagten, dass man hinterfragen musste, wach sein, immer.

»Guten Morgen, Amelie.«

Sie stand mit dem Rücken zur Tür, seine Stimme löste sofort ein prickelndes Gefühl in ihr aus. Abrupt drehte sie sich halb zu ihm, stellte die Pfirsichlotion dabei in das Regal zurück.

»Guten Morgen. Hast du noch nicht alles für deine Story?«, erkundigte sie sich.

»Nein, etwas fehlt mir noch.« Er sah sie wieder so seltsam an.

»Und was?«

»Ich habe von Liz, also von Cristians Freundin, gehört, dass ihr auf einer Aloe Vera Farm gewesen seid. Und dass du Produkte von dort hier in deinem Laden verkaufst.«

»Ja, das ist richtig. Und was genau interessiert dich daran?«

In dem Moment betrat Yago den Laden, mit ein paar Kartons der Aloe-Vera-Produkte in der Hand. »Hola«, grüßte er und trat ein.

»Hola, Yago.«

Dennis sah Amelie immer noch in die Augen und irgendwie fiel es ihr auf einmal schwer, ihren Blick von seinem zu lösen.

Yago räusperte sich, trat zu der kleinen Bank und stellte die Kartons dort ab.

»Danke, Yago.« Sie sah kurz zu ihm, dann wieder zu Dennis. »Das ist übrigens Yago, er vertreibt die Aloe-Vera-Produkte, die du meintest. Auf der Farm wird die Aloe Vera ökologisch angebaut, ich habe mich selbst davon überzeugt. Die Betreiberin der Farm, Beatrix, eine Deutsche, legt großen Wert darauf.«

Dennis nickte nur. Yago sah irritiert auf und Amelie fragend an.

»Alles gut, Yago, das ist Dennis, er ist Journalist.«

Die Männer nickten sich zu.

Amelie fuhr professionell an Dennis gewandt fort: »Aloe Vera ist wirklich gut für die Haut, aber auch für die innere Anwendung …«

»Ich weiß«, unterbrach Dennis sie. »Ich kenne die Vorteile dieser Pflanze.«

Was wirkte er so ernst? Stimmte etwas nicht?

»Unsere Aloe Vera wächst sehr gut auf Mallorca«, erklärte Yago jetzt. »Sie können gern einmal auf die Farm zu uns kommen.«

»Das überlege ich, danke.«

Amelie spürte, dass Dennis etwas beschäftigte, und erklärte: »Ich bin froh, jetzt einen Zulieferer von der Insel gefunden zu haben, da das ja mein Ziel ist. Möglichst nur Inhaltsstoffe aus Mallorca. Und Yago hat dort übrigens einen wunderhübschen Wellnessbereich geschaffen, sehr zu empfehlen.«

»Danke«, sagte Yago und lächelte Amelie an. »Amelie und ihre Freundinnen waren schon zweimal bei mir im Spa«, erklärte er stolz an Dennis gewandt. »Sie können gern darüber berichten und sich von der wohltuenden Wirkung eines Aloe-Vera-Bades selbst überzeugen. Natürlich kostenlos.«

Dennis schüttelte den Kopf. »Danke, wenn ich über etwas berichte, dann vermeide ich Zuwendungen dieser Art.«

Yago nickte. Wieder sah Dennis sie so intensiv an und Amelie merkte aus den Augenwinkeln, dass Yago das registrierte und es ihm nicht gefiel.

Er holte eine Visitenkarte aus seiner Jackentasche und reichte sie Dennis. »Bitte schön. Wie gesagt, Sie sind willkommen, können sich umsehen und Bilder schießen.«

Dennis nickte lächelnd, nahm die Karte an sich. »Vielen Dank. Und Sie stellen die nachhaltigen Aloe-Vera-Cremes und -Lotions selbst auf der Farm her?«, erkundigte er sich.

»Nein, das macht mein Freund Pio für mich, ich liefere ihm nur unsere Aloe Vera. Ich habe genug mit der Farm und dem Spa zu tun, Beatrix, meine Chefin, ist Witwe, sie braucht meine Hilfe auf der Farm.«

»Verstehe.«

Yago verabschiedete sich, nicht ohne Amelie noch einen intensiven Blick zuzuwerfen.

Und eifersüchtig wirkte er auch. Amelie verabschiedete ihn und wandte sich an Dennis. »Ich kann die Farm wirklich empfehlen, wenn du ein paar Fotos schießen möchtest.«

Dennis schüttelte den Kopf. »Erst mal werde ich nicht dorthin gehen, danke. Aber über die Wirkung von Aromaölen würden die Leser sicher gern mehr erfahren. So etwas kommt immer gut an, da es jeder selbst anwenden kann. Den Garten der Düfte, den du erwähnt hast, würde ich gerne kennenlernen. Magst du mich begleiten? Mit einer Fachfrau an der Seite, das spart Zeit.«

»Ach ja?« Amelie zögerte gespielt, erklärte dann provozierend. »Na gut, wenn es dir Zeit einspart. Ich liebe diesen Garten. Den Parc de les Olors in Búger.«

Er lächelte sie an. »Ich liebe Düfte auch.«

Wieder kribbelte es in ihrem Magen. Hatte er das jetzt vorgeschlagen, um Zeit mit ihr zu verbringen, durchfuhr sie ein Gedanke. Oder war das wieder die typisch weibliche Denkweise und Dennis machte hier einfach nur seinen Job und wollte etwas über Aromaöle schreiben und möglichst wenig recherchieren?

»Wann?«, fragte sie forsch nach. »Nach Ladenschluss kann ich.«

»Perfekt. Ich erkundige mich nach einem Mietwagen. Búger ist ungefähr eine halbe Stunde von hier in der Inselmitte, richtig?«

»Ja. Aber nicht nötig. Ich kann fahren. Um sieben hier?«

»Gern.« Dennis nickte kurz zum Gruß, drehte sich um und ging.

Amelie sah ihm nachdenklich nach. Sie liebte den Parc de les Olors sehr. Es war eh mal wieder Zeit, die Ruhe und Düfte dort zu genießen.

* * *

In ihrer Mittagspause ging Amelie zu Josy ins Café. Matilda saß bereits an einem der Tischchen auf der Terrasse, mit Kaffee und Ensaimada vor sich, und sah in Gedanken versunken aufs Meer. Die anderen Tische waren besetzt.

Amelie trat zu ihr. »Hey, was guckst du denn so nachdenklich?«, fragte sie.

Matilda sah auf und wirkte ernst. Dann sah sie sich kurz um, ob jemand zuhörte und flüsterte: »Ich mache mir Sorgen. Wegen ihres Babys.«

Amelie setzte sich zu ihr, sah, dass Josy innen im Café gerade an der Kaffeemaschine zugange war. Eric stand an der Theke und bediente eine Kundin.

Amelie senkte auch die Stimme. »Wieso? Was ist mit dem Baby?«

»Na, sie hat es Eric immer noch nicht gesagt. Was, wenn sie wirklich … du weißt schon.«

»Es abtreiben will?«

Matilda nickte, presste die Lippen aufeinander. »Es ist Leben, sie darf das nicht.«

Amelie seufzte. »Es ist ihr Leben. Und ich glaube nicht, dass Josy das vorhat.«

»Meinst du?« Matilda wirkte unsicher.

Unbemerkt von beiden war Josy mit einer Tasse Café solo neben sie getreten. »Was habe ich nicht vor?«

Amelie sah sie vielsagend an und Josy verstand. »Ihr sollt hier nicht darüber sprechen!« Aufgewühlt ging sie weiter zu einem Tisch, an dem sie den Café solo servierte.

»Mist!«, entfuhr es Amelie.

Matilda atmete durch und die Freundinnen sahen sich betreten an.

Josy kam wieder an den beiden vorbei, sah sie einen Moment stumm an, setzte sich dann kurz zu ihnen und senkte ihre Stimme. »Ich habe es Eric noch nicht gesagt. Es gab einfach nicht den richtigen Moment.«

Matilda legte ihr die Hand auf den Arm und flüsterte. »Er wird sich freuen. Und ich bin immer für euch da, das weißt du, oder?«

»Ja, weiß ich. Lieb von dir.« Sie sah Amelie an. »Was möchtest du bestellen?«

»Gerne auch ein Ensaimada und einen Café con leche. Und eine Schoki to go Mandel mit Rosmarin.«

Josy nickte, stand wieder auf und ging ins Café zurück.

»Bist du dann auch jede Nacht, wenn das Kleine alle zwei Stunden schreit, für sie da?«, fragte Amelie Matilda trocken. »Es ist ihre Entscheidung.«

»Natürlich. Sie hat hier zwar keine Eltern, die als Großeltern aufpassen und unterstützen können, aber sie hat uns, das wollte ich ihr nur sagen.«

»Das weiß sie, dass sie auf uns zählen kann.«

Liz kam auf die beiden zu, Amelie hatte sie nicht kommen sehen.

»Themawechsel, sonst wird Liz traurig, bei ihr ist es ja noch nicht klar«, sagte Amelie schnell.

Liz hatte gehört, um was es ging.

»Hallo, ihr beiden. Ihr könnt über alles reden. Ich habe kein Problem damit, wenn andere superschnell schwanger werden. Zur Not adoptieren wir ein Kind. Dann tut man wenigstens etwas Gutes. Aber das ist jetzt noch kein Thema.«

Sie setzte sich, wirkte dennoch betrübt, das sah Amelie ihr an.

»Ja, ihr habt doch wirklich noch Zeit. Und, wie findest du eigentlich meinen Bruder?«, lenkte sie ab.

»Nils ist sehr nett, so wie ich ihn kennengelernt habe. Und sein Freund Dennis auch.« Liz sagte nichts weiter, wirkte wieder abwesend, beobachtete Josy, die im Café weitere Kaffees zubereitete. »Manchmal ist das Leben seltsam, oder?«, sagte sie mehr zu sich.

»Das stimmt«, gab Amelie ihr recht. »Aber man muss es einfach nehmen, wie es kommt. Wat mutt, dat mutt, sagt man auf Plattdeutsch. Was muss, das muss. Eine andere Wahl hat man nicht. Ich kann mir auch keinen anderen Bruder backen. Wenn er plötzlich so ein Sturkopf ist und nicht reden will, kann ich mich auf den Kopf stellen und mit den Ohren und Zehen wackeln. Bringt alles nichts. Auch wenn ich fast platze vor Neugierde und Wut, dass er sich so anstellt.«

»Mmhm.« Wieder schien Liz nicht ganz bei der Sache zu sein. Matilda und Amelie warfen sich Blicke zu.

»Ich hab meine Tage bekommen«, erklärte Liz traurig.

»Oh nein, meine Liebe, das tut mir leid«, erklärte Matilda, beugte sich zu ihr und nahm sie in den Arm.

Liz löste sich und bemühte sich, ihre Fassung zu bewahren. »Dann dauert es eben wirklich noch etwas.«

»Genau.« Amelie suchte nach Worten. »Weißt du was, es gibt Aromaöle, die die Fruchtbarkeit erhöhen sollen. Bei der Frau und beim Mann. Soll ich mich dazu mal schlaumachen? War bisher nicht so mein Thema.«

»Meinst du wirklich, das bringt etwas?« Liz sah sie zweifelnd an.

»Einen Versuch ist es wert. Schaden kann es jedenfalls nicht.«

»Da hast du auch wieder recht.«

»Wahnsinn, wofür alles Aromaöle gut sein sollen«, fand Matilda ehrlich beeindruckt.

»Ja, Düfte können so viel bewirken. Das Thema ist völlig unterschätzt. Deshalb finde ich es super, dass Dennis das in seinem Artikel ausführlicher behandeln will.«

»Will er?«, hakte Liz nach.

»Ja, ich soll ihm mehr dazu erzählen, wir fahren deshalb sogar extra in den Park der Düfte in Búger.«

Beeindruckt sah Liz sie an. Lächelte dann. »Klingt nach einem romantischen Ausflug.«

Amelie rollte mit den Augen. »Das ist kein romantischer Ausflug, sondern ein knallharter Jobtermin.« Sie lachten. Amelie dachte nach, nahm ihr Handy zur Hand und recherchierte.

»Da, tatsächlich.« Sie las vor: »Sogar die Spermienqualität soll durch Aromaöle verbessert werden können. Durch eine Mischung von einem Teelöffel Mandelöl, einem Tropfen ätherischem Sandelholzöl und einem Tropfen ätherischem Geranienöl. Das Ganze zweimal am Tag auf den Unterbauch reiben und auf die Handgelenke.«

Matilda kicherte.

»Was denn, besser als gleich eine Hormontherapie zu versuchen. Mit all den Nebenwirkungen«, verteidigte Amelie ihre Aromaöle.

Matilda wurde wieder ernst, gab ihr recht.

Amelie las weiter: »Hier steht noch: Aromaöle sind eine alternative und natürliche Methode zur Steigerung der Fruchtbarkeit. Ihnen wird nachgesagt, dass sie sogar den Hormonhaushalt regulieren und beeinflussen können. Ätherisches Muskatellersalbeiöl soll sogar den Östrogen- und Progesteronspiegel anheben.«

Beeindruckt hatte Liz ihr zugehört. »Hätte ich nicht gedacht, dass es sogar dafür ein Öl gibt.«

»Ja, gegen nichts ist *kein* Kraut gewachsen«, scherzte Amelie. »Teresa hat sicher noch ein paar Fruchtbarkeitstees beizusteuern.«

Liz hob abwehrend die Hände. »Oh nein! Wenn Cristian das hört, bekommt er zu viel. Und ich auch. Also erst mal versuchen wir, uns keinen Stress zu machen, von mir aus mit Lavendelöl und dann noch das Aromaöl-Gemisch für meinen

Laden, das sollte erst mal genügen. Falls ich was anderes brauche, komme ich gern auf dich und Teresa zurück. Wenn es viel länger dauern sollte. Aber bis dahin bitte keine Tipps mehr. Ich will mich echt nicht verrückt machen.«

»Kein Problem.« Amelie las immer noch an ihrem Smartphone. »Was aber auch spannend ist: Rose, Jasmin und Sandelholz, diese Aromaöle können die Libido und die Freude am Sex steigern.« Eine Frau am Nebentisch sah interessiert zu ihnen.

Matilda knuffte Amelie peinlich berührt und Liz musste lachen.

Kapitel 12

Zurück in ihrem Laden zog sich der Nachmittag wie der Kondensstreifen, der sich am tiefblauen Himmel bildete. Amelie sah immer wieder auf ihrem Handy nach der Uhrzeit. »Und die Aloe-Vera-Lotion, isch die öko und nachhaltig?«, erkundigte sich eine junge Frau mit Rastalocken und badischem Akzent.

»Ja, alle meine Produkte sind das«, erwiderte Amelie. Sie merkte selbst, dass diese Nachfragen zunahmen. Was ja gut war, dass den Leuten der Umwelt- und Tierschutz immer wichtiger wurde.

»Supa, dann nehm i die. I hab nämlich echt Probleme mit meiner Haut. Nur Naturkosmetik mit Aloe Vera geht bei mir.«

Amelie freute sich, dass Yagos Lotion so gut ankam. Es war heute schon die dritte Kundin, die sich dafür entschieden hatte.

»Ich hab so einen Sonnenbrand, Aloe Vera ist perfekt«, hatte eine mit knallrotem Gesicht gesagt. Zu oft passierte es, dass Touristen die Sonne unterschätzten.

Endlich war es kurz vor neunzehn Uhr. Amelie hatte sich schnell in ihrem kleinen Bad hinten im Laden gekämmt, ihren Kajalstrich nachgezogen und die Wimpern nachgetuscht. So wirkten ihre Augen ausdrucksvoller, denn auch ihre Wimpern waren blond. Nur Nils hatte das Glück, lange, dunkle Wimpern zu haben, zu seinen hellblonden Haaren. Jedes Mal, wenn sie an ihren Bruder dachte, überkam sie ein schlechtes Gefühl. Jetzt war er extra auf die Insel gekommen, und sie schafften es immer noch nicht, aufeinander zuzugehen. Sollte sie, wie die Freundinnen gesagt hatten, wirklich einen Schritt auf ihn zugehen?

Plötzlich stand Dennis in der Tür, seine Kameratasche lässig über der Schulter, lächelte sie an.

Er schnupperte. »Mmhm, Rose, Jasmin … und Sandelholz?«

Ertappt sah Amelie ihn an, räusperte sich. »Nicht schlecht.« Hoffentlich wusste er nicht, was diese Düfte bewirkten. Vermutlich auch deshalb dachte sie an seine Lippen. Sie spürte, wie ihr das Blut in den Kopf schoss. So hatte sie sich in der Schule damals oft gefühlt. Fast immer, wenn die Lehrerin sie aufrief, wurde sie knallrot und das sah man gut, weil sie so zarte Haut hatte. Ihre Banknachbarin hatte jedes Mal gelacht. Rasch drehte sie sich von Dennis weg, nahm ihre Handtasche vom Boden auf, richtete eine Creme im Regal.

»Alles in Ordnung?«, fragte er sofort nach. Diesem Mann entging offenbar nichts.

»Ja, ja«, erwiderte Amelie, immer noch mit dem Rücken zu ihm. Jetzt müsste es wieder gehen. Sie drehte sich schwungvoll um. »Auf gehts zum Park der Düfte.«

* * *

Sie fuhr so temperamentvoll, wie sie auch sonst wirkte. Dennis saß neben ihr, atmete ihren Mandelduft ein und hielt sich mit der rechten Hand am Haltegriff ihres kleinen Wagens fest. Rasant nahm sie die Kurven, gab meist zu viel Gas, aber er hielt sich mit Kommentaren zurück. Er spürte, dass in dieser Frau auch etwas anderes steckte. Nicht nur die forsche Amelie, die gern Kontra gab, sondern auch eine sehr verletzliche Seele, wie

Cristian gesagt hatte. Und genau diese Kombi sprach ihn so was von an.

Und ihren Bruder auch, dachte er im nächsten Moment. Nicht nur Nils, sondern auch Amelie tat ihm leid. Was für ein Gefühlschaos und Schmerz musste es für Nils sein, aber auch für Amelie, wenn sie davon erfahren würde. Sie liebte Nils sicher sehr als Bruder, mehr aber nicht. Zumindest ging Dennis davon aus, dass Geschwisterliebe für sie wie für die meisten ein Tabu war. Nils' Offenbarung würde sie natürlich zutiefst berühren und das Verhältnis der beiden dauerhaft verkomplizieren.

Dennis blickte aus dem Fenster, versuchte, an etwas anderes zu denken. Die mallorquinische Landschaft sah so wunderschön aus, erinnerte ihn in Teilen wirklich an Afrika. Er liebte diese rostrote Erde, dazu die blühenden Büsche auf dieser Insel, die ihren ganz eigenen Charme besaßen. Dann Palmen, Aleppokiefern, echter mediterraner Flair. Hin und wieder Felder mit Olivenbäumen, Orangenbäumen, Melonenäcker. Diese Insel bot so viel. Auch tauchen und klettern konnte man hier gut. Er wandte sich an Amelie. »Kletterst du eigentlich auch?«

Sie sah ihn an, zuckte die Schultern. »Früher bin ich auf jeden Baum geklettert. Und unsere Eltern waren mit uns ab und zu im Kletterwald.«

»Ich meine eher Freeclimbing, in einer Boulderhalle zum Beispiel. Oder an einem Felsen über dem Meer.«

Amelie schüttelte den Kopf. »Einmal hab ich es gemacht, seit ich hier lebe, öfter nicht. Auf dieser Insel kann man so viel unternehmen, ich kann mich ja nicht fünfteilen.«

Er musste grinsen. Wie recht sie hatte. Tolle Outdoor-Sportmöglichkeiten gab es hier reichlich.

Sie überholte rasant einen anderen Wagen.

»Fährst du immer so schnell oder haben wir es eilig?«, erkundigte er sich amüsiert.

Sie drehte wieder ihren Kopf zu ihm. »Das Leben ist kurz, ich will viel erleben. Bei mir muss also alles schnell gehen. Wetten, ich klettere auch schneller als du?«, sagte sie frech.

Er lachte. »Oh, das will ich sehen.« Er sah ihr an, dass sie das nur so dahingesagt hatte. Aber jetzt stand es im Raum.

»Okay, die Wette gilt«, erklärte sie mit einem Lächeln, das ein Grübchen in ihre Wange zauberte. Verdammt, diese Frau besaß so viel natürlichen Charme, wie sollte er sich dem entziehen? Und sie hatte eine sportliche Figur. Nicht, dass er wirklich noch gegen sie verlieren würde.

»Aber im Park der Düfte kann man nicht klettern, oder?«, hakte er nach.

»Nein, leider nicht. Dort kann man dafür atmen. Und genießen. Ich finde es herrlich dort.«

Búger war ein kleiner Ort am Rand der Serra de Tramuntana. Das mallorquinische Gebirge, das man von hier aus sah, wirkte mächtig und erhaben. Sofort spürte man die Ruhe hier mitten in der Natur. Amelie lenkte den Wagen auf einen Parkplatz des Parc de les Olors. Ein Haus stand inmitten von Kräutern und Pflanzen.

Dennis und Amelie stiegen aus und Dennis nahm seine Kamera zur Hand, sah sich neugierig um und schoss ein paar Fotos. Wilde Olivenbäume standen zwischen Kräuterbeeten oder Blumenstauden. Auch nicht in Reih und Glied wie auf einer Plantage. Die Luft roch hier frisch und sauber und tatsächlich konnte man schon den feinen Duft von Kräutern riechen.

»Es gibt mehrere ›Parcs de les Olors‹ in Spanien. Vor allem rund um Barcelona herum«, erklärte Amelie. »Hier wird ökologischer Landbau betrieben und man kann Workshops buchen, über Heilkräuter, über Pflanzen, es geht um die Verbreitung von aromatischen, medizinischen und kulinarischen Pflanzen. Es gibt auch Kurse zu Aromatherapie und Parfum, ich habe erst kürzlich an einem teilgenommen. Deshalb möchte ich jetzt auch für jeden unserer Läden einen passenden Duft wählen. Ende Juni gibt es hier ein Lavendelfest. Die Fiesta de la Lavanda.«

»Klingt toll, schade, dass ich zu früh da bin.« Dennis hängte sich die Kamera über die Schulter, zog einen kleinen Notizblock aus seiner Hosentasche, machte sich Notizen.

Sie blieben vor einem Orangenbaum stehen.

»Hieraus kann man zum Beispiel das ätherische Öl der Süßorange gewinnen. Ihm wird eine antidepressive Wirkung nachgesagt, es soll nervenberuhigend sein, antiseptisch, regt die Verdauung an, soll gut für den Magen sein und blutdrucksenkend.«

»Faszinierend. Das hast du dir alles gemerkt?«

»Wenn mich etwas interessiert, sauge ich alles in mich auf.«

»Geht mir genauso. Dieses Wissen wird viel zu wenig eingesetzt, vor allem in der Medizin.«

»Ja, finde ich auch. Und jeder Duft bewirkt so viel. Zum Beispiel wird das ätherische Öl der Süßorange auch in der Kosmetik wegen der vielen Vorteile für die Haut sehr gern genommen. Deshalb ist es für meinen Laden spannend. Es ist auch wirksam gegen Cellulite.«

Wie sehr sie in Fahrt kam, wenn sie über ihre Leidenschaft redete. Er mochte leidenschaftliche Frauen. Jetzt sah er ihr an, dass sie peinlich berührt war.

Amüsiert erklärte er: »Das mit der Cellulite ist für die Leserinnen meines Artikels auf jeden Fall interessant.«

Sie ging weiter auf das Haus zu und er folgte ihr. Dabei konnte er nicht umhin, ihre Figur von hinten zu betrachten. Ihr Hintern war klein und wirkte fest. Was dachte er da nur? Dennis atmete durch, roch Rosmarin und Lavendel, an denen sie vorbeikamen. Dann begrüßte Amelie einen sympathisch wirkenden Mann, bei dem sie offenbar einmal einen

Kurs über Aromatherapie absolviert hatte. Sie stellte Dennis als Journalisten vor und sie unterhielten sich auf Englisch. Dennis stellte ein paar Fragen, die für seinen Artikel wichtig waren, aber insgeheim wollte er gerade nur eines: Zeit mit ihr allein verbringen. Sie einatmen, ihre Nähe machte ihn verrückt.

Und wieder kam ihm sein Freund Nils in den Sinn. Der seine Schwester liebte, dem er nicht wehtun wollte. Dennoch, diese Frau faszinierte ihn. Sie war mindestens so wissbegierig und neugierig wie er, hatte den Mut bewiesen, auf diese Insel auszuwandern, ganz neu anzufangen, das, worüber er selbst schon ab und zu nachgedacht hatte. Und immer noch saß er allein in seinem Appartement mitten in Hamburg, reiste zwar viel – oder sollte man sagen, er flüchtete oft, vor der Einsamkeit, dem tristen Leben, dem Alltagstrott?

Zum Glück hatte der nette Mann nicht viel Zeit für sie. Amelie hatte wohl online ein Ticket für sie beide gebucht, was man offenbar tun sollte, um den Parc zu besichtigen. Aber es stand ein Workshop an und so hatten sie gerade ausgemacht, dass Amelie Dennis selbst herumführen könne.

»Vielen Dank für dein Vertrauen«, sagte Amelie zu ihm auf Englisch und der Mann, dessen Namen Dennis entfallen war, weil er gerade nur an sie denken konnte, erklärte: »Du weißt inzwischen viel über Aromen, Amelie, aber falls ihr anschließend noch Fragen habt, könnt ihr sie mir nach dem Workshop gerne stellen. Auch falls ihr euch noch für Glamping auf der Finca entscheidet, du weißt schon, sehr zu empfehlen.«

»Oh ja, ich weiß. Danke.«

Auch Dennis bedankte sich und folgte Amelie erneut. Ihre hellblonden Haare wehten ihm durch den leichten Sommerwind entgegen. Er liebte es, wie der Wind mit ihnen spielte. Amelie führte ihn zu einem Lavendelfeld. Der Duft stieg ihm in die Nase und Dennis fühlte sich sofort noch ruhiger, schoss wieder ein paar Fotos.

»Lavendel hilft bei Stress, Schlafstörungen oder Angstgefühlen«, erklärte sie. »Falls du jetzt gerade also Angst vor mir hast«, fügte sie keck hinzu, »atme einfach ganz tief ein.«

Er musste grinsen, atmete, schloss dabei die Augen. Ja, er hatte Angst vor ihr, Angst vor dem, was sie mit ihm machte.

Weiter ging es zu ein paar Olivenbäumen. »Wusstest du, dass die Oleinsäure, die im Olivenöl ist, das Wachstum von Brustkrebszellen hemmen soll?«

Beeindruckt hörte er ihr zu. Er hatte zwar gewusst, dass Olivenöl sehr gesund sei, aber warum genau, war ihm entfallen.

»Es gibt Studien, die eine leicht schmerzstillende Wirkung festgestellt haben. Und der Inhaltsstoff soll eben Krebszellen zerstören. Wir reden natürlich von gutem Olivenöl, das es zum Beispiel in Liz' Laden gibt. Olivenöl von Cristians Finca. Hergestellt in der alten Ölmühle, die Picasso, Cristians Esel, betreibt.« Sie lachte.

Was für ein wunderschönes Lachen. Dennis versuchte, sich zusammenzureißen.

»Cristian hat zwar erwähnt, dass die alte Ölmühle noch in Benutzung ist, aber das mit Picasso hat er nicht erwähnt.«

»Hast du keine Führung in der Ölmühle bei ihm bekommen?«

»Nein, dazu war bisher keine Zeit.« Dennis nahm sich vor, Cristian morgen früh darum zu bitten. Das würde seinen Beitrag perfekt abrunden. Ein Esel, der eine alte Ölmühle auf Mallorca antrieb.

»Olivenblattextrakt hat eine antivirale Eigenschaft, soll vor Infektionen der oberen Atemwege während der Grippesaison schützen. Und Olivenöl ist super für die Haut, auch gegen Falten.« Sie lachte. »So, jetzt weißt du so langsam all die kleinen Geheimnisse, die eine Frau wissen sollte, und kannst sie in deinen Artikel einbauen.«

»Perfekt. Ich danke dir.« Er konnte nicht anders, als sie fasziniert anzusehen. Selten hatte er eine so kluge Frau kennengelernt, die sich offenbar sehr schnell sehr viel merken konnte, die sich interessierte, für die Natur und ihre Umwelt.

»Komm, ich zeige dir noch mehr.« Wieder ging sie vor und wieder wehte ihr Amelie-Duft zu ihm.

* * *

Nachdem sie ihn mit ihrem ganzen Wissen über die Aromen der verschiedenen Pflanzen weiter beeindruckt hatte, war es schon recht spät geworden, die Sonne ging bereits unter und tauchte alles in ein orangefarbenes Licht.

»Der Workshop dauert noch etwas, aber ich glaube, es ist okay, wenn wir ihm kurz zuwinken und ich mich morgen telefonisch bei ihm bedanke. Wollen wir gehen?«

»In Ordnung.«

»Oder hast du noch Fragen, die ich nicht beantworten kann?«

»Vermutlich gibt es da wenige.« Er lächelte. »Danke, Amelie, dass du dir die Zeit für mich genommen hast.«

»Für deinen Artikel über unsere Läden. Der soll schließlich gut werden.«

Natürlich. Sie tat es für ihre Freundinnen, für sich. Hatte er ihre Blicke falsch gedeutet? Hatte sie kein Interesse an ihm, sondern nur an guter Publicity? Aber eigentlich schätzte er sie nicht berechnend ein. Den ganzen Abend hätte sie normalerweise sicher nicht mit irgendeinem Journalisten verbracht, oder doch? Dennis merkte, wie etwas in ihm erwacht war. Diese Frau war wirklich etwas ganz Besonderes. Er war zwar Nils' Freund und hatte sich bis eben nicht vorstellen können, seinem Freund eine Frau wegzuschnappen, aber da sie seine Schwester war und damit für ihn tabu, das wusste Nils ja selbst, war es für Dennis' Empfinden etwas anderes. Seine Gefühle spielten verrückt. Seit Linda hatte keine Frau mehr so viel in ihm berührt. Keine hatte so perfekt geduftet, keine hatte diese Natürlichkeit, die trockene norddeutsche Art, gepaart mit Sensibilität und Herz. Das Glamping auf Mallorca, von dem der Mann vorher geredet hatte, kam ihm in den Sinn. Glamouröses Camping in einem schönen mallorquinischen Fincagarten. Die Vorstellung, die ganze Nacht mit ihr zu verbringen, nur zu reden, sie kennenzulernen, klang verlockend.

»Was war das mit Glamping auf einer Finca, von dem der Mann vorhin gesprochen hat? Klingt spannend«, hörte er sich sagen. »Könnte ich auch in meinen Beitrag einbauen. Gibt es das hier im Garten der Düfte?«

Sie sah ihn an, ihre Augen funkelten. »Nein, aber ich kenne die Finca mit einem wunderschönen Garten, mit der sie hier kooperieren. Ist nicht weit. Dort gibt es ein Designerzelt mit richtigem Bett, wunderhübsch eingerichtet, und nachts sieht man den Sternenhimmel, es ist wirklich ein Erlebnis.«

»Das klingt perfekt«, hörte er sich sagen.

Sie sah ihn nachdenklich an, auch sie schien sich zu ihm hingezogen zu fühlen. »Es gehört einer Stammkundin von mir. Ich wollte es schon immer mal testen.« Sie überlegte, schlug frech vor: »Vielleicht ist es ja heute frei. Wir könnten die Düfte in diesem Garten und die Sterne in uns aufsaugen und du kannst so deinen Artikel abrunden.«

Perplex sah er sie an. Diese Frau war für verrückte Ideen zu haben. »Meinst du das wirklich?«, hakte er nach.

»Meine ich. Aber nicht so. Also nicht *so*«, sagte sie vielsagend. »Nur Düfte atmen, okay? Ich finde, man muss möglichst jeden Tag etwas Verrücktes und gern auch etwas Glamouröses tun, und heute habe ich noch nichts auf meiner Liste.«

»Liste?«

Sie lachte. »Jeden Tag etwas Verrücktes tun steht auf meiner Bucket List. Meine Freundin Teresa hat mich auf diese Listen-Idee gebracht, sie hat eine von ihrer Mum, egal, das ist eine andere Geschichte. Also, bist du dabei?«

Kapitel 13

Die Sonne ging weiter unter, tauchte den Himmel in ein sanftes Rosarot.

»Ganz schön kitschig dieser Himmel. Erst orange, dann rosarot«, sagte Amelie und lenkte ihren kleinen Wagen um eine Kurve. Dennis sollte wirklich nicht denken, dass sie hier einen One-Night-Stand plante, sie hoffte, dass sie das klargestellt hatte. Denn das war nicht ihr Ding. Sie hatte es zweimal ausprobiert, aber der schale Geschmack am nächsten Tag hatte jegliches Glücksgefühl in der Nacht im Nachhinein erstickt. Die Idee jedoch, beim Glamping eine Nacht in einem luxuriösen Zelt in der Natur zu verbringen, und trotzdem in einem gemütlichen Bett mit flauschigen Kissen, in einem Garten, der herrlich duftete, klang wirklich verlockend. Noch dazu vermisste sie keiner in ihrer Singlewohnung. Und nach der Enttäuschung mit Freddy tat es gut, dass sich dieser attraktive Mann für sie interessierte. Denn das tat er, das spürte sie, das sah sie an seinen Blicken. Immer wieder beobachtete er sie von der Seite beim Fahren.

* * *

Sie hatte die Fincabesitzerin, eine Stammkundin von ihr, Valeria, kurz angerufen und gefragt, ob ihr Glampingzelt heute Nacht frei sei. »Du hast Glück, Amelie, eine Nacht kannst du es haben, ab morgen ist es für einen Workshop gebucht.«

»Großartig, ich danke dir«, hatte Amelie erwidert und jetzt fuhr sie rasant zur Finca, die nur wenige Minuten vom Parc de les Olors entfernt lag. Mit einem Mann neben sich, der allein schon so gut duftete und der sie immer nervöser machte. Was hatte sie da wieder geritten, diese Nacht vorzuschlagen?

»Das Designerzelt«, erzählte sie ihm, »liegt mitten in fünfzehntausend Quadratmetern Natur.«

»Wow, das klingt toll!«

Sie bog auf eine holprige Straße, eine Landstraße, umsäumt von Oliven- und Mandelbäumen. Schon von Weitem sah man eine Finca in typisch mallorquinischem Stil inmitten eines riesigen Gartens. Amelie lenkte den Wagen durch das offen stehende Tor zur Finca, parkte nah am Haus, und da kam Valeria, eine zierliche, schlanke, attraktive Frau um die Vierzig, auch schon heraus.

»Hola, Amelie.« Die Mallorquinerin sprach etwas Deutsch, begrüßte auch Dennis, entschuldigte sich, dass sie nicht viel Zeit hatte. »Mein Vater ist zu Besuch, ist es in Ordnung, wenn ihr allein zum Zelt geht? Frühstück bekommt ihr morgen hier auf der Veranda, ein kleines Bad befindet sich neben dem Zelt in einem Holzhäuschen.«

»Wunderbar, natürlich ist das in Ordnung. Du hast mir ja schon mal alles gezeigt. Kümmere dich um deinen Vater.«

Valeria, die Dennis neugierig ansah, zwinkerte Amelie zu. Oh nein, jetzt dachte sie wunder was. »Valeria«, raunte Amelie ihr zu. »Nicht so, wie du denkst.«

»Was denke ich denn?« Valeria grinste.

»Er schreibt eine Story über meinen Laden, über Düfte, über Glamping auf Mallorca. Ein Journalist.«

Valeria lächelte. »Sehr schön. Amelie, genieß es. Mach dir nicht so viele Gedanken. Viele Deutsche machen sich immer viel zu viele Gedanken. Genieß das Leben.«

»Genau das habe ich vor.«

»Bona nit, gute Nacht.«

* * *

Ein großes weißes, rundes Zelt stand inmitten wilder Natur, umgeben von blühenden Lavendelbüschen, ein paar Meter daneben eine neu gebaute Holzhütte, in der sich das kleine Bad befand. Das Gebäude der Finca konnte man von Weitem sehen.

Amelie beobachtete Dennis, der sich angetan umsah, seine Kamera hochnahm und Bilder schoss.

»Das Abendlicht ist perfekt«, erklärte er, knipste erneut das Zelt, den wilden Lavendel, einen Orangenbaum nahe dem Zelt. Dann senkte er die Kamera, sah Amelie an. »Alles ist perfekt hier.«

In ihrem Magen zog es. Sie überspielte es. »Ja, und, taraaa, ich habe sogar Schoki to go dabei. Von Eric, Josys Freund, der die kleine Schokomanufaktur in Palma betreibt. Über die musst du auch schreiben.«

»Schätze, das muss ich.« Er grinste.

»Ja, vor allem, weil er seine Schokokreationen auch nur mit Früchten und Kräutern der Insel herstellt. Hier«, sie zog einen Riegel heraus, »Schokolade mit Rosmarin und Orange. Oder möchtest du lieber Mandel und Aprikose?«

»Ich liebe alles«, raunte er und seine Stimme klang belegt.

Amelie lächelte, bedeutete ihm, ihr in das Zelt zu folgen. »Komm, innen sieht es wirklich luxuriös aus.«

Sie traten ins Zelt und tatsächlich stand dort ein schönes Holzbett mit Bettwäsche in beigefarbenen Tönen, dazu große Vasen mit Trockenblumen, Teppiche, Schränkchen und eine geschmackvolle Laterne. Ihr Blick blieb auf dem Bett hängen. Was hatte sie getan? Natürlich musste er denken, dass sie ihn ins Bett zerren wollte. Amelie drehte sich wieder um, verließ das Zelt und er folgte ihr.

Der Abendhimmel changierte nun von Rosarot zu dunklem Rot. Was für ein Sonnenuntergang! Wieder eindeutig zu romantisch.

»Den habe ich übrigens nicht bestellt«, sagte sie zu ihm.

»Aber ich«, entgegnete er und sie spürte seinen Atem neben sich. Seine Nähe, seine Aura, die Ruhe ausstrahlte.

»Wollen wir uns dort neben den Lavendel auf das Bänkchen setzen, die Schoki und die Sandwiches essen und den Himmel beobachten?«, schlug sie vor. Gut, dass sie auf dem Weg hierher noch ein paar Sandwiches zum Abendbrot in einer Bar gekauft hatte. Denn hier gab es weit und breit kein Restaurant. »Dann kannst du mir jede Menge Fragen für deinen Artikel stellen. Über Glamping, über Düfte, was du willst.«

»Was ich will? Klingt gut.«

Sie traten zu dem Lavendel, in dem immer noch ein paar Bienen herumflogen. »Na, müsst ihr nicht langsam ins Bett?« Amelie redete mit den Bienen, wie sie es oft tat. Sie sah seinen Blick.

»Die Frau, die mit den Bienen redet«, sagte er lächelnd.

»Tja, ich bin eben ein bisschen crazy, manchmal.«

»Mag ich.«

Sie sahen sich an. Die Bienen schienen innezuhalten. Amelie wusste, dass es nicht gut war, sich auf diesen Journalisten einzulassen, der über ihren Laden schreiben sollte. Weil er der Freund ihres Bruders war, weil er die Insel bald wieder verließ.

Sie redete wirres Zeug, zumindest kam es ihr selbst so vor. Über ihren Laden, den Zusammenhalt mit den anderen Frauen, über Aromen, über Lavendel, dessen Duft ihr so in die Nase stieg. Und Dennis stellte immer wieder interessiert Fragen, fand vor allem die Freundschaft der Ladenbesitzerinnen bewundernswert. Sie lachten viel, als wären sie trunken, dabei hatte Amelie nur Wasser dabei. Die Sandwiches rührten beide nicht an. Die Zeit schien stillzustehen, die Sonne ging unter, sie redeten und redeten, auch ein wenig über sich, über ihre Träume und Wünsche. Dennis gab zu, dass er ein Suchender war und gern ankommen wollte. »Aber jedes Mal, wenn ich denke, ich bin angekommen, ändert sich mein Leben wieder grundlegend. Meine Eltern sind kurz hintereinander gestorben. Und dann ist eine Beziehung auseinandergegangen, von der ich dachte, sie hält ein Leben lang.«

Amelie wurde ganz warm ums Herz. Sie hätte das nicht von ihm gedacht, hatte ihn eher als Lebemann eingeschätzt, der sich nicht festlegen wollte. Amelie vertraute ihm an, dass sie selbst davon träumte, für immer auf dieser Insel zu leben. »Bei meinen Freundinnen. Hier habe ich eine Ersatzgroßmutter, Cecilia, Freunde und beste Freundinnen. Sie stellen mich nicht infrage, wie es meine Eltern immer wieder tun. Sie nehmen mich so, wie ich bin, und wollen mich nicht ständig verändern.«

»Ich wüsste nicht, was man ändern sollte.«

»Du kennst mich noch nicht sehr gut«, neckte sie ihn. Sie überlegte. »Ich bosse gern herum, kann schlecht verzeihen …« Ihr fiel nichts weiter ein.

»Ich mag Frauen, die wissen, was sie wollen, und ich kann auch schlecht verzeihen.« Sie lächelten sich an.

Dann wurde er ernster. »Was spricht denn dagegen, auf dieser Insel zu bleiben?«, fragte er sanft nach. Sanft, als würde er sie verstehen, als würde er sich auch danach sehnen, einfach hierzubleiben.

»Nichts. Oder viel. Meine Familie, sie gibt mir das Gefühl, sie verlassen zu haben. Nils vor allem. Ich werde aus seinem Verhalten die letzten Jahre einfach nicht schlau.«

»Du hast ihn nicht verlassen«, sagte er schnell. »Und deine Familie doch auch nicht.« Er pochte auf sein Herz. »Solange sie hier drin sind, sind sie immer bei dir. Kinder werden flügge und ziehen in die Welt, das ist normal, hat nichts mit der Liebe zu den Eltern zu tun.«

»Ich weiß, das habe ich ihnen auch gesagt. Aber meine Eltern verstehen es nicht. Die Kinder der Nachbarn sind alle in Hamburg in ihrem Viertel geblieben. Weil sie ein so gutes Verhältnis zu ihren Eltern haben, sagt meine Mutter immer. Dabei liebe ich meine Eltern wirklich. Und ich denke, Nils versteht es auch nicht wirklich, dass ich hier bin. Dabei hat er mich darin bestärkt, zu gehen. Trotzdem ist er sauer auf mich, dass ich ausgewandert bin, das wird es sein. Was denn sonst?« Sie merkte selbst, dass sie versuchte, Dennis auszuhorchen, spürte, dass er zu seinem Freund hielt und nichts sagen durfte, sofern er überhaupt etwas wusste. Sie fügte noch hinzu: »Vertrauen ist mir einfach am wichtigsten.«

Er nickte nur, sie ließ es wieder sein. Nils schien plötzlich so weit weg. Dennis war hier. Neben ihr. Und sie wollte doch das Leben im Hier und Jetzt genießen. Seine Nähe machte sie verrückt. Dazu sein Duft, der Duft nach Lavendel, nach Rosmarin, der hinter der Bank wuchs. Ihr Verstand setzte aus, sein Körper zog sie wie magisch an. Sie beugte sich zu ihm, küsste ihn. Seine vollen Lippen, die sich wirklich weich anfühlten. Dennis erwiderte den Kuss sofort, als habe er die ganze Zeit darauf gewartet, voller Leidenschaft, voller Hingabe, nahm ihren Kopf zwischen seine warmen Hände, küsste sie jetzt zärtlich, dann wieder leidenschaftlich, und die Bienen summten.

* * *

Ein flatterndes Geräusch hatte ihn geweckt. Er schlug die Augen auf, die Morgensonne schien durch das weiße Zeltdach, das sich im Sommerwind sanft bewegte. Vogelgezwitscher war zu hören. Er blickte neben sich, zu Amelie, die unter einem weißen Laken neben ihm im Bett lag. Wie schön sie lächelte im Schlaf. Ihr hellblondes Haar fiel über ihre nackte Schulter. Der Träger ihres BHs war seitlich hinuntergerutscht. So gern hätte er sie gestern Nacht ganz gespürt, aber beide hatten es schließlich nicht gewollt. Gewollt schon, aber nicht am ersten Abend. Amelie war nach außen forsch, im Inneren aber sanft und sehr, sehr zärtlich. Sofort wurde ihm wieder heiß. Wie sollte er das hier seinem Freund Nils beibringen? Der verliebt war in seine eigene Schwester. Aber vielleicht tat er ihm ja auch einen Gefallen damit. Zunächst würde Nils sicher verletzt sein und enttäuscht, aber dann musste er doch einsehen, dass es keine Zukunft hatte, eine verbotene Liebe unter Geschwistern. Noch dazu, da Amelie ihn sicher nur als Bruder liebte. Und im Moment eh sauer war auf ihn. Amelie drehte sich im Schlaf zu ihm, legte ihre Arme unbewusst neben ihn. Seufzend drehte er sich auf die Seite, sodass er sie genauer betrachten konnte. Ihre zarte Haut, die schon so viel hatte erleiden müssen. Sie hatte ihm gestern Nacht mehr von ihrer Nesselsucht erzählt, warum sie ihren Laden mit Naturkosmetik eröffnet hatte, warum sie Menschen diese näherbringen wollte. Ihre Mission. Im Gesicht sah man keinerlei Narben, aber an den Unterarmen schon ein paar kleine Punkte. Es machte ihm nichts aus, überhaupt nicht. Er wollte diese Frau, wie schon lange keine Frau mehr. Selbst Linda hatte er nicht so sehr gewollt. Oder verblasste seine Erinnerung nur? Egal. Sein Leben schien plötzlich wieder einen Sinn zu haben. Mit Amelie zusammen, mit ihr würde es wieder Spaß machen, sie schenkte den Menschen Freude, Ehrlichkeit, ihr Herz. Auch wenn es nicht immer alle auf den ersten Blick erkannten. Das konnte er sich durchaus vorstellen.

Sein Blick schweifte durch das große Zelt. Dieses Glampingzelt sah wirklich toll aus. Luxuriöses Camping mitten in der Natur, wieso hatte er nicht schon öfter auf diese Art seinen Urlaub verbracht? Die Finca bei Cristian war zwar auch wunderschön, aber dies hier war wirklich etwas Besonderes. Er würde es auf jeden Fall in seinen Artikel einbauen, den er jetzt leider nicht mehr neutral schreiben konnte. Dabei gehörte das zur journalistischen Ethik. Sich nicht durch Interviewpartner beeinflussen zu lassen. Eine eiserne Regel, die er immer befolgt hatte, bis zum heutigen Tag.

Amelie schien einen festen Schlaf zu haben. Wieder dachte er an Nils. Er hatte ihn in ihrem gemeinsamen Bett ganz sicher vermisst, machte sich vielleicht schon Sorgen, oder eher, er platzte vor Eifersucht. Dennis drehte sich auf den Rücken, fuhr sich übers Gesicht.

In dem Moment wachte Amelie auf. »Guten Morgen«, hörte er ihre Stimme, drehte sich sofort wieder zu ihr, lächelte sie an.

In seinem Magen flatterte ein Schwarm. Er nahm ihre Hand, küsste sie. »Guten Morgen.«

Durfte er sie wieder auf den Mund küssen? Er wagte es, beugte sich über sie, sah ihr einen Moment in die Augen, diese hellblauen, schönen Augen, beugte sich zu ihr und küsste sie. Sofort öffnete sie ihre Lippen, er spürte ihre Zunge, umschloss sie, küsste sie jetzt voller Leidenschaft und Verlangen.

Doch dann stoppte sie und sofort hielt er inne.

»Wie viel Uhr ist es, ich muss in meinen Laden«, sagte sie leise. Er nannte ihr die Uhrzeit und sie setzte sich sofort auf. »Lass uns frühstücken gehen, Valeria wartet sicher schon. Ich muss mich beeilen.«

* * *

Auf der Terrasse der Finca hatte Valeria für ihre Gäste den Frühstückstisch mit allerlei Leckereien und frischem Obst gedeckt. Orangen, Melone, Trauben, verschiedene Käsesorten, Marmeladen, Ensaimadas, Olivenbrot.

Amelie und Dennis ließen es sich schmecken, genossen den Duft des Kaffees, der Früchte und des selbst gebackenen Brotes.

Valeria hatte sich dazugesetzt, wollte wissen, wie ihnen das Glampingzelt gefiel. Amelie schwärmte und Dennis gab ihr recht. »An der frischen Luft schlafen, aber dennoch beschützt und bequem, was gibt es Besseres?«, fragte er.

Valerie lächelte Amelie verschwörerisch zu, aber die bedeutete ihr mit einem strengen Kopfschütteln, dass nichts gelaufen sei.

»Aber die Liebe hat euch gefunden«, sagte die Mallorquinerin leise zu ihr, sodass Dennis es bestimmt hören konnte. Valeria lächelte. »Und das in meinem Garten. Ein Garten der Liebe.«

Kapitel 14

Dennis betrachtete Amelie, die heute noch rasanter fuhr als gestern, vom Beifahrersitz aus fasziniert von der Seite. Sie hielt das Lenkrad mit der linken Hand, in der rechten hielt sie ihn. Er spürte eine Wärme durch seinen Körper strömen, eine Wärme, die ihn umarmte. Sie waren spät dran, Amelie erwartete einen Lieferanten in ihrem Laden. Nur in den Kurven entzog sie ihm kurz die Hand, nahm sie anschließend wieder und lächelte. Dennis konnte seinen Blick nicht von ihr wenden. Sie strahlte auch innerlich mehr als gestern, das konnte er sehen und es machte ihn glücklich und zufrieden.

Mit quietschenden Reifen hielt sie an Cristians Olivenfarm außen vor dem Tor, um ihn abzusetzen, küsste ihn rasch auf den Mund. »Wir schreiben, bis später, los steig aus.«

Er nickte etwas überrumpelt, stieg aus und kaum hatte er die Tür geschlossen, fuhr sie schon los, eine Staubwolke hinter sich lassend.

Dennis musste husten und grinsen. Was für eine Frau!

Dann blickte er zur Finca, wo Nils auf der Veranda saß und ihn von Weitem mürrisch und zutiefst verletzt ansah, und die Realität holte ihn ein. Sicher auch wegen ihres Bruders war Amelie so schnell wieder losgefahren. Was hatte er angerichtet?

Normalerweise tat Dennis nie etwas, das seine Freunde verletzen konnte, aber diesmal war alles anders. Hoffentlich konnte Nils ihm das jemals verzeihen.

»Hey«, sagte er voll schlechten Gewissens an Nils gewandt und trat zu ihm. »Seit ich weiß, dass … du weißt schon … Mensch, Nils, ihr seid Geschwister, es hat keine Zukunft.«

»Hast du ihr etwa was gesagt?«

»Nein! Natürlich nicht. Aber für Amelie käme es nicht infrage, da bin ich mir sicher. Im Übrigen ist auch nichts passiert.«

Nils blickte kurz erleichtert, verschränkte die Arme, Dennis trat noch näher. »Ich hoffe, du hast dir keine Sorgen gemacht, weil ich die Nacht weg war.«

»Sorgen? Nein.« Nils sah ernst aus, enttäuscht. In ihm brodelte es, das konnte Dennis sehen. Der Frühstückstisch war noch gedeckt, Nils offenbar schon fertig, auf seinem Teller lagen Brotkrümel.

Dennis setzte sich zu ihm. »Tut mir leid, wirklich.«

»Was? Dass du dich an Amelie rangemacht hast? Obwohl ich mich dir geöffnet habe?«

»Ich habe mich nicht an sie rangemacht. Es hat sich so entwickelt, seit ich ihr das erste Mal begegnet bin. Ich konnte nichts dagegen tun, dabei habe ich versucht, es abzuwehren. Dieses Gefühl. Aber sie ist einfach … sie hat mich umgehauen. Und Nils, sei bitte ehrlich zu dir selbst, es geht nicht, das hast du ja selbst schon gesagt. Wenn du ganz ehrlich bist, habe ich dir sogar einen Gefallen getan. Vielleicht kannst du das Ganze so eher abschließen.«

Nils hatte ihm aufgewühlt zugehört. »Es geht sehr wohl. Wir können zusammenkommen«, presste er heraus.

Dennis sah ihn mitleidig an. Wie sehr musste er seine Schwester lieben. Wie lange trug er das schon mit sich herum? Die Beziehung zu seiner Corinna schien ein Versuch gewesen zu sein, die Gefühle für Amelie zu verdrängen. Ein missglückter Versuch.

»Es geht«, wiederholte Nils jetzt und stand auf. »Komm.«

Er ging los, in Richtung Tiergehege. Dennis runzelte die Stirn, folgte ihm.

Am Stall des Esels blieb Nils stehen, ging zu dem Tier, streichelte ihm über die Nüstern. Dann schmiegte er seinen Kopf an seinen Hals, versenkte die Stirn im Fell. Was war nur mit Nils los? Besorgt musterte Dennis ihn.

Dann hörte Nils damit auf, hob seinen Kopf, wandte sich an Dennis, rang mit sich und sagte: »Es geht. Amelie und ich, wir können zusammenkommen, weil sie nicht meine Schwester ist.«

Fassungslos sah Dennis ihn an. Drehte er jetzt völlig ab?

Doch Nils wirkte plötzlich so klar, als habe er eine Vision. Als wäre ein zentnerschwerer Ballast von seinen Schultern gefallen. »Sie ist *nicht* meine Schwester, verstehst du? Ich wurde als Säugling von unseren Eltern adoptiert, habe das vor vier Jahren herausgefunden.« Aufgewühlt, ehe Dennis etwas erwidern konnte, fuhr er fort: »Ich liebe Amelie und du lässt die Finger von ihr!«

* * *

Glücklich drehte sich Amelie in ihrem Laden im Kreis, blieb stehen, sah durch die Glasscheibe auf das in der Sonne glitzernde Meer. Den Lieferanten, der auf sie gewartet hatte, hatte sie gerade verabschiedet und endlich konnte sie ihren Gefühlen freien Lauf lassen. Das Leben war wundervoll, die Nacht mit Dennis in diesem Garten der Düfte, in diesem glamourösen Zelt war ein Traum gewesen. Er hatte sie gentlemanlike nicht einmal gedrängt, mit ihm zu schlafen. Das hieß doch, dieser Mann meinte es ernst mit ihr. Was dachte sie da? Früher hatte sie nie solche Gedanken nach einem Date gehabt, auch bei Freddy hatte sie nicht wirklich etwas richtig Ernstes gewollt, nur ein wenig mehr Nähe. Heiraten stand nie auf ihrer Bucket List, sie liebte ihre Freiheit, wollte über ihr Leben selbst entscheiden, jeden Tag. Doch nach dieser besonderen Nacht in diesem Glampingzelt hatte sich offenbar etwas grundlegend in ihr verändert. Ein warmes, tiefes Gefühl irritierte sie, ließ sie ahnen, dass sie sich Hals über Kopf verliebt hatte. Amelie atmete tief ein, roch das Meer und die feinen Duftnuancen ihrer Aromaöle von gestern, die immer noch im Laden schwebten, fast wie sie. Sie schwebte, das beschrieb es am ehesten, wie sie sich fühlte. Wie sehr vermisste sie jetzt schon seinen Duft, dachte sie lächelnd. Sie platzte beinahe vor Glück, überlegte, den Laden kurz zu schließen, um zu Josy oder Liz oder Matilda zu rennen und ihnen davon zu erzählen. Aber in dem Moment kamen zwei Kundinnen Mitte vierzig herein, sahen sich angetan um und erkundigten sich nach ihrer Aloe-Vera-Körperlotion. Amelie beriet die beiden, erzählte ihnen etwas über die Wirkung dieser Pflanze, schweifte gedanklich aber immer wieder zu Dennis. Wie zärtlich er ihre Haut berührt hatte, wie gut es sich anfühlte, wie richtig!

»Und diese Aloe-Vera-Lotion ist wirklich Naturkosmetik?«, erkundigte sich die eine Kundin. Sie hatte empfindliche Haut, das sah Amelie sofort. Sie hatte ihre roten Haare zu einem Pferdeschwanz gebunden, ihre helle Haut leuchtete schon rötlich von der Sonne.

»Ja, natürlich, in meinem Laden ist alles Naturkosmetik«, erwiderte Amelie. Wieso zweifelte diese Frau das an?

Und dann warf sie ihrer Freundin, einer kleinen, etwas korpulenteren, auch noch so einen skeptischen Blick zu.

»Na ja, ich habe da was anderes gehört«, sagte sie jetzt. »Aber vielleicht ging es da um einen anderen Laden hier am Meer.«

Amelie horchte auf. »Was haben Sie denn gehört?«

Die Kundin zögerte. »Ich will ja nicht tratschen, aber ich habe gehört, dass in den Aloe-Vera-Produkten, die in einem Duftladen am Meer verkauft werden, auch Chemie drin ist. Und nicht zu knapp. Und dass diese aber als Naturkosmetik verkauft werden.«

»Was? Und wer sagt so etwas?«, empörte sich Amelie.

»Ach, das ist ja jetzt egal«, versuchte die Kundin abzuwehren.

»Nein, das möchte ich jetzt schon wissen«, erklärte Amelie forsch. »Ich vertraue meinen Lieferanten, aber man weiß ja nie.«

»Das stimmt.« Die Freundin der Kundin war die ganze Zeit still gewesen. Sie räusperte sich jetzt. »Das haben wir von einem jungen Mann aufgeschnappt, als der telefoniert hat. Wir saßen in einem Straßencafé in Port de Pollença. Aber dadurch kamen wir auch drauf, dass wir Bio-Aloe-Vera-Produkte so toll finden und gern eines von der Insel kaufen wollen. Und im Tourenladen hier wurde uns Ihr Laden von einer Josy empfohlen. Und sie hat uns versichert, dass alles Naturkosmetik ist.«

Amelie nickte nachdenklich.

»Wie sah der Mann denn aus?«, hakte sie nach.

Aber die Frauen beschrieben ihn nur als dunkelhaarig und normal aussehend.

Nachdem die beiden dann doch je eine Aloe-Vera-Lotion gekauft und den Laden verlassen hatten, sah Amelie ihnen nachdenklich nach. War sie zu vertrauensselig gewesen? Yago, auf den die Beschreibung gepasst hätte, traute sie eigentlich nicht zu, ihr falsche Ware zu liefern, aber sie kannte ihn kaum.

Amelie wollte dem nachgehen, jetzt aber nicht. Sondern lieber an schöne Dinge denken. An die letzte Nacht, an Dennis, diesen höchst interessanten Mann. Dieser Journalist war mindestens so neugierig auf die Welt wie sie. Er verstand, warum sie hierhergegangen war auf diese Insel, warum sie ein neues Leben angefangen hatte, das, von dem viele träumten, das aber nicht viele wagten. Ihre Freundin Carolina in Hamburg, die sie schon von der Schule kannte, hatte es anfangs genauso wenig verstanden wie Nils. Auch für sie schien das eine Entscheidung gegen ihre Freundschaft gewesen zu sein. Denn seit Amelie auf Mallorca lebte, hatte sich der Kontakt zu Carolina extrem reduziert. Ganz am Anfang hatte sie Amelie einmal besucht, seitdem nicht mehr. Sie schien auch eifersüchtig gewesen zu sein, dass Amelie hier so schnell neue Freundinnen gefunden hatte. Dabei hatte doch das eine mit dem anderen nichts zu tun. Und wieder hatten ihre Gedanken eine negative Richtung eingeschlagen, merkte sie selbst, dabei gab es so viel Schönes, an das sie denken konnte, allem voran, dass es jetzt Dennis in ihrem Leben gab. Jeder konnte selbst seine Gedanken wieder ins Positive lenken, das hatte Amelie gelernt. Und plötzlich war sie auch sehr zuversichtlich, dass sie gemeinsam einen Weg finden würden, sich oft zu sehen, dass er sehr oft auf die Insel kommen würde, so gut, wie es ihm hier gefiel.

* * *

Am liebsten wäre er sofort abgereist und niemals wiedergekommen. Dass Amelie doch nicht Nils' Schwester war, hatte Dennis den Boden unter den Füßen weggezogen. Nils und er hatten sich auf die Liegen am Pool gesetzt, denn Dennis war wirklich ins Wanken geraten. Nils hatte ihn sofort gestützt und ihn hierher zur nächsten Sitzgelegenheit geführt. Das Wasser im Pool schimmerte in der Sonne. Was hieß das jetzt für ihn? Dass er sich nicht weiter auf Amelie einlassen durfte, weil sein Freund sie seit Jahren liebte? Dennis überlegte kurz, ins Wasser zu springen, unterzutauchen. Um sein Gefühlschaos in den Griff zu bekommen. Natürlich war es ein Ehrenkodex, einem Freund keine Frau wegzunehmen. Aber zum einen waren die beiden nicht zusammen und zum anderen hatte er bisher gedacht, sie sei Nils' Schwester. Wie es im Übrigen Amelie immer noch glaubte. Für sie musste das alles ein Schock sein. Oder eine Erleichterung? Liebte sie Nils insgeheim doch auch schon lange? Gab es das, ein natürliches Gefühl für die Wahrheit? Amelie hatte Dennis letzte Nacht erzählt, wie nahe sie ihrem Bruder früher stand, wie sehr sich die Geschwister immer schon liebten. Nie hatte es offenbar diese geschwistertypische Eifersucht gegeben, selten Streit, eher Bewunderung. Wie würde sie reagieren, wenn sie jetzt von der Adoption erfuhr? Davon, dass Nils tiefe Gefühle für sie hegte, nicht wie ein Bruder?

Dennis und sie kannten sich dagegen kaum, die Nacht im Garten der Düfte hatte ein paar Schmetterlinge hervorgezaubert, mehr aber vielleicht nicht. Hatte er letzte Nacht wieder sein Herz geöffnet, nur um es sofort verletzen zu lassen? Aufgewühlt fuhr er sich mit den Händen durchs Haar. Nils sah ihn die ganze Zeit angespannt an. Erwartete von ihm, die Hände von Amelie zu lassen. Etwas, das er nicht konnte. Er wollte sie berühren, konnte es nicht erwarten, sie heute zur Mittagspause im Laden wiederzusehen, zu spüren.

»Und wie kam es vor vier Jahren heraus?«, brachte Dennis endlich hervor. Er brauchte Zeit. Zeit, um sich über alles klar zu werden.

Nils räusperte sich, begann zu erzählen: »Vor etwas über vier Jahren hatte ich einen schlimmen Motorradunfall. Ein Lkw hat mich übersehen, als ich Grün hatte. Ich kam ins Krankenhaus und musste mehrfach operiert werden. Bei dem Unfall habe ich verdammt viel Blut verloren und es wurden sogar Blutkonserven der Familie angefragt. Meine Eltern haben panisch reagiert, wollten kein Blut für mich spenden, das hat mich schon sehr gewundert und enttäuscht. Aber Amelie hat sofort zugesagt, hat, ohne dass es unsere Eltern mitbekommen haben, Blut gespendet, und dachte dann, damit sei alles gut. Als der Arzt später zu mir kam und mir mitteilte, dass sie nicht meine Schwester sein kann, brach für mich eine Welt zusammen.«

Dennis atmete durch. Er dachte an Amelie, die Nils sofort hatte helfen wollen, die es nicht verdient hatte, angelogen zu werden.

»Und wieso hast du dann nicht gleich mit ihr darüber gesprochen?«, hakte er nach.

Nils schüttelte den Kopf. »Ich musste erst mal selbst damit klarkommen. Mit meinen Eltern reden, die nicht meine biologischen Eltern sind. Sie haben mir erzählt, dass sie mich adoptiert hatten, weil sie sich so sehr Kinder gewünscht hatten. Weil meine Mutter nicht schwanger wurde und deshalb immer trauriger. Sie hatten beschlossen, einem Kind eine Zukunft zu geben, eine heile Welt. Und ich bin ihnen natürlich sehr dankbar dafür. Dann wurde meine Mutter doch noch schwanger, mit Amelie. Ich war sehr enttäuscht, dass sie es mir nicht früher erzählt haben.«

»Und was war ihre Begründung?«

Sie hörten ein Schnauben, sahen auf. Picasso kam zum Poolbereich getrottet. Dieser Esel durfte ja auf der Finca überall frei herumlaufen und tat das wohl auch sehr gern, wie Cristian einmal erzählt hatte. Der Esel blieb stehen, sah zu Nils, als wolle er zuhören.

»Tja, Picasso, das interessiert dich auch, was? Die Begründung war, dass sie einfach den richtigen Zeitpunkt verpasst hatten, mir die Wahrheit zu sagen. Dass sie uneins waren, wann sie es mir sagen sollten. Schon als Kleinkind oder etwas später? Und dann haben sie es nicht mehr geschafft. Offenbar hatte mein Vater auch etwas Angst davor, dass ich mich, wenn ich es wusste, womöglich als Teenager wirklich in Amelie verlieben könnte. Er hatte wohl mal einen Film gesehen, in dem genau das passiert war.«

»Verstehe. Ist ja alles durchaus nachvollziehbar.«

»Ja, anfangs war ich wütend, wollte das alles nicht einsehen, fühlte mich hintergangen. Aber inzwischen verstehe ich es besser. Vielleicht hätten wir uns als Teenies wirklich ineinander verliebt. Es hätte vermutlich unsere Familie zerstört. Weil Amelie, so sprunghaft wie sie war, bestimmt irgendwann wieder Schluss gemacht hätte.«

»Ist sie das, sprunghaft?«, hakte Dennis nach.

»Na ja, damals jedenfalls schon. Sonst wäre sie mit Mitte dreißig ja längst verheiratet. Aber irgendwie war ihr nie einer länger gut genug. Oder sagen wir es so, sie dachte immer, noch etwas Besseres zu finden, zum Glück.«

»Sie hat immer Schluss gemacht?«, fragte Dennis nach.

Nils bestätigte das und wieder musste Dennis schlucken. Wie Linda, dachte er sofort. Doch dann wehrte er sich innerlich gegen diesen negativen Gedanken. »Vielleicht hat sie sich einfach nie richtig verliebt«, mutmaßte Dennis und dachte an Amelies verträumten Blick am Tag zuvor.

»Das kann natürlich sein. Vielleicht, weil sie mich liebte und es ihr nicht bewusst war, dass es Liebe zwischen Mann und Frau war und keine reine Geschwisterliebe«, fuhr Nils hoffnungsvoll fort. »Jedenfalls, als ich das dann so ein bisschen verdaut hatte, mussten mir meine Eltern versprechen, Amelie erst mal nichts davon zu erzählen. Wir waren uns so nah, es hätte ihr wehgetan, das wollte ich vermeiden. Es hat mir wehgetan, wie gesagt, musste ich erst mal selbst damit klarkommen.«

Dennis merkte, wie sein Freund insgeheim litt. Er versuchte, sich in ihn hineinzuversetzen. Es musste schwer sein, zu erfahren, adoptiert zu sein, es musste schwer sein, seine Adoptivschwester zu lieben. »Du hättest es ihr vor vier Jahren sagen sollen. Jetzt wird sie doppelt enttäuscht und verletzt sein, dass du ihr so lange nicht die Wahrheit gesagt hast.« Eines wusste Dennis bereits von Amelie: wie wichtig ihr Vertrauen war.

»Du weißt, wie wichtig ihr Vertrauen ist.« Dennis sah seinen Freund an.

Nils zuckte die Schultern. »Ich habe den richtigen Zeitpunkt verpasst, ich weiß, sie wird erst mal extrem enttäuscht sein.« Nach einer kurzen Pause fügte er hinzu: »Meinst du, sie liebt mich?«

»Natürlich, sie denkt, du bist ihr Bruder. Immer wenn sie über dich redet, ist da eine große Traurigkeit in ihrem Blick, weil etwas zwischen euch steht und sie nicht weiß, was es ist.«

»Du scheinst ja ein guter Beobachter zu sein«, stellte Nils fest.

»Bringt der Beruf als Journalist so mit sich. Oder ich wurde Journalist, weil ich viel sehe um mich herum.«

Nils stand von der Liege auf, drückte seine Brust durch, atmete tief ein. »Dann schätze ich, sollte ich es ihr endlich sagen. Um diese Traurigkeit aus ihrem Blick zu bekommen.«

»Ja, solltest du.«

Nils fuhr sich durch sein blondes Haar. »O Mann, ich hab wirklich Schiss davor, dass sie so enttäuscht von mir ist, dass sie gar nichts mehr mit mir zu tun haben möchte.«

Dennis sah ihn an. »Unwahrscheinlich. Dafür hat sie ein zu großes Herz.«

Nils sah ihn eifersüchtig an, zog dann sein T-Shirt und seine Shorts aus und sprang im Schlüpfer kopfüber in den Pool. Wasser spritzte auf.

Sorgenvoll sah Dennis ihm nach. Hätte er doch nur nicht von diesem Geheimnis erfahren. Denn ab jetzt würde er entweder Amelie oder seinen Freund enttäuschen. Und um ehrlich zu sein, war ihm diese Frau verdammt wichtig. Sein Handy piepte. Eine Nachricht von ihr. Ob er besser nachmittags in ihren Laden kommen wolle, sie habe in der Mittagspause doch keine Zeit?

Sie vertraute ihm, das hatte sie ihm gestern gesagt. Er wollte sie nicht verletzen, diese Frau, die Menschen nicht schnell an sich heranließ, genauso wie er. Er wollte sie nicht verlieren.

Kapitel 15

Josy hatte die Freundinnen für die Mittagspause per Kurznachricht zu sich im Laden zusammengerufen und Amelie ahnte schon, dass es um ihre Schwangerschaft ging. Rasch hatte sie Dennis geschrieben, dass er besser nachmittags kommen solle. Sie wunderte sich etwas, dass er darauf nicht sofort antwortete, denn gesehen hatte er es. Gespannt, was Josy zu erzählen hatte, ging sie an Matildas Laden vorbei, diese hatte »Perlenzauber und Meer« bereits für die Pause geschlossen, ein Schild hing in der Tür.

In Josys Café stand Matilda bei Josy am Tresen, Amelie trat zu ihnen. »Hey«. Sie hatte den Freundinnen zuvor schon in einer kurzen Pause von ihrer Nacht mit Dennis beim Glamping vorgeschwärmt, die Freundinnen hatten sich sehr für sie gefreut.

Josy sah ernst aus, stellte Matilda gerade einen Café solo hin, begrüßte Amelie. »Du auch einen Café solo?«

»Lieber einen Beruhigungstee, ich bin so hibbelig.«

»Und auch ein Sandwich?« Josy klang sehr ernst. Amelie wollte ihr Zeit lassen, fragte nicht sofort nach.

»Nein, ich habe keinen Hunger. Und das will was heißen.« Amelie hatte immer Hunger und zum Glück einen guten Stoffwechsel, sonst wäre sie nicht so schlank geblieben. Aber heute kribbelte es so sehr in ihrem Magen, dass nichts weiter darin Platz hatte.

»Kommt Liz nicht?«, fragte Josy nach, bereitete den Tee zu.

»Nein, ganz vergessen, ich soll liebe Grüße sagen, sie ist in der Mittagspause zu Cristian auf die Finca«, erklärte Matilda. »Ich wollte eigentlich auch mit Tom eine Wohnung besichtigen. Wir haben es meinen Eltern gesagt und sie waren erstaunlicherweise einverstanden und haben sich für mich gefreut.«

»Wie toll, da freue ich mich auch für dich«, sagte Amelie.

»Danke, aber die Wohnung muss jetzt warten. Josy geht vor.«

Gespannt sahen Amelie und Matilda Josy an.

Josy reichte Amelie aber erst eine Tasse Tee.

»Du hast dich entschieden?«

Josy nickte bedeutungsvoll. Matilda sah sie erwartungsvoll und angespannt an.

»Ich hab mit Eric gesprochen«, erklärte Josy und seufzte. »Er war total geschockt, um ehrlich zu sein.«

»Was?«, entfuhr es Matilda. »Bist du sicher?«

»Na ja, gut, geschockt ist vielleicht der falsche Ausdruck. Überrascht. Überrumpelt. Er hat wie ich überhaupt nicht damit gerechnet. Im ersten Moment dachte ich, okay, das wars. Aber dann hat er mich umarmt, geküsst. Aber ich bin unsicher, ob es nicht nur gespielt war.«

»Bestimmt nicht.« Erleichtert sahen Amelie und Matilda sich an. Und plötzlich merkte Amelie, dass sie die Vorstellung, selbst schwanger zu werden, gar nicht mehr so absurd fand, wie noch zwei Tage zuvor. Verrückt, was Hormone mit einem machten.

Josy kam jetzt mit einem eigenen Glas Limo hinter dem Tresen hervor, wirkte immer noch ernst. »Er hat Angst, riesige Angst, das habe ich ihm angesehen. Und ich auch. Um unsere Beziehung.«

»Das brauchst du nicht«, widersprach Matilda. »Eric ist ein wundervoller Mann. Er hat eben schon viel Schlimmes durchgemacht.«

»Ihr wollt es also behalten?«, hakte Amelie nach.

»Ja. Ich dachte, ich sage es euch gleich, sonst macht ihr euch so viele Gedanken um mich. Vor allem Matilda.«

»Das stimmt, ich habe die ganze Zeit an dich gedacht«, gab Matilda zu. »Es nicht zu behalten, wäre wirklich schrecklich gewesen.«

»Ja, absolut übertrieben in meinem Fall. Aber danke, dass ich es laut aussprechen durfte. Das kann man nicht vor jedem, ohne verurteilt zu werden. Und dass ihr mir Zeit gegeben habt. Ihr seid einfach wunderbar. Prost, auf die vielen Tanten, die dieses Kind haben wird.« Sie stießen an.

»Auf die verrückten Tanten«, konnte sich Amelie nicht verkneifen. »Dann haben wir bald nicht nur Teresas Zwillinge, sondern noch einen Zwerg, um den wir uns kümmern können. Ich freue mich. Inzwischen wirklich«, fügte sie hinzu.

»Das ist so schön, dass ich nicht allein damit bin. Besser gesagt Eric und ich. Meine Mutter wird sicher ab und zu aus Deutschland kommen, aber ihr kennt sie ja, sie will ganz sicher nicht Oma genannt werden, das macht zwanzig Jahre älter.«

Sie lachten. Da betrat Eric mit einer Lieferung aus seiner Schokomanufaktur den Laden, lächelte bemüht in die Runde, wirkte aber wirklich etwas angespannt.

»Na, was sagt ihr dazu? Wir bekommen ein Baby.«

»Ja, herzlichen Glückwunsch«, erwiderte Matilda und Amelie stimmte ein und die beiden umarmten ihn. Eric trat zu Josy, legte den rechten Arm um sie, zog sie zu sich, legte die linke Hand auf ihren Bauch. Beschützend, besorgt. Und dann sahen sie sich in die Augen. Voller Liebe. Amelie hoffte so sehr für Josy, dass sich Eric wirklich freuen konnte auf das Kind. Dass ihre Beziehung die Sorge aushielt. Denn Liebe hielt nicht alles aus, konnte auch verschwinden. Liebe konnte wehtun, wenn sie nicht mehr erwidert wurde. Amelie dachte an Dennis. Er erwiderte ihre Gefühle, das hatte sie gestern in seinen Augen gesehen, da war sie sich sicher, er würde ihr nicht wehtun.

* * *

In sich gekehrt saß Dennis auf der Veranda von Cristians Finca am Tisch, der mit ein paar Tapas, Tomaten, Mozzarella und frischem Brot gedeckt war. Cristian hatte Nils und Dennis zu einem kleinen Mittagssnack eingeladen. Die beiden unterhielten sich über die Olivenernte, zu der Nils auf jeden Fall kommen wollte. Dennis hatte endlich auf Amelies Nachrichten geantwortet, dass er wegen eines überraschenden Auftrags nachmittags leider keine Zeit habe. Natürlich machte sie sich jetzt Gedanken, dabei wollte er ihr nicht wehtun, auf keinen Fall.

Liz brachte einen Krug selbst gemachte Zitronenlimonade aus der Küche und setzte sich zu ihnen. Limettenscheiben und Pfefferminze schwammen in der Limonade, alles sah so idyllisch aus, dass es wehtat. Dennis rang mit sich. Er wollte Nils, der gelöst wirkte, nicht noch mehr wehtun. Wie schwer musste es sein, zu erfahren, dass man adoptiert war, dass einen die biologischen Eltern nicht hatten haben wollen oder können. Dennis durfte sich nicht in diese Familiengeschichte einmischen und noch mehr Unruhe hineinbringen, das wurde ihm immer klarer.

»Dennis, hast du schon Cristians Olivenpaste mit Wildkräutern und Pinienkernen von der Insel probiert?«, fragte Liz nett nach.

Amelies Freundinnen waren wirklich Schätze. Und diese Freundschaften lagen ihr, wie sie ihm gestern erzählt hatte, sehr am Herzen. Auch für Dennis bedeutete Freundschaft viel. Erst recht, weil er nicht viele enge Freunde hatte, wie ihm hier ja klar geworden war. Die Freundschaft zu Nils war ihm wichtig und Freundschaft blieb, hoffentlich bis ans Lebensende.

»Nein, klingt wunderbar«, erwiderte er jetzt und Liz reichte ihm das kleine Glas mit der Olivenpaste. Dazu gab sie ihm den Brotkorb und Dennis nahm eine Scheibe Weißbrot, strich sich mit einem Messer Olivenpaste darauf und kostete. Eine Geschmacksexplosion, ein Genuss! Für einen Moment schloss er die Augen, öffnete sie wieder und nickte angetan. »Davon nehme ich auf jeden Fall ein paar Gläser mit nach Hamburg«, sagte er.

»Gibt es bei Liz im Laden«, erklärte Cristian. »Das sollte aber keine Verkaufsveranstaltung sein«, fügte er lächelnd hinzu. Dann sah er Nils ernster an. »Du solltest mehr Zeit mit Amelie verbringen. Sie hat dich sehr vermisst.«

Nils, der die ganze Zeit sehr ruhig gewesen war, sah hoffnungsvoll auf. »Hat sie das gesagt?«

Cristian schüttelte den Kopf. »Aber das merke ich.«

Liz schmiegte sich an Cristian, diesen gut aussehenden Mallorquiner. Dennis verstand sie, dass sie sich in ihn verliebt und ihr Leben in Deutschland für ihn aufgegeben hatte. »Cristian hat ein feines Gespür für Menschen«, erklärte Liz. »Er war einmal Arzt, Notarzt, hat aber nie verstanden, warum die meisten Ärzte nur die klassische Medizin einsetzen.«

Cristian fügte an: »Es gibt so viel mehr Wege, Menschen zu heilen. Mit Tieren, mit Kräutern, Blüten, mit Düften …«

Dennis gab ihm recht und sofort dachte er wieder an die letzte Nacht in diesem Garten der Düfte. Was hatte sie mit ihm gemacht? Er atmete durch.

»Wisst ihr was?«, schlug Liz vor und sah dabei Nils an. »Wir buchen bei Josy eine Segeltour für dich und Amelie.«

»Eine Segeltour?«, hakte Nils verwundert nach.

»Ja, auch das Meer heilt manche Wunden und öffnet die Menschen. Und auf einem kleinen Boot kommt man sich näher, ich bin mir sicher, dass es euch Geschwistern guttun würde.«

Cristian gab ihr recht. »Picasso hat, glaube ich, schon einiges angestoßen bei dir, Nils, habe ich recht? Ich habe euch beobachtet.«

Ertappt sah Nils ihn an. »Ja, du hast recht. Er hat mir gesagt, dass ich ein Esel bin.« Er lachte. »Nein, es stimmt wirklich. Und dass das Meer solche Kräfte haben kann, glaube ich gleich. Also gut, die Segeltour klingt nach einer tollen Idee, nach einer Gelegenheit, bei der es sicher zur Aussprache kommen wird, bei der Amelie und ich uns hoffentlich wieder näherkommen.« Er sah Dennis dabei vielsagend an.

Es schmerzte, aber Dennis schaffte es nicht, zu widersprechen. Er steckte sich eine schwarze Olive in den Mund, um nichts zu sagen, und kaute.

»Großartig, ich sage Josy gleich Bescheid, wenn ich wieder bei den Läden bin«, erklärte Liz zufrieden. Und Cristian sah sie stolz an, streichelte ihr über die Wange. Wie schön musste es sein, wenn es keine Hindernisse für eine Liebe gab, dachte Dennis gequält. Warum nur musste es bei ihm immer so kompliziert sein im Leben?

Er stand auf, verabschiedete sich, wollte jetzt allein sein. »Danke für die köstlichen Tapas und alles, ich gehe jetzt noch zum Meer und jogge ein bisschen. Viel habe ich ja nicht gegessen.«

Er hatte wenig Appetit, was selten vorkam, erst recht nicht bei so guten Tapas. Aber er musste immerzu an sie denken.

Rasch ging er in das gemeinsame Gästezimmer, zog sich eine Joggingshorts an und los ging es.

* * *

Schon den kurzen Weg zwischen den alten Olivenbäumen hindurch zum Meer joggte er. Er musste sich fühlen, seinen Kopf frei bekommen von ihr. Beim Sport konnte er immer gut vergessen und verdrängen, fühlte sich danach gut und zufrieden. Aber Dennis ahnte schon, dass es diesmal nicht so einfach werden würde. Die Vorstellung, Nils und Amelie zusammen auf einem Segelboot, Nils, der ihr dann endlich die Wahrheit sagen wollte, schmerzte zutiefst. Denn natürlich würde es Amelie völlig aus der Bahn werfen, dass er nicht ihr leiblicher Bruder war, sie in ein Gefühlschaos stürzen, bei dem kein Platz bleiben würde für ihn. Wenn er versuchte, sich in ihre Situation zu versetzen, konnte er es sich nicht anders vorstellen. Dennis rannte weiter, kam in der Nähe der Läden am Meer heraus, sah das in der Sonne glitzernde Meer, die im Sommerwind flatternden weißen Markisen. Einen Moment hielt er inne, blieb stehen, bereits aus der Puste, denn die Mittagssonne war natürlich nicht ideal zum Joggen. Sollte er zu ihr gehen und mit ihr reden? Aber was konnte er ihr sagen? Nils' Geheimnis ganz sicher nicht. Sie vorwarnen, irgendwie, würde auch nichts bringen. Dennis beschloss, ihr besser aus dem Weg zu gehen, am Meer im Sand zu joggen, um sich auszupowern.

Er machte einen weiten Bogen um die Läden, rannte zum Meer, und dort den Strand entlang. Die Mittagssonne stach, Schweiß rann ihm übers Gesicht, seine Lippen wurden trocken, aber egal wie sehr er sich verausgabte, ständig sah er ihr Gesicht, ihren Körper, ihr Lachen vor sich und er vermisste sie unendlich.

* * *

Yago stand plötzlich in der Tür ihres Ladens. Dabei hatte Amelie doch gar nichts mehr bestellt … Er sah sie ernst an, trat ein. Amelie verabschiedete eine ältere Kundin, eine Engländerin, die sich darauf freute, ihre Nichten mit den mallorquinischen Cremes zu überraschen. »Thank you, honey, I love natural cosmetics.«

»So do I, bye bye.«

Die Kundin ging und Amelie wandte sich Yago zu. »Yago, was führt dich her?«

Sie musterte ihn. Stimmte der Verdacht, dass Chemie in seinen Produkten sein könnte? Hatte er ihr wirklich Ware geliefert, die keine echte Naturkosmetik war?

Er trat zögerlich näher, ganz offensichtlich lag ihm etwas auf dem Herzen. »Hola, Amelie. Ich muss mit dir reden.« Er knetete seine Hände, also doch!

»Dann rede.« Ihr Ton war kühler geworden. Sie hatte ihm blind vertraut, genauso wie Dennis. Aber der hatte sich nicht mehr gemeldet. Gut, es waren nur ein paar Stunden vergangen seit seiner Nachricht, dass er einen Auftrag bekommen habe. Aber sie vermisste ihn jetzt schon und eigentlich war er ja im Urlaub hier, wieso hatte er plötzlich einen Job? Stimmte das überhaupt?

Zu ihm auf die Finca gehen und sehen, ob es stimmte, wollte sie auf keinen Fall, denn sie wollte Nils nicht begegnen. Amelie hatte gehofft, dass Dennis plötzlich in der Tür stehen würde. Stattdessen stand da jetzt Yago und sah sie mit seinen dunklen Augen unsicher an.

»Jetzt rede endlich«, wiederholte sie sich. Aber immer noch brachte er keinen weiteren Ton heraus.

»Geht es um die Aloe-Vera-Kosmetik? Ist sie doch keine hundertprozentige Naturkosmetik?«

»Wie kommst du darauf?«, fragte er verdutzt nach.

»Ich habe so etwas gehört, also: Kunden haben so etwas gehört. Normalerweise gebe ich nichts auf Gerede, es ist mir aber wichtig, meinen Lieferanten vertrauen zu können.«

Yago sah sie niedergeschlagen an. »Mir ist Vertrauen auch sehr wichtig. Ich habe meinem Freund Pio vertraut. Aber tatsächlich habe ich jetzt gesehen, dass umweltschädliche Inhaltsstoffe wie Mikroplastik und Silikone darin sind.«

Enttäuscht fuhr Amelie ihn an. »Was? Und das verkaufst du mir?«

»Ich wusste davon nichts, ich schwöre. Aber ich gebe zu, ich hätte es bemerken müssen, es steht bei den Ingredienzen auf den Produkten, sehr klein gedruckt, aber lesbar. Insofern hat er mich nicht wirklich betrogen. Ich war nur zu gutgläubig, weil ich dachte, er ist ein Freund. Ich habe nicht nachgesehen, fürchte ich.«

Amelie schnaubte durch. »Und ich war auch zu gutgläubig, wie immer.« Und zu abgelenkt durch die ganze Sache mit ihrem Bruder und dann mit Dennis, dachte sie. Wütend nahm sie eine Aloe-Vera-Lotion aus dem Regal, kniff die Augen zusammen und studierte die Inhaltsstoffe. Tatsächlich, Polyethylene, stand da, eine Bezeichnung für Mikroplastik, das oft irgendetwas mit »Poly-« hieß. Und auch Silikone, die erkannte man durch die Endungen »-cone« oder »-xane«. Es gab verschiedenste, im Internet gab es Listen dazu. Am besten kaufte man nur Produkte mit Naturkosmetiksiegel, bekannte Marken, oder noch besser, von kleinen Herstellern, bei kleinen Läden, die sehr darauf achteten, reine Naturkosmetik zu verkaufen, wie sie. Wie hatte sie nur so blind sein können! Sie packte einen Karton, der auf dem Boden stand, nahm all die Aloe-Vera-Produkte, die Yago ihr geliefert hatte, aus dem Regal, warf sie wütend hinein und reichte ihm schließlich den Karton.

Der nahm ihn. »Es tut mir so leid, Amelie. Ich werde mit Pio nichts mehr zu tun haben. Er ist nicht mehr mein Freund. Bitte glaube mir, ich habe es nicht gewusst.«

Sie sah ihn an, in seine ehrlichen Augen.

»Ich glaube dir.« Sie dachte an ihre Idee, die sie noch gar nicht weiterverfolgt hatte. Sie passte perfekt. »Ich werde ab jetzt in meinem Laden selbst Naturkosmetik herstellen. Cremes, Parfums, DIY, das geht ganz einfach, das kann jeder. Und dann weiß man auch zu hundert Prozent, was darin ist. Und ich werde Workshops dazu anbieten, wie Matilda mit ihren Trauring-Workshop. Bei mir gibt es Duft-Workshops und Naturkosmetik-Workshops.« Sie stemmte die Arme in die Hüften und lächelte zufrieden. »Und natürlich verkaufe ich weiter die Produkte von vertrauenswürdigen Herstellern von der Insel.«

»Kann ich dir denn dann unsere ökologisch angebaute Aloe Vera als Zutat dazu liefern? Zunächst natürlich kostenlos, als Wiedergutmachung«, schlug er voll schlechten Gewissens vor.

Amelie zögerte einen Moment. »Okay, das Angebot nehme ich an. Dass sie ökologisch angebaut wird, das habe ich ja selbst gesehen. Zumindest sah es danach aus, wer weiß.«

»Doch, ich schwöre, Beatrix achtet sehr darauf. Oh Gott, bitte sag ihr nichts davon, auch sie hat mir vertraut, ich möchte diesen Job auf der Farm auf jeden Fall behalten.«

Amelie dachte einen Moment nach. Yago schien ja selbst getäuscht worden zu sein von seinem Freund Pio. »Okay, Beatrix schätzt dich und braucht dich. Sie muss es nicht wissen. Aber dieser Pio ist ein Betrüger, rede mit ihm, dass er die Ware nicht weiter als Naturkosmetik vertreibt, sonst bekommt er richtig Ärger und ich zeige ihn an.«

»Ich rede mit ihm. Vielleicht geht es ja ohne Polizei, er ist sicher einsichtig.«

»Hast du noch mehr Läden damit beliefert?«

»Nein, zum Glück noch nicht. Ich nehme es auch aus der Wellness-Oase. Ich danke dir.«

Amelie nickte, dachte über ihren Plan nach, was sie dazu benötigte, Cremes und Parfums für ihren Laden selbst herzustellen.

»Olivenöl wird mir Cristian liefern und Olivenblätter auch. Orangen und Orangenblüten für das Orangenblütenwasser bekomme ich von dem kleinen Orangenhain von Matildas Papa«, sagte sie mehr zu sich selbst. Die Ideen sprudelten förmlich aus ihr heraus. So konnte sie ihren Freunden etwas Gutes tun, aber vor allem der Umwelt und ihren Kunden. Hatte nicht Cristians Großmutter Cecilia einmal von einem alten Familienrezept für Olivencreme für die Haut gesprochen? Amelie wollte sie auf jeden Fall fragen.

Yago verabschiedete sich erleichtert, verließ mit dem Karton unterm Arm den Laden.

Amelie sah ihm nachdenklich nach. Und wieder auf ihr Smartphone. Keine neue Nachricht von Dennis. Sie kam sich vor wie ein Teenager, wollte das nicht, schaltete ihr Handy auf stumm und sortierte die Regale um, damit man die leeren Stellen nicht mehr sah.

Nach einer Weile kam Liz herein. »Hey, du gehst ja gar nicht an dein Handy.«

»Oh, ja, das habe ich stumm gestellt.«

Liz runzelte die Stirn. »Und wieso?«

Amelie winkte ab. »Was gibt es?«

Liz erklärte, nach Feierabend eine Überraschung für sie zu haben.

»Eine Überraschung? Oh, und was?«

»Dann wäre es ja keine Überraschung mehr.« Liz lächelte vorfreudig.

»Und wenn ich verabredet bin?«, fragte Amelie nach und dachte daran, dass sie eigentlich etwas mit Dennis machen wollte.

»Bist du?«

»Nein«, musste sie zugeben. »Zumindest noch nicht. Dennis muss plötzlich arbeiten. Ich weiß nicht, ob das eine Ausrede ist.«

Liz zögerte kurz, versuchte, sie zu beruhigen. »Es klang so gut mit euch, mach dir keine Sorgen.«

»Und wenn es eine Ausrede ist, muss er sich warm anziehen. Also, eine Überraschung, ja?«

»Jepp. Josy fährt dich mit ihrem Wagen hin.«

Verwundert sah Amelie sie an. »Und es hat nichts mit Dennis zu tun?«

»Nein, hat es nicht.«

»Jetzt hast du es geschafft, jetzt bin ich gespannt und endlich abgelenkt.«

Kapitel 16

Amelie saß neben Josy im Jeep und betrachtete die mallorquinische Landschaft. Olivenbäume, Mandelbäume, in der Ferne das Tramuntana-Gebirge. Vorhin war sie rasch noch ins Dorf gegangen und hatte Cecilia aufgesucht. Die alte Dame saß mit ihrem Federico Hand in Hand auf einem Bänkchen, mit Blick aufs Meer. Cristians Mama in der Bäckerei hatte Amelie verraten, wo sie die beiden betagten Leutchen finden konnte.

»Amelie, wie geht es dir?«, hatte Cecilia sofort gefragt.

»Es ist viel los«, antwortete Amelie ausweichend. »Aber wie geht es dir, liebe Cecilia? Und dir, Federico?«

Die beiden Alten sahen sich kurz lächelnd an. Im Grunde mussten sie jetzt gar nichts mehr sagen. Sie hatten ihr Glück gefunden, erneut, denn sie waren beide schon über achtzig Jahre alt und hatten schon die ein oder andere Liebe in ihrem Leben erfahren dürfen. Nicht jedem war dieses Glück vergönnt. Manche fanden nicht einmal einen, der sie unendlich liebte, dachte Amelie.

»Uns geht es gut. Dank Teresas Blüten- und Kräutertees halten wir unsere Wehwehchen, die man in unserem Alter so hat, ganz gut in Schach.« Federico, der wenig Deutsch verstand, nickte lächelnd, drückte Cecilias Hand. Seine wettergegerbte braune Haut zeigte viele Falten, aber er strahlte innerlich, wie Cecilia.

Amelie freute sich mit ihnen. »Ich will gar nicht lange stören.«

»Du störst nie, Kind, das weißt du doch. Was gibt es?«

»Ich möchte einen Workshop in meinem Laden anbieten, in dem man Naturkosmetik selbst herstellen kann. Deshalb wollte ich dich nach dem Rezept für die Oliventagescreme fragen, von der du einmal erzählt hast, Cecilia.«

»Oh wie schön, ja, das kann ich dir gern geben.« Sie überlegte, nannte Amelie dann die Zutaten und wie sie alles zusammenrühren sollte.

»Vielen lieben Dank, du bekommst dann natürlich immer welche.«

Cecilia bedankte sich und Amelie verabschiedete sich wieder. Jedes Mal, wenn sie diese liebe alte Frau traf, wurde ihr ganz warm ums Herz. Cecilia war so etwas wie die gute Seele ihrer aller Läden, denn sie war ihre Vermieterin, eine Ersatzgroßmutter für alle, eine herzensgute Person, die den Frauen immer wieder mit gutem Rat zur Seite stand.

Amelie fühlte sich auch dank Cecilia angekommen, glücklich, auf dieser Insel. Und jetzt noch dieser Mann. Sie wollte positiv bleiben. Josy lenkte den Jeep über eine Landstraße in Richtung Port de Pollença. Amelie mochte Überraschungen, verbot sich jetzt selbst, zu überlegen, was es sein könnte. Viel lieber dachte sie an Dennis, den ihr das Schicksal auf diese Insel geschickt hatte. Sie hatte selbst früher Journalismus studieren wollen, hatte sich dann aber doch fürs Marketing entschieden. Dennis war Journalist mit Leib und Seele, das hatte sie gemerkt, er hatte sie viel gefragt gestern Nacht, hatte sich sehr für sie als Mensch interessiert. Für ihre Ansichten, ihre Sicht auf das Leben. Und in allem hatten sie harmoniert. Es kam ihr schon beinahe gespenstisch vor.

»Zum Glück ist mir noch nicht schlecht«, unterbrach Josy die Stille.

»Ach ja, ist es nicht?« Amelie merkte selbst, dass sich ihre Gedanken viel zu sehr um sich drehten, ihre Freundin brauchte sie jetzt. »Das ist doch gut, vielleicht kommst du ja drumrum. Und wie geht es dir jetzt damit? Macht dir der Gedanke, ein Kind zu bekommen, immer noch Angst? Also mir täte es das. Weil ich so gar keine Ahnung von Kindern habe.«

»Mir schon auch. Vor allem war meine Mutter ja nie das beste Beispiel einer perfekten Mutter«, erklärte Josy seufzend. »Mal sehen, wie sie sich als Großmutter macht.«

»Ich denke, da wächst jeder rein, egal in welche Rolle. Und die perfekte Mutter wirst du eh nicht sein«, neckte Amelie Josy.

»Ach nein? Unverschämtheit!« Die beiden lachten.

Josy fuhr nachdenklicher fort: »Eric tut zwar so, als würde er sich freuen, aber vorhin wirkte er schon ziemlich angespannt, findest du nicht? Ich hoffe, sein Trauma bricht nicht wieder auf.«

»Quatsch, selbst wenn. Vielleicht ist es ja auch gut, es dann ein wenig zu verarbeiten. Ist ja mit Traumata so. Verdrängen macht es nicht besser. Hab ich mal in einem schlauen Magazin gelesen.«

»Du hast recht. Dann sollte ich am besten bald noch ein Kind bekommen«, erklärte Josy lächelnd.

»Ach nee, merke ich da ein paar Hormonsaltos?«

»Ich schätze, ja. Eines ist auf jeden Fall echt klar. Ein Geschwisterchen soll es kriegen. Egal wann. Und möglichst nicht in zu weiter Ferne. Ich bin ja eh schon Mitte dreißig, lange kann ich nicht warten. Und ein Einzelkind will ich auf keinen Fall. Du liebst deinen Bruder ja auch und ihr hattet eine schöne Kindheit, hast du mal erzählt.« Josy sah Amelie fragend an.

Die gab ihr nachdenklich recht. »Ja, wir waren so eng.« Sie überkreuzte ihre Finger. »Nils war für mich der Held. Ich hatte immer die verrückten Ideen für Streiche und er hat sie sofort mit umgesetzt. Einmal haben wir den Zucker gegen Salz ausgetauscht, dann unserem Vater im Schlaf Rasierschaum auf den Finger gesprüht und ihn dann an der Nase gekitzelt, dann haben wir, als Nils sechzehn war, das Auto meines Vaters umgeparkt, also Nils. Und mein Pa ist fast durchgedreht, weil er dachte, er wird vergesslich.« Amelie musste lächeln, als sie daran zurückdachte. »Nils war immer mutig, deshalb hab ich ihn bewundert. Einen Mann wie ihn, dachte ich mir damals, möchte ich einmal haben.«

Josy sagte nichts dazu, lenkte den Wagen auf einen Parkplatz am Hafen von Port de Pollença.

Amelie hatte anhand der Straßenschilder schon vorher gesehen, in welche Richtung es ging. »Hast du einen Bootstrip mit mir geplant? Cool, aber wohin und warum?«

»Warte es ab.« Josy stellte den Wagen ab und sie stiegen aus. Die Sonne war bereits am Untergehen, tauchte den Hafen mit seinen vielen Segel- und Motorbooten in ein wunderschönes Licht. Hatte Dennis wirklich nichts damit zu tun? Amelies Herz klopfte aufgeregt.

Sie folgte Josy, die aus dem Kofferraum einen Rucksack geholt hatte, neugierig. Ganz sicher würde Dennis gleich hier auf sie warten.

Sie gingen über einen Pier, an mehreren Segelbooten entlang.

»Ich weiß es. Dennis hat einen romantischen Bootstrip für uns gebucht. Auweia, ich bin ja nicht so der romantische Typ!«

Josy schüttelte den Kopf. »Nope.«

Sie gingen weiter. Amelie wunderte sich, betrachtete die Segelboote, die sanft auf den Wellen schaukelten, hörte das leise Klingen, das die Masten und Teile an den Seilen verursachten, sog den salzigen Geruch des Meeres auf.

Endlich kamen sie an einem der hinteren Boote an und aus der Kajüte stieg – Nils!

»Nils!«, entfuhr es Amelie. Sie sah sich suchend um, ob Dennis auch in der Nähe war, aber dem schien nicht so zu sein.

»Was soll das?«, raunte sie Josy zu. »Ich hab jetzt keine Lust auf Nils.«

»Gerade noch hast du mir gesagt, wie gern du deinen Bruder immer hattest.«

»Verstehe, ihr wollt uns zwangsversöhnen auf einem Boot. Weil Matilda mal meinte, auf einem Boot kommen alle Gefühle heraus und man sich näher.«

»Nicht böse sein, wir meinen es doch nur gut mit dir. Geschwister sollten nicht so lange gefühlsmäßig getrennt sein. Jetzt wo ich Mama werde, finde ich das noch wichtiger.«

Amelie seufzte. Nils hielt sich jetzt an einem Seil fest, hatte sie die ganze Zeit angespannt angesehen und war von ihrer Reaktion sichtlich enttäuscht.

»Wenn du gar nicht willst, lassen wir das«, rief er jetzt.

»Nein, nein. Meine Freundinnen haben sich das für mich ausgedacht und ich will sie nicht enttäuschen«, entgegnete Amelie.

Sie folgte Josy auf das Boot.

»Setzt euch da drüben hin, ich mache das Boot startklar und dann geht es los. Wenn wir draußen sind, gibt es ein paar Tapas und Rotwein.«

»Klingt gut, brauchst du keine Hilfe?«, fragte Amelie.

»Nein, nein, ihr könnt die Fahrt genießen.«

Amelie sah Nils fragend an, während sich Josy daranmachte, das Boot aus dem Hafen zu manövrieren.

»Dass du dich auf einen Romantiktrip mit deiner Schwester eingelassen hast«, sagte sie verwundert. »Du bist in letzter Zeit schon ganz schön schräg drauf.«

Er nickte. »Und das hat seinen Grund, Amelie.«

Mehr sagte er nicht, aber Amelie sah ihm an, dass er ihr hier auf dem Boot endlich sein Geheimnis verraten würde. Vielleicht war es wirklich ganz gut, dass ihre Freundinnen sie auf diesem kleinen Boot zusammengebracht hatten. Und wieder wurde ihr bewusst, wie wichtig ihr diese Freundschaften waren. Dennis konnte sie sicher später noch treffen und hoffentlich die Nacht mit ihm verbringen. Ihn spüren, mit ihm reden, stundenlang.

Während Josy das Segelboot hinaus aufs Meer lenkte, beobachtete Amelie ihren Bruder immer wieder aus den Augenwinkeln. Die letzten Jahre hatte auch er ein paar winzige Falten bekommen. Sie beide gingen auf die vierzig zu, kein Wunder, und benahmen sich so unreif wie Kinder. Wieso redete er nicht endlich, wieso bedurfte es eines Segeltörns, um ihn dazu zu bewegen? Weil sie hier auf diesem Boot nicht wegrennen konnte, durchfuhr sie ein Gedanke.

Der Geruch der Segel und des Meeres kitzelten Amelies Nase. Die Sicht vom Boot aus auf den Hafen und das Land war wunderschön. Die Sonne ging immer weiter unter, wie ein riesiger orangefarbener Ball.

Nils rang sichtlich mit sich und Amelie ließ ihm Zeit. Das hatte sie inzwischen verstanden, dass Männer Zeit brauchten, genau wie Dennis offenbar auch. Sie checkte erneut ihr Handy, aber immer noch nichts. Merkwürdig. Wusste er, was Nils ihr gleich sagen würde? Vermutlich schon.

Der Wind flaute ab, Josy erklärte, die Tapas und den Rotwein zu holen. Sie ging in die Kajüte und sobald sie verschwunden war, nahm Nils all seinen Mut zusammen.

»Amelie«, begann er jetzt tonlos. »Ich habe den richtigen Zeitpunkt verpasst, es dir zu sagen, was die Sache jetzt sicher noch enttäuschender für dich macht.«

»Aha! Dann ist es jetzt ja eh egal«, erwiderte sie trocken.

Nils räusperte sich. »Amelie, wir waren als Kinder unzertrennlich, haben so viel zusammen angestellt, zusammen erlebt, haben uns geliebt, wollten sogar heiraten, erinnerst du dich?«

»Natürlich.«

Nils atmete durch, knetete seine Hände.

»Amelie, ich habe vor vier Jahren erfahren, dass wir keine Geschwister sind, dass ich adoptiert wurde, weil Mum und Pa dachten, sie könnten keine eigenen Kinder bekommen.«

Amelie starrte ihn fassungslos an. »Was?«

»Ja, ich war genauso geschockt, es kam bei meinem Motorradunfall heraus, als ich Blut brauchte, du erinnerst dich?«

»Natürlich«, flüsterte sie aufgewühlt.

»Es war für mich ein doppelter Schock. Erst der Unfall, dann verweigerten mir Mum und Pa eine Blutspende und dann, nachdem du mir Blut gespendet hast, hat mir der Arzt gesagt, dass wir keine Geschwister sein können. Zum Glück habe ich anderes Blut bekommen.«

»Und wieso hast du es mir nicht gesagt?«

»Weil ich nicht konnte. Ich musste das erst mal verarbeiten. Und ich wusste, dass es auch dir wehtun würde. Ich wusste, ich habe tiefe Gefühle für dich. Ich musste das erst mal sortieren.«

Amelie sah Hilfe suchend zur Kajüte, in der Josy verschwunden war. Sie suchte nach Worten, suchte nach einem Gefühl, das in ihr war, das sie irgendwie beschreiben konnte. Aber sie fand nichts. Nur eine Leere, eine Stille, gleichzeitig ein Herzrasen.

»Bitte sag etwas«, hörte sie Nils jetzt sagen.

»Besser nicht! Echt jetzt. Ich kapiere es nicht. Du hättest es mir sagen müssen.«

»Ich weiß. Aber für mich kam ja noch hinzu, dass ich plötzlich andere leibliche Eltern hatte. Die im Übrigen inzwischen gestorben sind. Ich war so enttäuscht von unseren Eltern, dass sie es mir nicht schon viel früher gesagt haben. Dann hätte ich meine leiblichen Eltern noch kennenlernen können.« Verzweifelt senkte er seinen Kopf in seine Hände. Nach einer Weile hob er ihn wieder und sagte: »Mum tat es unendlich leid, als sie sah, wie sehr es mir zusetzte. Sie hat sich tausendfach entschuldigt, hatte nur mein Bestes gewollt und das weiß ich natürlich. Ich mache ihnen keine Vorwürfe, sie sind mir gute Eltern, vermutlich die besseren, schätze ich mal schwer. Sie haben es uns nicht früher gesagt, weil sie den richtigen Zeitpunkt verpasst hatten. Wie ich jetzt, verstehst du?«

Amelie verstand gar nichts mehr, schüttelte den Kopf. »Nein. Ist doch egal, ob du mein biologischer Bruder bist oder nicht. Wir hatten uns immer sehr gern.«

»Ja, mehr als das.«

Wieder sah Amelie ihn irritiert an. »Wie meinst du das?«

»Unser Verhältnis war immer etwas Besonderes, Magisches. Amelie, oder empfindest du nicht auch so?«

Atemlos wartete er auf ihre Antwort. Sah blass aus, so verletzlich, so vertraut. Ihr Nils Holgersson.

»Doch, schon«, erwiderte sie überrumpelt. Da beugte er sich zu ihr, wollte sie offenbar küssen. Amelies Herz raste, ihre Gedanken schwirrten. Er liebte sie? War es das? Sie hielt ihn reflexartig mit den Händen ab. »Was? Warte! Ich bin total durcheinander. Und stinksauer und echt verletzt. Wieso hast du mir nicht vertraut, Nils Holgersson? Ich habe dir immer vertraut. Immer. Wem auch sonst, wenn nicht dir?« Sie hatte immer schneller geredet und registrierte jetzt Josy, die mit einem Korb, aus dem eine Rotweinflasche lugte, am Eingang der Kajüte stand und ihrem Ausdruck nach einiges gehört und gesehen hatte.

»Josy, bitte, bringe uns sofort wieder zurück, ja?«

»Was? Ja, natürlich, das mache ich.« Josy stellte den Korb fahrig ab und machte sich daran, zurückzusegeln.

Nils starrte verletzt zu Boden, rückte ein wenig ab von Amelie.

Tränen drängten sich in Amelies Augen, sie spürte einen dicken Kloß im Hals, sah auf das Meer, atmete tief ein. Sie roch das Salz, die Weite und auch Nils, den Geruch ihrer Kindheit. Vier Jahre lang hatte er dieses Geheimnis mit sich herumgeschleppt, ihr nichts gesagt. Vier Jahre! Dabei hatten sie früher immer über alles geredet. Und jetzt, nachdem Schluss war mit seiner Corinna, kam er auf die Insel und sagte ihr einfach, dass er sie liebte. Dass er sich deshalb von ihr distanziert hatte, weil er ahnte, dass dies ihr Verhältnis sprengen würde. Natürlich liebte sie ihn. Wie einen Bruder. Als Mann für sich hatte sie ihn natürlich nie gesehen. Und jetzt war da Dennis und sowieso so viel Gefühl. Und nun, dank Nils, war alles so schrecklich kompliziert. Das Segel blähte sich im Wind. Für sie blieb er ihr Bruder, oder nicht? Und selbst wenn sie mehr als unter Geschwistern üblich für Nils empfinden würde, dachte sie aufgewühlt, wie konnte sie ihm denn jemals wieder vertrauen?

* * *

Endlich, nach einer gefühlten Ewigkeit, in der beide geschwiegen hatten, bugsierte Josy das Segelboot zurück an seinen Platz im Hafen. Nils stand auf, bedankte sich bei Josy, warf Amelie noch einen sehnsüchtigen Blick zu, da sie aber nicht reagierte, verabschiedete er sich knapp und sprang an Land.

»Du weißt, wo du mich findest«, rief er ihr noch zu. Ernst, verletzt, stolz.

Dann drehte er sich um und ging den Pier entlang davon, steckte die Hände in seine Hosentaschen.

Amelie stand nun auch auf, sah Josy an, die die Seile vertäute.

»Wusstest du schon, dass er nicht mein leiblicher Bruder ist und sich in mich verliebt hat?«, fragte sie die Freundin.

Josy hielt inne, schüttelte sofort den Kopf. »Nein, natürlich nicht. Wir wollten euch als Geschwister wieder versöhnen, von dem anderen wusste ich wirklich nichts, das musst du mir glauben.«

»Ich weiß gar nicht mehr, wem ich was glauben kann.«

»Aber Amelie. Mir kannst du vertrauen, das weißt du doch. Ich hätte dich doch nicht auf einen Romantiktrip mitgenommen, ich weiß doch, wie du für Dennis empfindest.«

Amelie hielt sich jetzt an einem Seil fest. Das Boot schwankte mehr, denn ein anderer Segler war zurückgekehrt. »Ich habe Nils immer angehimmelt als kleines Mädchen«, sagte sie jetzt unter Tränen. »Und auch im Teenageralter habe ich immer gedacht, so einen Mann möchte ich später mal haben. Dumm, dass er mein Bruder ist, das habe ich wirklich mal gedacht.«

Josy kam zu ihr, sie setzten sich im Boot, das immer noch stark schaukelte. »Das kann ich mir vorstellen, ich meine, er sieht gut aus, scheint nett zu sein, also nicht nur nett, sondern auch interessant. Zumindest das, was er ausstrahlt, wirkt so. Ich kenne ihn ja kaum.«

»Er ist interessant. Er hat eine große Allgemeinbildung, er kümmert sich seit ein paar Jahren um Kinder aus armen Verhältnissen, gibt ihnen Nachhilfe.« Sie sah Josy an. »Seit ungefähr vier Jahren tut er das. Jetzt ist mir auch klar, warum. Weil er selbst so ein Kind geworden wäre, hätten ihn meine Eltern nicht adoptiert. Aber auch vorher schon hat er viel ehrenamtlich getan. War Karatelehrer in einem Verein, hat bei der Schülerzeitung damals mitgemacht. Durch ihn kam ich aufs Schreiben, wollte Journalistin werden, aber er hat mir dann abgeraten, da die Branche nicht mehr das war, was sie einmal gewesen war. Er hatte auch erst Kommunikationswissenschaft studiert, aber auch Politikwissenschaft. Er hat sich dann für die Unikarriere entschieden. Er meinte, als freie Journalistin verdiene ich zu wenig, feste Jobs gibt es kaum noch. Und er wollte, dass es mir mein Leben lang gut geht. Da war ich achtzehn.« Nachdenklich hielt Amelie inne. »Er war immer ein toller Bruder. Und auch wenn er adoptiert ist, kann er doch trotzdem mein Bruder bleiben.«

»Natürlich kann er das«, erwiderte Josy.

Amelie fuhr wütend fort: »Aber irgendwie offenbar auch nicht. Seit er es weiß, war er so anders zu mir, so distanziert, so gemein. Es hat so wehgetan, nicht zu wissen, warum er sich so komplett zurückgezogen hat. Und ich hab so eine Angst, dass es jetzt nie wieder so eng zwischen uns werden kann wie früher.«

Josy streichelte ihr über den Rücken und beide sahen hinaus aufs Meer.

Kapitel 17

Nervös starrte Dennis an die Wand. Er lag in Klamotten auf dem Bett, das er sich mit Nils teilte. Es war schon beinahe dunkel und Nils war immer noch nicht zurück. Er hielt ein Buch in der Hand, hatte versucht, zu lesen, aber seine Gedanken schweiften immer wieder ab zu ihr. Wie würde sie reagieren, wenn Nils ihr endlich die Wahrheit erzählte? Es war schwer für ihn, diese Frau einzuschätzen. Sie konnte sicher aufbrausend sein. Nachtragend, verletzt. Aber auch leidenschaftlich und sensibel. Was, wenn sie ihren Bruder immer so sehr geliebt hatte, dass sie jetzt erleichtert war, dass es eine Zukunft für sie beide geben konnte?

Dennis legte sein Buch beiseite, sah auf sein Smartphone. Sie hatte ihm heute schon mehrfach geschrieben und er hatte unbedingt antworten wollen, doch er hatte es nicht gekonnt. Seit er das alles von Nils wusste, fühlte er sich wie gelähmt. Die letzte Nacht mit ihr, auch wenn sie nicht miteinander geschlafen hatten, war so überwältigend gewesen, es schien in einer anderen Zeitrechnung zu liegen. Vielleicht gerade, weil nichts geschehen war? Weil damit von beiden Seiten klar war, dass es mehr sein sollte, viel mehr. Wieder spürte er dieses Ziehen im Bauch, das Gefühl, diese Frau jetzt schon zu vermissen. Verrückt. Normalerweise hatte er immer gedacht, eine Wochenendbeziehung sei für ihn okay. Aber bei Amelie konnte er sich das überhaupt nicht vorstellen. Sie mehrere Tage nicht zu riechen, zu spüren und mit ihr zu lachen, was für eine Verschwendung seiner Lebenszeit! Früher hatte er immer gedacht, sein eigenes Schlafzimmer haben zu wollen, in einer festen, langen Beziehung. Getrennt schlafen, um interessant füreinander zu bleiben, um seine Freiheit zu behalten, das alles. Aber nicht mit ihr. Sie fehlte in diesem Bett und stattdessen musste er es mit ihrem …, nein, mit Nils teilen.

Dennis stand auf. So spät, wie es schon war, hieß, dass sie nach der Segeltour noch etwas trinken gegangen waren. Oder zusammen bei ihr waren? Lagen sie schon im Bett? Er dachte an ihren Körper. Die Vorstellung schmerzte, er hielt es in diesem Raum nicht mehr aus.

Dennis trat hinaus auf die Veranda, atmete die frische Abendluft ein, dazu den süßen Geruch der reifen Trauben, die seitlich am Haus rankten.

Ein Touristenpaar, das auf Cristians Finca den Urlaub verbrachte, kam vom Pool, eingewickelt in Handtücher. Die zwei hatten ein spätes Bad genommen, wie sie sagten, und grüßten. Dennis erwiderte den Gruß abwesend. Arm in Arm gingen die beiden Verliebten in ihren Bungalow. Nachdenklich sah er ihnen nach. Würde es für ihn jemals eine glückliche Beziehung geben? Lag es an ihm, dass es nie länger funktionierte? In diesem Fall zumindest nicht. In diesem Fall schien es Pech zu sein. Oder Schicksal, wie auch immer man es nannte.

Er ging ein paar Schritte weiter zum Tor der Finca, blickte den kleinen Weg zwischen den Olivenbäumen entlang, so weit man in der Dunkelheit sehen konnte. Die alten knorrigen

Olivenbäume standen da, als wollten sie ihm sagen, das Leben gehe weiter. Sie hatten schon so viel gesehen.

Endlich sah er eine Gestalt aus der Dunkelheit kommen. Er erkannte Nils, versuchte, je näher dieser kam, seine Miene zu lesen. Dennis besaß ein gutes Gespür für Gesichtsausdrücke, das hatte ihm in seinem Beruf oft geholfen.

Nils sah nachdenklich aus. Nicht überglücklich. Immerhin. Dennis schalt sich im nächsten Moment selbst. Er wünschte seinem Freund alles Glück dieser Erde – aber sich selbst eben auch.

»Und?«, sagte er, als Nils näher kam. Der zuckte die Schultern, blieb stehen.

»Heißt das, du hast es ihr gesagt? Oder nicht gesagt?«

»Gesagt.« Nils atmete durch, fuhr mit seiner Schuhspitze einen Kreis im erdigen Boden.

»Ja, und? Wie hat sie reagiert?« Dennis hörte selbst, wie tonlos er klang.

»Lass uns was trinken. Bei Cristian gibt es doch diesen guten Cabernet Sauvignon.«

»In Ordnung.« Dennis folgte Nils, der immer noch nachdenklich wirkte.

Dennis holte von drinnen einen Rotwein und schrieb es auf der dafür ausliegenden Liste auf. Dazu schnappte er zwei Weingläser, die danebenstanden, und trat damit hinaus zu Nils. Der hatte sich auf die Veranda gesetzt, sah aufgewühlt aus, aber voller Hoffnung.

Dennis öffnete den Wein, schenkte ihnen beiden ein. Sie tranken einen Schluck und er sah seinen Freund forschend an. »Also, wie geht es Amelie? Wie hat sie es aufgenommen?«

»Na ja, erst war sie fassungslos, dann sauer, aber dann auch sehr nachdenklich. Und sie hat bestätigt, dass sie das zwischen uns schon immer besonders und magisch fand.« Nils nahm einen Schluck, sah nachdenklich vor sich hin. »Ich war danach noch was trinken, in Port de Pollença, bin mit dem Bus hierhergekommen. Ich habe ihr Zeit gelassen. Aber ich glaube, ich hoffe, dass ihr inzwischen klar geworden ist, dass sie mich liebt.«

Dennis, der gerade sein Glas in die Hand genommen hatte, stellte es ab. Der Rotwein schwappte etwas über. »Und wieso glaubst du das?«

»Wie sie mich angesehen hat. So wie früher, als wir heiraten wollten als Kinder. Und jetzt weiß sie ja auch, dass ich mich von Corinna getrennt habe.«

Dennis hielt es nicht mehr aus. »Freut mich für euch«, sagte er knapp. Zum einen meinte er es so, weil er kein missgünstiger Mensch war, zum anderen zerriss es ihm das Herz. Nils hatte recht. So eng, wie die beiden in ihrer ganzen Kindheit und Jugend gewesen waren, wie sein Freund es ihm erzählt hatte, so gut standen wohl die Sterne für Nils.

Er erhob sich, nahm sein Glas und verkündete, zu packen. »Ich bin weg. Ich find schon ein Hotel in Alcúdia.«

»Was? Nein, jetzt bleib doch«, widersprach Nils.

Dennis schüttelte den Kopf. »Glaube mir, es ist besser so. Ich will dir nicht im Weg stehen. Unsere Freundschaft bedeutet mir viel. Amelie ist eine Wahnsinnsfrau, du hast wirklich Glück, wenn sie das für dich empfindet, und ich gönne es dir.«

Mit diesen Worten ging er mit seinem Weinglas in der Hand zu ihrem Gästezimmer, trat ein, trank den Cabernet in einem Zug aus, atmete durch, stellte das leere Glas auf einer Kommode ab und sah einen verzweifelten Moment darauf. So schnell änderte sich das Leben. Sein Leben. Schnell wie immer. Gerade war das Glas noch fast voll gewesen und mit einem Mal ganz leer. Und genau so fühlte er sich jetzt. Dennis hielt es hier nicht mehr aus, in dieser Idylle, die wehtat, die ihm plötzlich die Luft zum Atmen nahm. Er schnappte sich seine Reisetasche, die er schon in Afrika dabeigehabt hatte, holte all seine Sachen aus dem gemeinsamen Schrank, warf sie hinein, legte sein Buch dazu, schloss den Reißverschluss. Dann nahm er die Tasche, verließ das Zimmer, eilte an Nils vorbei, hielt inne, blieb einen Moment stehen und drehte sich zu ihm. »Sag Cristian vielen Dank für alles und beste Grüße. Du kannst ihm ja sagen, ich hatte einen Job. Die Rechnung soll er mir schicken.«

»Willst du nicht doch …«

»Nein«, unterbrach Dennis Nils.

Schnellen Schrittes ging er mit seiner Reisetasche zum Tor hinaus, den Weg zwischen den Olivenbäumen entlang. An der Straße an den Läden am Meer würde er sich ein Taxi rufen, irgendeine Bleibe für die Nacht würde er sicher finden.

Es war dunkel, der Mond schien heute kaum und die Olivenbäume sahen jetzt aus wie düstere Gerippe. Es duftete nach Erde und Kräutern. Und dann nach Tier, nach Fell. Dennis schnupperte. Irrte er sich? Doch, tatsächlich, Picasso der Esel trat plötzlich zwischen den Olivenbäumen hervor. Er schien mal wieder spazieren zu gehen, was er ja oft tat, offenbar sogar nachts.

»Na, du? Kleiner Nachtspaziergang oder was machst du hier?«, fragte ihn Dennis und streichelte dem Esel über den Kopf. Das Fell fühlte sich störrischer an, als es aussah. Dann wollte Dennis weiter, aber Picasso stellte sich mitten in seinen Weg. Der war hier recht schmal, eine Eselsbreite ziemlich genau, und Dennis verstand. »Du stellst dich mir in den Weg. O Mann, du hast recht. Ich reagiere total über. Ich bin ein … lassen wir das.« Picasso schnaubte. Dennis berührte seine warmen Nüstern, die sich gut anfühlten. »Ja, stimmt, ich hab noch nicht mal mit Amelie geredet, keine Ahnung, was in ihr vorgeht. Du meinst, ich sollte um sie kämpfen?« Der Esel hob und senkte den Kopf, oder war das Zufall? »Ja? So wie ich noch nie um eine Frau gekämpft habe?« Er sah das Tier nachdenklich an. »Stimmt. Man sollte nicht so einfach aufgeben, nie im Leben.« Dennis streichelte Picasso dankend über das Maul, drehte sich um und ging mit seiner Reisetasche wieder zurück zur Finca.

Kapitel 18

Sie hatte aufgegeben, heute Nacht noch einmal einschlafen zu können, nachdem sie schweißgebadet aufgewacht war. Die Morgensonne schien ihr ins Gesicht. Amelie stand hundemüde an der Tür ihres Ladens, eine Tasse heißen Café con leche in der Hand, und nippte immer wieder daran. Die Sache mit Nils lag ihr derart im Magen. Verursachte ein seltsames Gefühl. Und erst die Tatsache, dass Dennis sich gestern nicht mehr gemeldet hatte, nach dieser besonderen Nacht im Garten der Liebe. Von wegen Garten der Liebe! Amelie nahm einen großen Schluck, verbrannte sich die Zunge. Auch das noch. Sie fühlte sich so fertig, als habe sie zu viel Alkohol getrunken, als habe sie die Nacht durchgetanzt.

Sie ging in ihren Laden, stellte die Tasse an der Theke ab und widmete sich einer Bestellliste. Doch ihre Gedanken schweiften immer wieder ab. Die Freundinnen und sie sollten ganz bald wieder einmal tanzen gehen, dachte sie. Denn das öfter zu tun, hatten sie sich eigentlich vorgenommen gehabt. Lebensfreude tanken konnte man dabei wunderbar. Wie Dennis wohl tanzte? Amelie schüttelte den Gedanken ab.

Hatte sie zu viel erwartet? Sie nippte erneut an ihrem Kaffee, versuchte, ruhig zu bleiben. Dennis hatte einen Auftrag bekommen, wie er gestern geschrieben hatte. Der vermutlich länger ging. Dennoch, als Selbstständiger konnte man sich seine Zeit frei einteilen, Aufträge nicht annehmen, wenn einem etwas anderes wichtiger war. Vor allem konnte man kurz nette Nachrichten schreiben!

Eine Kundin in ihrem Alter betrat den Laden und Amelie versuchte, sich zusammenzureißen.

»Ich habe Interesse an ihrem Naturkosmetik-Workshop«, erklärte die Frau und schlagartig besserte sich Amelies Laune. Gestern Abend hatte sie diesen noch in Social Media bekannt gegeben, auch von Großmutter Cecilias Olivencremerezept berichtet und Fotos von Oliven und Cremetöpfchen dazu gepostet. Und schon kam die erste Kundin. Sie sollte sich eindeutig mehr auf ihre Arbeit und das Marketing für ihren Laden konzentrieren, das hatte sie wenigstens im Griff. Männer dagegen waren unberechenbar. Siehe Dennis und Nils. Die beiden Frauen plauderten nett, vereinbarten einen Termin am Nachmittag, sogar gleich für die Freundin der Kundin auch einen. »Super, meine Freundin wird staunen, dass man eine Tagescreme, noch dazu mit Oliven, selbst herstellen kann, das wird eine tolle Überraschung.«

»Schön, dann sehen wir uns später.« Die Kundin verabschiedete sich und Amelie hielt es nicht länger aus, checkte erneut ihr Handy. Nichts. Weder Nils noch Dennis hatten sich gemeldet. Wie sollte sie jetzt mit Nils weiter umgehen? Natürlich liebte sie ihn, als Bruder. Sie konnte es immer noch kaum glauben, dass er nicht ihr leiblicher Bruder sein sollte. Und dass er sie als Frau liebte? Das bildete er sich doch nur ein! Sie waren Geschwister, Adoption hin oder her. Was fiel ihm ein, sie so zu überrumpeln? Sie sogar gleich küssen zu wollen? Wieder stieg Wut in ihr auf. Josys Segelboottrips waren eindeutig zu romantisch. Das Meer, der rosarote Abendhimmel, all das hatte ihn übermütig werden lassen, anders konnte sie es sich nicht erklären. Denn Nils war sonst doch eher zurückhaltend bei Frauen, zumindest hatte sie das bisher von ihm gedacht. Kannte sie ihn überhaupt richtig, fragte sie sich im nächsten Moment. Bei Corinna war er anfangs jedenfalls nicht sehr draufgängerisch gewesen, erinnerte sich Amelie an seine Erzählung. Corinna habe ihn in einer Bar angesprochen und erobert. Sie hatte ihn gewollt und alles darangesetzt, ihn zu bekommen. War er damals schon insgeheim in seine Schwester verliebt gewesen? Zumindest ein bisschen?

Amelie trank den letzten Schluck ihres Milchkaffees, der mittlerweile kalt war. Aber sie mochte auch kalten Kaffee. Wenn ja, wie sehr musste er damals schon gelitten haben. Verliebt in die eigene Schwester, eine schreckliche Situation. Und dann der Schock, adoptiert zu sein. Wobei es in dem Fall ja auch eine Erleichterung sein musste, nicht ihr Bruder zu sein, wenn er sie wirklich da schon liebte. In was für einem Gefühlschaos musste sich Nils befunden haben und immer noch befinden, der Arme. Ohne mit ihr oder jemandem anderen reden zu können, wie er auf dem Boot noch gesagt hatte. Nicht einmal mit seinem langjährigen Freund Dennis.

Amelie nahm ein Fläschchen Melissenöl zur Hand, träufelte es in ihre Duftlampe und zündete das Teelicht an. Melissenöl beruhigte. Sie atmete tief ein, dachte nach und versuchte, sich in Nils' Situation zu versetzen. Mit einem Mal tat ihr Nils sehr leid. Und ihre Wut lenkte sich auf ihre Eltern. Sie hätten es ihnen von Anfang an sagen müssen. Dann wären sie alle jetzt nicht in dieser vertrackten Lage. Amelie atmete noch einmal durch, machte sich an die Abrechnungen, die die letzten Tage liegen geblieben waren. Aber sie war nicht mit dem Kopf dabei, legte die Papiere wieder beiseite. Dann nahm sie ihr Smartphone und wählte per Videotelefonie die Nummer ihrer Eltern.

Nach ein paar Sekunden ging ihre Mama in der Küche ran, freute sich, einen Anruf von Amelie zu bekommen. Sie sah müde aus, eine blonde Haarsträhne hing ihr ins Gesicht. Die

Größe und Figur und auch die Struktur der Haare hatte Amelie von ihr. Ihre Mutter sah wirklich noch sehr attraktiv aus.

»Schatz, wie schön, dass du anrufst, ich hoffe, es ist nichts passiert?« Sie strich die Strähne beiseite.

»Wie du siehst, ich lebe noch«, erwiderte Amelie trocken.

»Und Nils auch?«, erkundigte sich ihre Mutter vorsichtig. Ihr Unwohlsein war ihr anzumerken.

»Ja, Nils auch. Gerade so.«

»Was meinst du denn damit?« Während ihre Mutter das sagte, ging sie von der Küche zu Amelies Vater ins Wohnzimmer. »Warte, ich geh zu Papa. Gerd? Gerd, es ist Amelie.« Jetzt sah Amelie auf dem Smartphone, wie er in seinem Sessel saß, seine Zeitung senkte und gestisch grüßte. Die Zeitung zu lesen war das, was er am liebsten tat, stundenlang. Dann musste er nicht reden, das, was er ungern tat. Er war bereits in Frührente wegen seines Rückens und ihre Mutter seit den Kindern Hausfrau. Die beiden waren niedlich zusammen, aber sie führten ein geregeltes Leben, wie es sich Amelie nicht vorstellen konnte. Sie liebte ihre Arbeit, ihren Laden, in dem es natürlich auch eine Routine gab. Aber sie lebte auf dieser wunderschönen Sonneninsel und durch ihre Selbstständigkeit konnte sie die Ideen verwirklichen, die ihr in den Sinn kamen.

»Also, wie geht es Nils?«, hakte ihre Mutter nach und Amelie hörte den besorgten Ton in ihrer Stimme.

»Du weißt doch genau, was los ist«, entgegnete Amelie etwas barsch. Nicht einmal jetzt redeten ihre Eltern offen mit ihr über die Adoption. Sogar jetzt musste es Amelie selbst ansprechen.

Ihre Mutter hatte den Kopf etwas gesenkt, sah dann wieder auf. »Hat er mit dir geredet?«

»Ja, nach über vier Jahren! Vier Jahre, Mama!« Amelie spürte die Wut in sich wieder hochkochen. Auch ihren Eltern konnte sie offenbar nicht mehr vertrauen.

»Gerd, jetzt sag doch auch mal was«, wandte sich ihre Mutter Hilfe suchend an ihren Mann.

»Nein, Mama, sag erst mal du was. Wieso habt ihr mich mein Leben lang angelogen? Und auch Nils?« Sie wollte es von ihnen selbst hören.

Ihre Mutter sah ihren Mann erschrocken an. Sie hielt das Handy so unbeholfen, dass Amelie nicht mehr alles sah.

»Gerd, Amelie ist so enttäuscht, ich hab es dir ja gleich gesagt«, sagte ihre Mutter leise zu ihrem Mann, aber so, dass Amelie es verstand.

Der brummelte etwas Unverständliches, raschelte mit seiner Zeitung.

»Natürlich bin ich enttäuscht. Und sauer. Verletzt. Wie soll ich euch jetzt je wieder etwas glauben?«

»Also jetzt aber!«, brach es aus ihrem Vater heraus. »Deine Mutter wollte ein Kind. Wir wollten ein Kind. Und es ging nicht und sie war kreuzunglücklich und wir haben einem Buben eine Zukunft geschenkt. Punkt. Wir sind gute Menschen, erst recht deine Mutter. Also rede nicht so mit ihr.« Er verstummte wieder.

»Ja, das ist sie, das seid ihr. Ihr habt Nils ein besseres Leben geschenkt. Aber dennoch, warum diese Heimlichtuerei? War doch klar, dass es irgendwann rauskommt.«

»Ja, das hab ich auch immer gesagt«, hörte Amelie die traurige Stimme ihrer Mutter. Dann schwenkte sie wieder auf sich. Ihre Augen sahen gerötet aus. »Es ist nicht leicht für Adoptiveltern, Amelie. Das Richtige zu tun. Die einen sagen es den Kindern gleich, die anderen später. Papa, also wir, wollten es später sagen, haben dann den richtigen Zeitpunkt verpasst.«

»Wie Nils«, entfuhr es Amelie. Aber sie merkte, wie sehr ihre Eltern unter der Situation litten. Sie hatten ein Adoptivkind aufgenommen, sicher kein einfacher Schritt und eine große Herausforderung und innerlich zog Amelie den Hut vor ihnen.

Auch vor den anderen Leuten war das sicher nicht einfach. Denn das, was die anderen sagten, vor allem die Nachbarn, war ihren Eltern immer sehr wichtig gewesen.

»Amelie«, fuhr ihre Mutter mit leidender Stimme fort. »Bitte, sei uns nicht böse. Und Nils auch nicht, dass er es nicht sofort erzählt hat, als er es erfahren hat. Es ist für uns alle nicht leicht. Aber wir lieben ihn wie unseren Sohn. Und dich lieben wir natürlich auch so sehr. Wir haben uns bemüht, euch nie unterschiedlich zu behandeln. Ich hoffe, das ist uns gelungen.« Ihre Mutter sah sie hoffnungsvoll an.

»Ja, schon.« Amelie war immer noch verletzt. Ihre Eltern hatten sie ihr Leben lang angelogen. Auch wenn sie es nur hatten richtig machen wollen, es fühlte sich falsch an.

»Gerd, jetzt sag doch auch noch mal was«, wiederholte ihre Mutter. Sie schwenkte die Kamera auf ihn.

»Ist doch alles gesagt.« Ihr Vater war ein typischer Norddeutscher. Nur nicht zu viel reden. Er presste die Lippen zusammen.

»Also dann, ich bin gerade im Laden, ich muss weitermachen«, sagte Amelie schnell. »Bis bald.«

»Ja, bis bald, Schatz. Und grüß mir den Nils.«

»Mach ich.« Sie legte nachdenklich auf. Würde sie ihren Eltern je ganz verzeihen können?

Nils hatte offenbar mit ihnen nicht über seine Gefühle zu ihr gesprochen. Was sie ohnehin gewundert hätte. Amelie versuchte, in sich hineinzuhorchen, ob sie mehr für ihn empfand. Mehr als für einen geliebten, anhimmlungswürdigen Bruder. Sie hatte eine Idee, nahm ihre selbst ernannte »Erleuchtungs«-Ölmischung zur Hand. Die hatte sie einmal für Josy zusammengemischt, mehr aus Blödsinn, als diese sich nicht zwischen zwei Verehrern entscheiden hatte können.

Ein facettenreicher, sinnlicher Duft aus Rose, Kardamom, Zitrone und Weihrauch. Sie tropfte die Mischung in ihre

Aromaöllampe zu der Melisse, atmete tief ein. Weihrauch. Sofort dachte sie wieder an Dennis. Der ihre Liebe zu Düften teilte. Der genauso freiheitsliebend und sinnlich zu sein schien wie sie. Die Nacht beim Glamping war so etwas Besonderes gewesen. Sie war sich nicht sicher, ob sie diesen magischen Gefühlszustand mit Nils je erreichen konnte. Die Liebe zu ihm war tief, aber ganz anders. Sie kannte Nils, zum Teil jedenfalls, in- und auswendig. Zwar nicht als Partner, aber sie wusste zum Beispiel, wie er kaute, nämlich wie ein Kamel. Sein Unterkiefer ging von links nach rechts und zurück. Sie kannte seine kleinen Macken. Wie penibel er sein konnte, wenn es um Ordnung ging. Sein Schreibtisch sah immer aufgeräumt aus, im Gegensatz zu ihrem. Amelie hatte es erst hier in ihrem Laden geschafft, dass nichts herumlag, weil es natürlich schlecht fürs Image gewesen wäre. Aber privat lagen bei ihr immer Dinge in der Wohnung herum, vor allem Schokoladenverpackungen auf dem Sofa. Chipskrümel. Nils hasste das, er aß eine Chipstüte auch niemals ganz leer. Amelie wusste nicht, wie man das hinbekommen konnte.

Und Dennis? Sollte sie ihn das einmal fragen? »Isst du eine Tüte Chips immer gleich auf?«

Sie musste lächeln. Spielte so etwas überhaupt eine Rolle, wenn man wirklich Gefühle füreinander hatte? Zumindest sie konnte einige Dinge verzeihen. Kleinigkeiten zumindest. Aber Großes? Wieder sah sie nachdenklich aus dem Fenster. Das Meer wirkte unruhig, wie sie. Liz erschien in ihrer Ladentür, sah sie mitleidig an. »Es tut mir so leid, Josy hat mir alles erzählt. Das durfte sie, meinte sie, oder nicht?« Amelie nickte, sie hatte Josy erlaubt, mit den Freundinnen über das mit Nils zu reden, dann musste sie es nicht tun.

Liz kam zu ihr, mit offenen Armen. Amelie trat hinter dem Tresen hervor, sie umarmten sich. Wie gut die Freundin roch. Nach Liz, nach Zitrone, nach Heimat. Tatsächlich roch jede der vier Freundinnen für Amelie nach Heimat, jede auf ihre Art. Auch ihre Ersatzgroßmutter Cecilia, die immer nach Lavendel roch, sie hatte davon einige Sträucher in ihrem kleinen Garten.

Amelie löste sich wieder. »Ich habe vorhin mit meinen Eltern gesprochen, irgendwie geht es uns jetzt allen schlecht, ihnen auch. Sie wollten es gut machen mit der Adoption und leider ist das schiefgegangen.«

»Aber du sagst ja selbst, sie wollten es gut machen. Das allein zählt doch. Und sie waren euch doch tolle Eltern, wie du einmal gesagt hast. Wann ist schon der richtige Zeitpunkt, ich wüsste es selbst nicht. Und ich verstehe auch, dass sie diese Situation gefürchtet haben.«

»Ja, ich mache ihnen keinen wirklichen Vorwurf. Nicht mehr. Sie leiden mit uns, das hab ich ihnen angesehen.«

Vorsichtig hakte Liz nach. »Empfindest du denn mehr für Nils?«

Amelie schluckte. »Ich weiß es nicht. Ich bin völlig durcheinander. Ich muss erst mal verdauen, dass er nicht mein leiblicher Bruder ist. Und dann ist da Dennis, dieser tolle Mann, der hoffentlich heute mal Zeit für mich hat«, fügte sie halb scherzend hinzu, »aber da ist eben auch Nils, den ich so gut kenne und natürlich liebe. Nur, wie sehr? Wie verrückt, oder nicht?«

Liz sah sie an. »Ich glaube dir, dass das nicht einfach ist. Ich kenne beide ja kaum, aber so wie ich sie auf Cristians Finca kennengelernt habe, sind beide einzigartig und wie du sagst: tolle Männer. So wie Cristian auch.«

Amelie lachte auf. »Das stimmt. Scheint ja einige von dieser Spezies zu geben«, scherzte sie. Dann lenkte sie ab. »Wäre eine Adoption denn eventuell etwas für euch? Ich meine, auch wenn du sicher bald schwanger werden wirst, ich finde es wirklich eine bewundernswerte Sache. Einem Kind, das kein gutes Zuhause haben würde, eine Zukunft zu schenken. Nils' Leben hätte so anders ausgesehen, da bin ich mir sicher. Auch wenn ich nichts über seine echten Eltern weiß. Jedenfalls lieben meine Eltern ihn sehr und haben ihm alles ermöglicht.«

Liz nickte nachdenklich. »Ich habe auch schon darüber nachgedacht. Mit Cristian zusammen sogar. Er gibt ja auch Tieren, die es nicht gut haben, auf seiner Finca eine neue Heimat und war natürlich gleich dafür. Man muss sich das jedoch sehr gut überlegen, es ist sicher nicht einfach. Aber man kann etwas Gutes tun. Das ist nämlich für mich der Sinn des Lebens.«

Amelie gab ihr recht. »Je länger ich darüber nachdenke, ich glaube, ich würde, falls ich jemals Kinder haben möchte mit einem passenden Partner, auch eines dazu adoptieren. Und von Anfang an offen damit umgehen. Das auf jeden Fall. Na ja, aber das ist für mich so weit weg wie die Koalas in Australien. Ich muss erst mal mit allem klarkommen. Und dann kommt der richtige Mann.«

»Da ist er«, hörten beide eine männliche, tiefe Stimme von der Ladentür und Amelie und auch Liz sahen erstaunt dorthin. Freddy!

»Freddy!«, entfuhr es Amelie tonlos.

»Da isser, der richtige Mann«, erklärte Freddy in seiner humorigen Art und mit seinem liebenswerten Münchner Akzent. Dieser sportlich gebaute, attraktive Mann trat ein, stellte seine Reisetasche, die er lässig über der Schulter getragen hatte, auf dem Boden ab, trat auf Amelie zu, und umarmte sie einfach, hob sie einen Moment sogar vom Boden hoch. Er duftete nach einem sportlichen, frischen Aftershave, nach Freddy.

»Ich muss dann mal wieder« verabschiedete sich Liz rasch und ging.

Freddy hatte Amelie wieder heruntergelassen. Seine Umarmung, mit seinen breiten, gut gebauten Armen, fühlte sich vertraut an. Sofort spürte sie wieder den Schmerz, dass er sie nicht gewollt, dass er sich auf seine Ex eingelassen hatte und mit ihr ein Kind bekommen würde. Sie schob ihn von sich.

»Lass das, ich bin doch keine Puppe, die man, wenn es einem passt, zum Spielen nehmen kann.«

»Ich spiel nicht«, erwiderte er jetzt ernst.

Sie funkelte ihn an. Was machte er hier? Was sollte das? Er hatte ihr gerade noch gefehlt. »Wieso bist du hier?«

»Meinen Spezl, den Tom besuchen. Nein, vor allem dich«, fügte er leiser hinzu. Dann räusperte er sich. »Aber der Tom ist mit der Matilda grad eine Wohnung anschaun. Im Ernst, weil ich dich vermisst hab, deshalb bin ich gekommen. *Nur* deshalb.« Treuherzig sah er sie an. Meinte er das ernst? Seine braunen Teddyaugen ließen etwas in ihr schmelzen.

»Und was ist mit deiner Ex? Und vor allem eurem Kind?«

Sie hatte keine Lust, lange drumrumzureden, mochte wie immer gern alles schnell auf den Tisch legen. Er sah sie wie ein angeschossener Löwe an.

»Ich weiß. Amelie, ich hab einen riesigen, saublöden Fehler gemacht, das ist mir die letzten Tage bewusst geworden. Ich war ein Rindvieh, echt.«

Ein Kunde betrat ihren Laden. Amelie grüßte ihn, schob Freddy beiseite. Er meinte also, einen Fehler gemacht zu haben, soso. Aber da gab es dennoch die Tatsache, dass er mit einer anderen ein Kind bekam. Und außerdem gab es Dennis und ihre verrückte Sehnsucht nach ihm, auch wenn sie ihn kaum kannte. Und es gab Nils. Ihren Nils. Und war sie nicht eh schon über Freddy hinweg? Ihr Puls raste. Sie schob ihn in Richtung Ausgang.

Er verstand, schnappte seine Reisetasche und ging zur Tür. »Lass uns bitte in Ruhe reden, Amelie. Ich mein es ernst. Ich vermiss deine zupackende Art«, scherzte er noch. »In deiner Mittagspause unten am Strand?«

Sie nickte rasch, Hauptsache, er ging. Sie wandte sich dem Englisch sprechenden Kunden zu, der eine Anti-Falten-Creme für Männer suchte. Sie hörte seinen Ausführungen über seine ersten Fältchen kaum zu, hatte so was die Nase von Männern voll! Was bildete sich Freddy eigentlich ein? Machte Schluss mit ihr, weil er eine andere geschwängert hatte, und kam jetzt wieder an. Aber nein, sie sprang nicht sofort, wenn er mit dem Finger schnippte, sie nicht.

* * *

Der Strand war gut belebt mit Sonnenhungrigen, Pärchen, die eng umschlungen auf ihren Decken lagen, und kleinen Kindern. Amelie hatte ihren Laden geschlossen, war nach unten zum Meer gegangen. Zu Freddy. Der ihr schon gefehlt hatte, das war ihr bei seinem Anblick leider bewusst geworden. Es ging alles so schnell. Sie schalt sich innerlich selbst. Eigentlich hätte sie ihn versetzen und mit Liz oder Josy in der Mittagspause etwas Schönes unternehmen sollen. Stattdessen lief sie suchend am Strand entlang und scannte die Leute nach Freddy ab.

Plötzlich spürte sie seine Arme von hinten um sich. Roch ihn, spürte ihn und sofort waren da wieder all die Glücksgefühle, die sie immer gehabt hatte, wenn Freddy ab und zu auf die Insel gekommen war. Ab und zu, Amelie, redete sie insgeheim mit sich selbst. Er hatte nie etwas Ernstes gewollt. Sie auch nicht, oder hatte sie sich das nur eingeredet? Nein, es stimmte. Aber sie hatte sich die letzten Tage rasant weiterentwickelt. Gefühlsmäßig, und auch bei diesem Thema. Sie hatte eine Sehnsucht gespürt, eine Sehnsucht nach mehr.

»Amelie, ich hab mich narrisch in dich verliebt«, flüsterte er jetzt an ihrem Ohr. Ein Schauer durchlief sie. Er hatte sich in sie verliebt! Aber sie spürte einen Knoten im Magen. Drei Männer auf einmal, das konnte doch nicht sein. Das kam doch nur in irgendwelchen kitschigen Filmen vor. Aber nicht in ihrem Leben.

»Du bist 'ne Hammerfrau«, fuhr Freddy weiter fort, drehte sie jetzt zu sich, sah ihr in die Augen. Seine Teddyaugen, die immer so lustig und frech funkelten. Jetzt wirkten sie traurig, so traurig, wie Amelie sie nie gesehen hatte.

»Klar bin ich 'ne Hammerfrau, fällt dir früh ein«, entgegnete sie und hörte selbst, wie schwach ihre Stimme klang. »Komm, wir gehen ein Stück am Strand entlang«, schlug sie rasch vor. Jetzt nur nicht weich werden, in der Sonne. Sie zog ihre roten Sandalen aus, hielt sie in der Hand und Freddy tat es ihr mit seinen Turnschuhen gleich. Barfuß gingen sie am Meer entlang und sofort sprudelte es aus Freddy heraus. »Ich stand echt so was von neben mir. Mich hat das, dass die Tanja schwanger ist, komplett aus der Bahn geworfen«, versuchte er zu erklären. »Wir zwei, wir waren ja nicht offiziell zusammen, und deshalb hab ich gedacht, ist es nicht megaschlimm, wenn ich es beende. Du hast das ja auch nicht fest gewollt.«

Amelie sah ihn einen Moment an, ging dann weiter, musste sich eingestehen, dass er recht hatte. Dennoch: Sie hatten eine Beziehung gehabt, keine felsenfeste, aber eine Beziehung. »Woher willst du wissen, ob ich das gewollt hab, du Schlaumeier?«, konterte sie.

Er blieb stehen, Amelie auch, sie sahen sich an. Das Meer glitzerte in seinen Augen. »Echt jetzt? Und wieso hast du nix gesagt?«

»Du bist ja ein toller Frauenversteher.«

Er fuhr sich verzweifelt durchs Haar. »Der allerletzte. Zefix, manchmal merkt man erst, was man hat, wenn mans verliert. Aber ich habs echt kapiert. Deshalb bin ich schnurstracks gekommen. Weil am Telefon hättest du mich eh abgespeist.«

Amelie atmete durch. »Stimmt. Aber so einfach ist das alles nicht. Nur weil du dich jetzt umentschieden hast und herfliegst, der Herr Freddy, wieder alles auf Anfang?«

»Nicht?« Getroffen sah er sie an. Dann verstand er. »Zefix, es gibt schon 'nen anderen?«

»Nein, ich mein, nicht einen.«

»Zwei?« Fassungslos sah er sie an.

»Könnte man so sagen. Aber eigentlich ist nichts sicher.«

Er atmete hörbar aus. »Puh! Da komm ich ja gerade noch rechtzeitig. Ich sag ja, du bist 'ne Hammerfrau. Haben eben auch andere erkannt.«

Sie gingen weiter am Strand entlang, mussten einem Kleinkind ausweichen. Ein Mädchen mit zwei Zöpfen, das sie anlächelte und so niedlich aussah. Amelie blickte seitlich zu Freddy. Er erwiderte ihren Blick, verstand.

»Ich will für mein Kleines da sein, aber ich lieb die Tanja nicht mehr. Das würd nicht funktionieren mit uns zwei, nicht mal dem Kleinen zuliebe.«

»Du hast es doch noch gar nicht probiert. Du bist feige!«

»Ich weiß. Aber allein die paar Tage mit ihr. Sie eskaliert total wegen der Schwangerschaft, dabei ist sie ja noch ganz am Anfang. Das wäre ja okay, wenn da Gefühle wären. Vielleicht würd ich dann auch eskalieren. Aber die sind bei mir einfach nicht da. Und wie gesagt, da bin ich mir eben jetzt erst sicher. Mensch, Amelie, ich hab einen Fehler gemacht. Menschen machen Fehler. Du nie?«

»Doch, ständig. Jeden Tag. Mehrere. Und jede Entscheidung deines Lebens kann bedeuten, dass du einen Fehler gemacht hast. Das ist mir auch gerade wieder so bewusst. Aber ich hab kapiert, dass man zu seinen Fehlern stehen muss, nicht immer alle Entscheidungen anzweifeln sollte. Sonst wird man erstens verrückt und zweitens weiß man ja gar nicht, ob es anders wirklich besser gewesen wäre.« Sie blieben wieder stehen. Amelie fuhr fort: »Freddy. Ich hab kapiert, dass man auf sein Gefühl hören muss. Und dein Gefühl hat dir gesagt, mit mir Schluss zu machen, als du gehört hast, dass sie schwanger ist. Und ich bin dir nicht böse deshalb. Im Gegenteil, inzwischen find ich es sogar gut, hab Respekt vor deiner Entscheidung …«

Aufgewühlt legte er ihr seinen Finger auf den Mund, um sie zu stoppen, zog sie stürmisch an sich, drückte sie fest an sich und vergrub seinen Kopf in ihrem Haar. Und sie ließ es geschehen.

* * *

Dennis joggte suchend am Strand entlang. Es lagen einige Touristen oder Einheimische in der Sonne, ein paar schwammen im Meer. Aber eine hellblonde, schlanke Frau konnte er nirgends sehen.

»Bin gleich wieder da«, dieses Schild auf Deutsch, Englisch und auf Spanisch hatte an ihrem Laden gehangen, obwohl sie vormittags doch immer offen hatte. Dennis war nach nebenan in Liz' Laden »Olivenliebe und Meer« gegangen und sie hatte ihm verraten, dass Amelie vermutlich am Strand sei. Aber nicht allein. Was auch immer das hieß. Nils konnte nicht bei ihr sein, zumindest war er gerade im Pool der Finca geschwommen. Verdammt, er hätte doch gestern Nacht zu ihr gehen sollen! Oder sich wenigstens melden! Aber jeder Text, den er zu tippen begonnen hatte, war ihm falsch und fremd erschienen. Außer Atem joggte Dennis weiter, sah sich die ganze Zeit suchend nach ihr um. Warum hatte er ausgerechnet heute so lange geschlafen? So langsam schien er sich an Nils in seinem Bett zu gewöhnen. Sein leichtes Schnarchen wiegte ihn offenbar in einen tiefen Schlaf. Dann noch das Schnattern der Gans auf der Finca, das Miauen der Katze, so tief hatte er schon lange nicht mehr geschlafen.

Da! Er erkannte sie an ihrer Figur, ihren Haaren von hinten. Da war sie, in den Armen eines gut gebauten Mannes! Sie hielten sich fest im Arm, gefühlvoll, nicht wie gute Bekannte. Es fühlte sich an wie ein fester Schlag in die Magengrube. Dennis hatte sofort angehalten, atmete schwer. Jetzt streichelte sie diesem Typen sogar über den Rücken. Dennis schloss für einen Moment die Augen, strauchelte innerlich. Es gab also noch jemanden. Nicht nur Nils.

»Are you okay?«, fragte eine ältere Frau neben ihm auf einem Klappstuhl.

Er öffnete sofort die Augen, nickte. »Yes, no, I mean …« Er wusste es nicht. Aber es sah eindeutig aus.

»Is it your heart?«, fragte die Frau höchst besorgt weiter. Ob etwas mit seinem Herz war? Ja, genau das war es. Es fühlte sich an, als würde es gerade gesprengt werden. Aber er schüttelte rasch den Kopf, nicht dass die Frau gleich noch den Notarzt rief. Er drehte sich um und rannte in die andere Richtung zurück, nur weg hier. Wer auch immer dieser Mann war, den Amelie so innig umarmte, er schien ihr etwas zu bedeuten, das sah ein Blinder. Verzweiflung stieg in ihm auf. Das Bild von Picasso, dem Esel, erschien ihm vor seinem inneren Auge. Ja, er hatte um sie kämpfen wollen, aber das jetzt änderte doch alles, oder nicht?

Er joggte weiter am Meer entlang, sah immer wieder auf das Wasser. Ein Surfer glitt weit draußen mit seinem bunten Segel entlang. Es wirkte so frei, so schwerelos. Und am liebsten hätte sich Dennis jetzt auch ein Surfboard geschnappt und wäre gesurft. Er hielt inne, atmete schwer. Einen Moment wusste er nicht, wohin mit sich. Zu Nils auf die Finca wollte er jetzt nicht. Es war alles viel zu verworren. Dennis beschloss, zu Josy in den Laden zu gehen und dort irgendeine Tour zu buchen, zu Land oder zu Wasser, egal, die nächste, die frei war, Hauptsache, irgendeine Beschäftigung.

* * *

In Josys kleinem Café herrschte Hochbetrieb. Leute saßen mit Café con leche, Kuchen oder Limonade auf der Terrasse, genossen die Sonne und den wundervollen Ausblick aufs Meer.

Dennis trat an ihnen vorbei in den Laden und grüßte Josy, die er ja schon für seine Story über die Läden interviewt hatte. Sie grüßte erfreut zurück. »Dennis, was kann ich für dich tun?«

Er sah sich um, in der Tourenecke standen ein paar Aufsteller mit Tourangeboten, auf einigen Bildern waren Delfine zu sehen, auf anderen ein Candle-Light-Dinner auf einem Segelboot oder das Tramuntana-Gebirge.

»Gibt es jetzt gleich irgendeine Tour?«, fragte er.

Josy runzelte die Stirn, fragte aber nicht nach, sah in ihren Kalender. »An was hast du denn gedacht?«

»Ganz egal, Hauptsache nichts Romantisches, Hauptsache weg«, rutschte es ihm heraus. Wieder runzelte sie die Stirn.

»Okay. Also, bei einer Klettertour im Tramuntana-Gebirge ist noch was frei. Die ist total unromantisch, und sie geht in einer Stunde los.«

»Perfekt. Nehm ich.«

»Willst du denn gar nicht wissen, was das kostet und wohin wir fahren?«

»Nein, egal. In einer Stunde ist gut. Und wo geht es los?«

»Hier. Wir fahren mit dem Jeep hin. Ich leite die Tour, auch wenn Eric plötzlich meinte, das sei zu anstrengend in meinem Zustand … egal, totaler Unsinn, ich fahre.«

Dennis hatte kaum zugehört. Dachte nur daran, dass er die nächste Stunde irgendwo anders herumbringen musste, sodass Amelie ihn nicht sah. Er wollte ihr jetzt nicht begegnen. Es wäre der falsche Zeitpunkt gewesen.

»Ist irgendwas mit dir?«, hakte Josy jetzt nach.

»Was? Nein. Alles gut.« Er sah ihr an, dass sie ihm nicht glaubte.

»Ich bin dann in einer Stunde wieder da.« Er verabschiedete sich und verließ den Laden. Erst ging er an der Straße, die zu den Läden führte, auf und ab, außer Sichtweite der Läden, dann setzte er sich an der Bushaltestelle, die sich in der Nähe befand, auf eine Bank, betrachtete die Oleanderbüsche, die rechts und links wuchsen. Sie blühten weiß, rot und roséfarben, als wäre die Welt ein einziger bunter Traum.

Kapitel 19

Schweigsam saß Nils rechts neben Dennis hinten in Josys Jeep. Dass ausgerechnet Nils genau diese Tour so kurzfristig gebucht hatte, kam Dennis mehr als seltsam vor. Da steckte doch sicher Amelie dahinter? Oder Josy oder Liz? Sie wollten die Freunde wieder zusammenbringen, was denn sonst?

Links neben Dennis saß ein Tourist aus Kiel, vorne seine Freundin, beide um die dreißig. Josy lenkte den Wagen in Richtung Cap Formentor, das zur Serra de Tramuntana gehörte. Laut Josy war die Straße für Privat-Pkw von Juni bis Oktober gesperrt. Dennis versuchte, sich innerlich zu beruhigen, sah sich um. In diesem wild zerklüfteten Gebirgszug im Nordosten der Baleareninsel, der laut Josy wegen seiner landschaftlichen Vielfalt von der UNESCO in die Liste des Weltnaturerbes aufgenommen worden war. Hier gab es bizarre Felsformationen und mehrere Schluchten, wie sie sagte. »Und viele nutzen ihren Mallorca-Urlaub, um hier Rad zu fahren, zu wandern oder eben zu klettern.«

Alle hörten ihr zu.

»Nils und du, ihr seid also erfahrene Kletterer?«, fragte Josy an Dennis gewandt nach. »Also du, Dennis, bist trittsicher und schwindelfrei, beherrschst die Sicherungstechniken mit HMS und Tube?« Dennis bestätigte.

»Nils und du?« Der nickte. Auch die beiden aus Kiel gaben an, erfahren zu sein.

»Perfekt, dann muss ich auf euch alle ja nicht *so* sehr aufpassen«, erklärte Josy.

»Nein, auf mich muss keiner aufpassen«, entgegnete Dennis und sah zum Fenster hinaus.

Josy fuhr fort, über das Tramuntana-Gebirge zu erzählen. »Es gibt dort Canyons, in manchen, wie zum Beispiel dem Torrent de Pareis, herrscht ein spezielles Mikroklima.«

Wieder sagte keiner etwas dazu.

»Wenn ich lieber nichts erzählen soll und ihr die Landschaft in Ruhe genießen wollt, sagt Bescheid.«

»Doch, doch«, entgegnete der junge Mann aus Kiel und fragte höflich nach. »Und woran merkt man das Mikroklima?«

»Es gibt eine einzigartige Flora und Fauna«, erklärte Josy. »Hier ist zum Beispiel die sogenannte Geburtshelferkröte anzutreffen, die ist auf Mallorca beheimatet, sie hat in den zerklüfteten Berghängen dieses Tals überlebt.«

»Geburtshelferkröte?«, fragte Dennis jetzt. »Woher kommt der Name?«

»Am Ende der Paarung übernehmen die Männchen die frisch abgelegten Eischnüre, sie befestigen diese an ihren Hinterbeinen und dort bleiben sie, bis die Kaulquappen reif zum Schlüpfen sind.«

Josy lächelte. »Da machen die Männer die Arbeit beim Kinderkriegen. Nicht nur wir Frauen.« Sie legte die rechte Hand auf ihren Bauch, was Dennis nicht entging.

* * *

Nach mehreren Serpentinen kamen sie an einem Parkplatz am Cap Fermentor an. Alle stiegen aus, Josy packte die Kletterausrüstung aus, verteilte sie und es ging los, einen

Fußpfad entlang, zu La Creveta, einem Klettergebiet. Unterwegs erklärte Josy der Gruppe: »Es gibt hier in Creveta eine enorme Gesteinsvielfalt und hohe Griffigkeit, deshalb bleibt es angenehm anspruchsvoll.«

Dennis sah, wie sich die Kieler kurz ansahen. Hatten sie doch etwas übertrieben mit ihrer Erfahrung?

Laut Josy gab es dort eines der schönsten Panoramen in der Nähe von Port de Pollença. Vorbei an stacheligen Sträuchern ging es zu einem Felsen, an dem glücklicherweise gerade keiner kletterte. Man sah das Meer, das in der Sonne glitzerte. Es gab wohl verschiedene Routen mit unterschiedlichen Schwierigkeitsgraden in dieser Gegend.

Die Sonne stach, es war schon Mittag und entsprechend heiß und deshalb vermutlich nicht viel los. Mit Josys Unterstützung legten sich alle fachgerecht die Gurte an, zogen die Helme auf. Beim Gurteanziehen half der Kieler seiner Freundin.

Nils, der die ganze Fahrt nichts gesagt hatte, nickte Dennis, mit dem er klettern würde, kurz zu, trat als Erster zum Felsen. Es arbeitete in ihm, das hatte Dennis auf der Fahrt gesehen. Dennis folgte ihm mit den Seilen zu dem Felsen, sah nach oben. Es ging ziemlich steil empor, war auch für ihn eine Herausforderung, aber genau das brauchte er im Moment. Denn beim Klettern, wenn man sich konzentrieren musste, welcher Griff als Nächstes kam, konnte er am besten abschalten. Nichts anderes mehr denken, vor allem nicht an sie, das wollte er jetzt.

Nils störte dabei natürlich ungemein. Aber vielleicht hatten die Freundinnen von Amelie ja recht, wenn sie versuchten, Nils und Dennis als Freunde wieder näher zusammenzubringen. Echte Freunde fand man nicht oft im Leben. Und echte Freundschaften mussten auch schwierige Zeiten aushalten. Solange Nils so wortkarg blieb, konnte sich Dennis ganz auf diesen Felsen konzentrieren. Männer mussten nicht alles zerreden, Männerfreundschaften tickten anders. Oft kam man sich gerade durch Nichtreden wieder näher.

Nach dem Partnercheck begann Dennis mit dem Vorstieg, das Seil war am Gurt befestigt. Beim Klettern hängte er es dann alle paar Meter zusätzlich in Expressen ein. Nils, der die sichernde Person war, wechselte zwischen zwei Sicherungsmodi hin und her, mal gab er Seil, mal zog er es straffer. Wenn Dennis stürzen würde, zwischen zwei Zwischensicherungen, konnte er einige Meter tief fallen, ehe das Seil seinen Sturz auffangen würde, aber bisher war das nie passiert. Dennis übernahm oft den Vorstieg, wenn sie miteinander kletterten. Nils war etwas schlanker als Dennis, bei ihm ging es meist schneller. Dennis dagegen ließ sich, wenn er den Vorstieg übernahm, mehr Zeit, suchte jeden Halt genau aus.

Josy hatte die beiden machen lassen, kümmerte sich um das Pärchen aus Kiel, denn jetzt war offensichtlich, dass die zwei noch nicht allzu oft klettern waren. Die Frau begann nach dem Partnercheck extrem langsam den Vorstieg, schien aber Respekt zu haben vor diesem Felsen.

»Du musst da nicht rauf«, sagte ihr Josy.

»Ich weiß, ich bin aber ehrgeizig. Ich will es unbedingt.«

Dennis beschloss, nicht weiter zuzuhören. Josy machte ihren Job gut, gab der Frau Anweisungen, nicht zu weit nach oben zu klettern, denn dort wurde es schwieriger, wie sie sagte.

Dennis sah runter zu Nils. Er trat auf einen Vorsprung, von dem sich ein Brocken löste und hinabfiel. »Achtung, Stein!«, rief er sofort nach unten.

Rasch tat Nils einen Schritt zur Seite, gerade noch rechtzeitig, der Brocken schlug direkt neben ihm auf.

»Hey, pass auf, das war knapp!«, rief er nach oben.

»Sorry«, rief Dennis. Er kletterte jetzt weiter nach links, hörte die Kielerin aufschreien, die unten rechts ganz langsam kletterte. Sie war abgerutscht und mit dem Bein am Felsen hängen geblieben. Dennis sah zu ihr nach unten, sie blutete an der Wade.

Schmerzverzerrt wandte sich die Frau an Josy und rief ihr zu: »Es tut höllisch weh.« Josy war sofort bei ihr, half ihr hinunter und sah sich das Bein an. Dann rief sie zu Dennis hoch und zu Nils, der ihn von unten sicherte:

»Ich denke, wir sollten besser in die Ambulanz. Vermutlich muss es genäht werden. Dennis, komm runter, wir müssen die Tour leider abbrechen.«

»Was? Nein, wir kommen allein klar, wir sind wirklich erfahrene Kletterer, wie du siehst«, rief Dennis zurück.

»Genau, wir sprechen dich von jeglicher Verantwortung als Tourenleiterin frei«, bestätigte Nils jetzt. »Du warst nur das Taxi, okay?«

Josy seufzte und rief zu Dennis. »Ich lasse meine Kunden nicht allein am Fels, erst recht nicht, wenn ich sie kaum kenne. Kommt bitte mit.«

»Nein, wirklich, wir bleiben allein hier«, erklärte Nils. »Ich will auch noch hoch. Amelie weiß, dass ich ein Sturkopf bin im Übrigen, wie sie. Keine Chance.«

»Na wunderbar. Wenn du so stur wie sie bist, hab ich wirklich keine Chance.« Josy sah nicht glücklich aus.

»Hol uns einfach ab, wenn du fertig bist«, bekräftigte Dennis von oben. »Wir wissen, welchen Schwierigkeitsgrad wir uns zutrauen können. Unter Zeugen: Du bist *nicht* für uns verantwortlich.«

»Seid ihr wirklich sicher?«, rief sie unwohl.

»Ja, kein Stress«, kam es von Nils. »Gute Besserung!«, fügte er noch an die Kielerin gewandt hinzu und Dennis ebenso.

»Danke!«, rief die Frau zurück, humpelte, gestützt von Josy und ihrem Freund, zum Jeep.

»Okay, passt aber wirklich auf, der Felsen weiter oben ist nicht ohne, auch für erfahrene Felskletterer!«, rief Josy ihnen nach.

* * *

Nachdem der Wagen weggefahren war, sah Dennis zum Meer. Was für eine Kulisse zum Klettern! Sofort musste er wieder an Amelie denken, die das Meer jeden Tag von ihrem Laden aus sah. Nils' Anwesenheit, der in Dennis' Kopf immer noch ihr Bruder war, trug dazu bei, dass er sie nicht mal hier vergessen konnte. Denn egal, um wen es sich bei dem Mann am Strand handelte, das Problem blieb: Nils war *nicht* Amelies Bruder und Nils liebte sie. Aber Dennis hatte sich eben auch in sie verliebt. Das wurde ihm hier oben, inmitten dieser eindrucksvollen Natur noch klarer. Durch einen Tritt löste sich erneut ein kleiner Stein und fiel hinunter. Dennis hörte den Aufprall unten, ein dumpfes Klocken in der Tiefe.

»Achtung, noch mal Stein, tut mir leid! Lass mich runter, ich bin heut nicht konzentriert!«, rief er Nils zu.

»Ja, allerdings, komm!« Dennis ließ sich hinunter.

»Wer hat dir eigentlich diese Tour aufgeschwatzt?«, wollte er unten angekommen jetzt doch von Nils wissen. »Ich meine, es ist kein Zufall, dass wir beide gleichzeitig hier sind. Eine von Amelies Freundinnen hat dich sicher angerufen, sobald ich gebucht hatte, stimmts?«

»Keine Ahnung. Aber doch, stimmt, jetzt wo du es sagst. Liz war bei Cristian auf der Finca, hat einen Anruf bekommen und kam dann zu mir und hat mich überredet, die Tour spontan mitzumachen. Würde mir guttun.«

Dennis und Nils sahen sich an. »Nicht, dass der Unfall der Kielerin als fake geplant war, um uns hier allein zu lassen, und dann fiel er krasser aus als gedacht«, überlegte Nils laut.

»Nein, *das* traue ich den Mädels nicht zu.«

Sie sahen zum Felsen, eine Möwe kreiste über dem Meer. Jetzt wollte Nils nach oben. Sie bereiteten sich vor, checkten noch mal alles, Nils begann den Vorstieg.

»Warte«, sagte Dennis, der ihn sicherte. Nils hielt inne. »Ich will dir Amelie nicht wegnehmen«, erklärte er jetzt aufrichtig. »Unsere Freundschaft ist mir sehr wichtig. Aber *sie* ist mir auch wichtig, das kann ich nicht leugnen.«

Nils schluckte, sagte nichts. Dennis fuhr fort: »Weißt du was, im Grunde ist es doch eigentlich simpel. *Sie* entscheidet. Da können wir nichts dagegen oder dafür tun. Ich glaube auch nicht, dass sie sich durch rote Rosen oder Ähnliches in ihren Gefühlen beeinflussen lässt.«

Nils sah ihn nachdenklich an. »Hast ja recht. Und egal ob wir uns beide wie die Kampfhähne aufführen, das stößt sie eher noch ab.«

»Denke ich auch. Also, Frieden?«

»Frieden.«

»Und du bist nicht mehr weiter sauer auf mich?«, hakte Dennis nach.

Nils schüttelte den Kopf. »Nein. Keine Frau sollte unsere Freundschaft kaputtmachen. Nie. Amelie entscheidet, so ist es.«

Nils kletterte weiter vor, Dennis gab Seil, beobachtete Nils, musste die ganze Zeit an Amelie denken. Nils kletterte flink, sicherte sich immer wieder, aber bei der nächsten Sicherung angekommen, übersprang er diese wagemutig.

»Hey, nicht die Sicherung überspringen, das ist viel zu gefährlich, das weißt du doch!«, rief Dennis, gab rasch mehr Seil nach, aus Versehen viel zu viel.

* * *

»Ich brauche deine Hilfe, ich muss mit Touristen in die Notaufnahme, nichts Schlimmes, aber dauert sicher!« Josy klang beunruhigt am Telefon. Amelie hatte eigentlich vor, in der Mittagspause nach Palma zu fahren, um für ihren

Naturkosmetik-Workshop einzukaufen, aber da ihre Freundin ihre Hilfe brauchte, warf sie das natürlich sofort über Bord.

»Irgendwie hab ich ein ungutes Gefühl, Nils und Dennis allein am Felsen zu lassen«, erklärte Josy.

»Verstehe ich bei den beiden Chaoten«, entfuhr es Amelie und sie versprach sofort, nach ihnen zu schauen. Sie holte rasch eine Kletterausrüstung für sich und eine Notfallausrüstung aus Josys Tourenladen, wie mit ihr abgesprochen, für alle Fälle. Dann machte sie sich auf den Weg ans Cap. Mit ihrem kleinen Wagen fuhr sie die Straße am Cap Formentor entlang, vorbei am tiefblauen Meer und einer felsigen Landschaft.

Amelie drückte aufs Gas, nahm auch die Kurven rasant, lenkte ihren Wagen schließlich weiter zu La Creveta, diesem Klettergebiet, in dem sie einmal mit Josy gewesen war. Deshalb hatte Josy sie vor allem angerufen, nicht weil es um Nils und Dennis ging, wie sie versichert hatte. Tatsächlich war Amelie die Einzige der Freundinnen, die schon mal mit Josy klettern gewesen war.

Am Parkplatz angekommen, stellte sie ihren Wagen ab, stieg aus, schnappte sich die Ausrüstung samt Helm und ging eilig los. Ja, sie war Nils aus dem Weg gegangen, und Dennis ihr und eigentlich hatte sie gerade überhaupt keine Lust auf die beiden. Sie hätte jetzt eher Zeit gebraucht, um in Ruhe über ihr Leben nachzudenken. Aber Josy zuliebe war sie nun hier, die Freundinnen standen zusammen.

Ein Wildkaninchen kreuzte ihren Weg, ein iberischer Hase. Amelie hielt inne, betrachtete das niedliche Tier, das die Ohren aufstellte und schnupperte. Sofort dachte sie an Freddy, der diese Wildkaninchen so putzig fand und ihr Schnuppern gekonnt imitiert hatte. So viel Spaß hatten sie zusammen gehabt, so viel gelacht. Sollte sie ihm doch noch mal eine Chance geben? Sein Auftauchen hatte sie durcheinandergebracht und allein das irritierte sie und gab ihr zu denken. Sie hatte ihn gestern zu Tom geschickt, seinem Freund. Dieser hatte sich mit Matilda in eine hübsche Wohnung in Alcúdia verliebt, wie ihr Matilda von dort geschrieben hatte. Die Fotos, die sie mitgeschickt hatte, sahen tatsächlich schön aus, es gab aber mehrere Bewerber. »Ich drücke euch die Daumen«, hatte Amelie zurückgeschrieben und sich gleichzeitig insgeheim gefragt, ob sie sich das Zusammenziehen mit einem dieser Männer im Moment vorstellen könnte. Denn das war doch ein guter Gedanke, um ihre Gefühle zu sortieren. Indem sie sich überlegte, mit wem sie am liebsten zusammenziehen wollte. Dennis, Nils oder Freddy?

Ehe sie weiter darüber nachdenken konnte, kamen ihr zwei Kletterer mit ihrer Ausrüstung in der Hand entgegen.

Es gab verschiedene Felsen in der Nähe. Viel schien zum Glück gerade nicht los zu sein heute, vermutlich weil es mittags war.

Amelie erreichte eine Weggabelung, überlegte. Josy hatte ihr den Weg beschrieben zu dem einen Felsen, bei dem Nils und Dennis kletterten. Aber wie war das jetzt gewesen, musste sie hier rechts oder links entlang? Ganz genau erinnerte sie sich nicht mehr, so ein Mist! Amelie versuchte, Josy anzurufen, aber sie hatte hier kein Netz.

Amelie entschied sich für rechts, ging weiter, und je länger sie inmitten dieser duftenden, schönen Natur entlangging, umso ruhiger wurde sie. Eigentlich war es ja übertrieben, dass Josy sie wie eine Art Babysitter zu Nils und Dennis schickte. Immerhin kletterten die beiden seit Jahren, waren zu zweit, was sollte schon sein? Aber Josy zuliebe, die sich verantwortlich fühlte, wie sie am Telefon noch gesagt hatte, ging sie weiter. Ein gelber Schmetterling flatterte zu einer Blume, die hier inmitten dieser kargen Gegend wuchs. Wie schön, dachte Amelie und blieb stehen. Viel öfter sollte man die Natur genießen. So selten kam sie hierher ans Cap. Dabei war es wunderschön, diese

Weite des Meeres, die einem hier erst richtig bewusst wurde. Vorhin der Hase, jetzt der Schmetterling, es gab, wenn man sich Zeit nahm, viel zu entdecken.

Der Schmetterling hatte sich auf die Blüte gesetzt, flog jetzt weiter und auch Amelie setzte ihren Weg fort.

Sie ging um einen Felsen herum und da sah sie schon von Weitem zwei Männer in Kletterausrüstung, einer lag reglos am Boden, der andere kauerte neben ihm, hielt sich schmerzverzerrt die Schulter.

»Oh Gott!«, entfuhr es ihr. Das mussten sie sein. Sie waren abgestürzt! Lebte der am Boden noch? Sie fühlte sich für eine Sekunde wie gelähmt, ihr Herz raste. Sie konnte erst nicht erkennen, wer wer war, wusste nur eines, sie liebte Dennis – über alles. Sie rannte los.

* * *

Ihre Hände zitterten. Nils hatte eine Sicherung übersprungen, der Wahnsinnige, war gefallen. Es hatte ihn gegen die Wand gehauen, dabei hatte er sich die Schulter gestoßen und war schließlich auf Dennis gestürzt. Der war zum Glück schon wieder bei sich, als Amelie sich über ihn gebeugt hatte. Beide hatten zugegeben, schuld am Sturz gewesen zu sein. Nils tat es leid, dass er die Sicherung übersprungen hatte, und Dennis, dass er unkonzentriert gewesen war und zu viel Seil gegeben hatte. Glücklicherweise schien Nils' Schulter nicht ernsthaft verletzt zu sein. Er saß jetzt am Boden, wirkte blass, auf seiner Stirn standen Schweißperlen, er sagte nichts.

Dennis saß neben ihm, stand jetzt auf, schwankte plötzlich. Amelie hielt ihn am Arm. »Mist, mein Kreislauf, meine Beine sind wie Gummi.«

»Ich halte dich.« Auch sie fühlte sich schwach, durch die Sorge um die beiden.

»Geht schon wieder. Ich brauche keinen weiblichen Halt«, erklärte Dennis lächelnd.

Amelie erinnerte sich an ihre erste Begegnung am Strand, als er ihr hatte Halt geben wollen, an ihren Spruch. Sie sah ihn liebevoll an, löste ihren Blick dann aber, sah zu Nils. »Wirklich alles okay bei dir? Ich glaube, du stehst unter Schock, du bist so blass.«

»Nee, nee«, erwiderte der nur traurig. »Ich hab einfach verstanden. Wie du ihn ansiehst, das sagt ja alles, um wen du dir mehr Sorgen gemacht hast.«

»Nichts hast du verstanden«, entfuhr ihr. »Du gehörst auch zu mir, schon immer und für ewig und für immer und ewig.«

Nils nickte schwach. »Du bist eine Wahnsinnsfrau. Eine Wahnsinnsschwester, Superwoman«, sagte er dabei leise und lächelte traurig.

Ein warmes Gefühl durchströmte sie und sie erwiderte sein Lächeln. »Und du bist ein wahnsinniger Bruder«, neckte sie ihn.

Er lachte auf, endlich. Dennis reichte ihm die Hand, Nils zögerte einen Moment, dann schlug er ein. Dennis zog ihn hoch zu sich und nahm seinen Freund in den Arm.

Nils löste sich kurz darauf wieder, presste die Lippen zusammen und sah Amelie an. »Das war knapp. Tut mir leid …«

»Euch kann man keine vier Minuten allein lassen.« Dann sah sie die beiden überwältigt an, packte Nils, zog ihn in ihren Arm, drückte ihn fest. »O Mann, Nils, ich wär fast gestorben vor Angst, als ich euch da vorhin am Boden gesehen hab.«

Wie gut er roch, nach Kindheit, nach Familie.

Sie löste sich, sah ihn an. Dann wandte sich Amelie an Dennis. »Du solltest doch auf ihn aufpassen!«, erklärte sie forsch und funkelte ihn an.

Als Nils sich ein paar Schritte entfernte, um die beiden allein zu lassen und sich auf einen Stein zu setzen, flüsterte sie ihm zu: »Wieso hast du dich gestern nicht mehr gemeldet? So was hasse ich ja!« Sie hatte es nicht sagen wollen, aber es arbeitete in ihr.

Schuldbewusst sah Dennis sie an. »Das ist überhaupt nicht meine Art«, entgegnete er ebenso leise. »Ich wollte, aber ich war ein Esel, wie mir Picasso bestätigt hat, und dann hab ich dich mit einem Mann am Strand gesehen.«

Amelie runzelte die Stirn und überlegte. Mit Freddy, natürlich. Sie ließ ihn zappeln.

Nils war wieder aufgestanden, trat zu ihnen. »Wer war das am Strand?«, wollte er wissen. Er hatte sie gehört. In seiner Stimme schwang Eifersucht mit.

Amelie zuckte die Schultern. »Freddy. Eine Art Ex. Der wieder will.«

Sie sah, wie unsicher Dennis wurde, hätte ihn am liebsten in den Arm genommen, seinen Duft eingeatmet, aber sie wollte jetzt ihrem Bruder nicht noch mehr wehtun.

»So, Jungs, ich nehm euch im Wagen mit zur Finca und dann fährt Superwoman nach Palma, einiges für ihren neuen Naturkosmetik-Workshop einkaufen. Wir machen Körperbutter, Badepralinen und Lippenpflege mit natürlichem Aprikosengeschmack.«

Kapitel 20

Frische Aprikosen, Orangen, Cremetiegel, Bienenwachs und ein paar andere Sachen befanden sich in Amelies Einkaufskorb. Das Bienenwachs hatte sie von Matildas Freundin Paula gekauft, zu der sie einen kleinen Abstecher gemacht hatte. Den Rest auf einem Markt in Palma. Gerade wollte sie zu ihrem geparkten Wagen gehen, als ihr Handy klingelte. Amelie sah aufs Display. »Josy!« Sie nahm rasch ab.

»Hey, wie läufts im Krankenhaus?«, fragte sie nach.

»Wir sind schon fertig. Ich hab dich vorhin nicht erreicht, hattest wohl am Cap kein Netz. Die Frau ist ärztlich versorgt, hat einen Verband, alles fein. Und bei dir? Alles gut gelaufen bei den Jungs?«, hakte Josy nach.

Amelie dachte an Dennis und Nils. »Alles super«, erwiderte sie schmunzelnd. Sie würde es Josy in Ruhe erzählen. »Ich bin schon in Palma, hab ein paar Sachen für meinen Workshop geshoppt.«

»Oh, schön, dann komm doch ins Ca'n Joan de S'aigo. Ich bin da. Ich spendier dir eine heiße Schokolade und ein Eis, was sagst du?«

»Da fragst du noch? Ich könnte sterben dafür. Bin gleich da.« Sie befand sich eh nahe der Carrer de Can Sanç und liebte dieses Café. Hier gab es traditionelle süße und herzhafte Snacks. Amelie mochte auch die Robiols, mallorquinische Teigtaschen, und genauso die Crespells, leckere Kekse. Eigentlich konnte sie sich immer gar nicht entscheiden, denn am allerliebsten mochte sie das Mandeleis und natürlich die heiße Schokolade.

Schon beim Eintreten in das historische Café duftete es nach all den Köstlichkeiten. Sie sah Josy und Eric an einem der Holztischchen sitzen. Klar, Erics kleine Schokomanufaktur lag nicht weit davon entfernt. Die beiden hielten Händchen und sahen so verliebt und glücklich aus. Wieso nur konnte es bei Amelie nicht auch einfach mal einfach sein? Lag es doch an ihr? War sie zu kompliziert? Wollte sie immer zu viel, wie es Nils einmal gesagt hatte?

Josy sah auf, als Amelie näher kam. Die anderen Tische waren alle besetzt, die Leute sahen zufrieden aus mit ihren Tassen Schokolade oder den mit Eis gefüllten Gläsern.

»Hey, Amelie, wie schön, komm setz dich zu uns.«

Amelie stellte ihren Korb ab, begrüßte die beiden herzlich mit einer Umarmung und setzte sich.

»Hast du alles bekommen in Palma?«, fragte Eric nach.

»Ja, Cecilia hat mir ja ihr Geheimrezept für die Olivengesichtscreme verraten, die will ich in meinem Workshop anbieten.«

»Mach bitte eine für mich mit. Cecilia sieht mit ihren über achtzig Jahren so gut aus, wenn das mit an der Olivencreme liegt, brauche ich die unbedingt.«

»Du gefällst mir auch mit vielen Falten«, erklärte Eric amüsiert und streichelte ihr sanft über die Wange.

»Alter Charmeur.« Josy lachte.

Eine junge, schlanke Bedienung kam und brachte den beiden je eine heiße Schokolade und eine Kugel hausgemachtes Mandeleis. Wie die Schokolade duftete!

»Für dich auch, oder?«

»Ja, für mich bitte genau das Gleiche«, bat Amelie auf Spanisch. Die junge Frau nickte und ging mit ihrem leeren Tablett weiter.

»Fangt ruhig schon an.«

Eric nahm einen Löffel voll Mandeleis, fütterte Josy liebevoll damit. Die genoss es mit geschlossenen Augen und einem glücklichen Lächeln auf den Lippen.

Amelie sah die beiden nachdenklich an. Sie gingen so liebevoll und freundschaftlich miteinander um. So stellte sie sich eine Partnerschaft vor. Die Beziehungen dagegen, die Amelie bisher gehabt hatte, waren meist irgendwann vor allem aus Mangel an Wertschätzung und Respekt gescheitert. Anfangs gaben sich die Männer modern und lässig und investierten viel Mühe, aber bereits nach kurzer Zeit wurde immer klarer, dass sie das Sagen haben wollten, dass sie nicht einsahen, viel im Haushalt zu tun, dass sie sich nicht von ihr herumbossen lassen wollten. Okay, an Letzterem musste sie zugegebenermaßen arbeiten, das warfen ihr die Freundinnen ja auch ab und zu vor. Oder sie musste den Mann finden, der sich nicht daran störte. Dennis konnte gut damit umgehen, dachte sie. Zumindest, als sie ihm klargemacht hatte, er solle über alle Läden, nicht nur ihren, die Story schreiben, hatte er nichts dagegen gehabt und sich über ihre strenge Art amüsiert. Aber würde er diese Art auch länger mögen? Sie kannte diesen Mann kaum. Ja, sie hatte inzwischen Gefühle für ihn, das war ihr am Felsen noch mal klar geworden. Genauso wie ihr dort mit aller Deutlichkeit bewusst geworden war, dass sie Nils immer lieben würde, aber eben als Bruder, nicht als Mann. Er würde immer ihr Bruder bleiben. Und sie wollte ihn nicht verletzen. Deshalb bezweifelte sie, ob sie es Nils zumuten konnte, sich auf Dennis, seinen Freund, einzulassen. Und abgesehen davon: Sie wollte keine Fernbeziehung. Was sollte sie jetzt nur tun?

»Wie lief es denn bei den beiden beim Klettern?«, fragte Josy nun nach, trank von der heißen Schokolade und riss Amelie aus ihren Gedanken.

»Oh, ziemlich gut. Als ich kam, sind sie gerade kurz zuvor abgestürzt und Dennis lag bewusstlos am Boden«, entgegnete Amelie trocken.

Josy sah Eric kurz ungläubig an, dann lachte Josy auf. »Amelie, du mit deinem schwarzen Humor. Jetzt sag mal ehrlich.«

Amelie zögerte. Sie fing an, wollte alles erzählen, da fasste sich Josy mit der rechten Hand auf ihren Bauch und streichelte ihn. Eric sah Amelie streng an. »Sie ist schwanger, jede Aufregung könnte unserem Baby schaden, also bitte keine schlechten Scherze, ja?«

Amelie nickte. »Okay, okay, ehrlich, Josy, mach dir keine Gedanken, es ist alles prima.«

Eric warf ihr einen dankbaren Blick zu.

Die Kellnerin brachte die heiße Schokolade und das Mandeleis. Amelie bedankte sich bei ihr, rührte die Schokolade um, sie roch herrlich schokoladig, ein wenig nach Vanille.

Sie dachte an die Situation vorhin. Es gab im Leben einfach immer ein Restrisiko, auch in der Liebe. Aber sich deshalb überhaupt nicht mehr darauf einzulassen, kam überhaupt nicht infrage, wie ihr jetzt klar wurde. Nur, vielleicht sollte sie besser auf jemanden warten, der kein Freund eines Freundes oder ihres Bruders war.

»Wirklich alles gut, Amelie? Du verheimlichst doch was vor mir«, hakte Josy nach.

»Ich habe nur gerade darüber nachgedacht, wenn ich euch so ansehe, wie schön es sein kann, wenn man Gefühle zulässt«, erwiderte sie.

Eric pflichtete ihr bei. »Das musste ich erst wieder lernen. Stellt euch vor, was ich verpasst hätte, wenn ich es nicht geschafft hätte. Die letzten Monate waren die besten meines ganzen Lebens. Es passt einfach zwischen uns.« Er sah Josy verliebt in die Augen, legte dann seine Hand auf ihren Bauch. »Und was jetzt kommt, mit dem Baby, das werden die allerbesten Jahre meines Lebens, da bin ich mir sicher.«

»Da wäre ich mir nicht so sicher«, entgegnete Amelie amüsiert. »Ich sag nur: duftende Windeln, Schlafterror …«

Josy knuffte sie, schüttelte den Kopf, sah Eric strahlend an. »Wie sagte Liz? Unser Baby ist eine Mischung aus uns, ein kleiner Mensch, der Beweis unserer Liebe.«

»Ja, man muss immer positiv denken«, erklärte Amelie lächelnd. »Alles andere ist eigentlich nur dumm.«

Sie nahm ihren Löffel, kostete das Mandeleis. Mmhm, der Geschmack breitete sich in ihrem Mund aus. Einfach nur köstlich, kein Wunder, dass dieses Café, das schon seit drei Jahrhunderten hausgemachte traditionelle Produkte herstellte, so beliebt war. Es gab sogar zwei Ableger in Palma davon. Der Duft der heißen Schokolade ließ sie unwillkürlich an Freddy denken, an den Schokoladenkuchen für ihn. Und dann an Dennis. An diesen feinsinnigen Mann, der auch so viel für Düfte übrig hatte wie sie. Dennoch, sie durfte es Nils nicht antun.

* * *

Ihre Ladentür war zu. Ein »Komme gleich«-Schild in mehreren Sprachen hing daran, offenbar erledigte sie immer noch Einkäufe in Palma. Dennis beschloss, hier auf Amelies Terrasse zu warten, zumal Josys Café ebenso geschlossen war, wie er gerade im Vorbeigehen gesehen hatte.

Aus dem Laden nebenan, dem »Perlenzauber und Meer«, Matildas Laden, hörte er ein helles Lachen. Dann zwei Männerstimmen und kurz darauf kam ein sportlich gebauter

Mann heraus. Das war doch dieser Kerl vom Strand, den Amelie umarmt hatte. Freddy. Ihr Ex. Der sie wieder wollte. Sie sahen sich an wie zwei Cowboys kurz vor dem Duell.

»Servus«, sagte dieser Freddy und sah Dennis skeptisch an.

Dennis steckte die Hände in die Hosentaschen, als hinter Freddy Matilda ihren Kopf zur Tür herausstreckte.

»Ach, Dennis, hola. Wartest du auf Amelie?«

»Ja, wieso?«

»Bevor sie nach Palma gefahren ist, hat sie mir kurz erzählt, was geschehen ist. Ein Glück, dass euch nichts passiert ist.«

Nun trat hinter Matilda ein weiterer Mann aus dem Laden. »Hi, ich bin Tom, Matildas Freund.« Er sah sympathisch aus, kam zu Dennis, reichte ihm die Hand. Der schüttelte sie.

»Hi. Dennis.«

Wieder taxierten sich Freddy und Dennis. Und Dennis beschloss, nicht aufzugeben. Egal, was ihr dieser Freddy womöglich noch bedeutete, diese Frau war es wert, um sie zu kämpfen. Da hatte Picasso eindeutig recht gehabt. Tiere waren manchmal einfach schlauer als Menschen, und Esel sowieso, da musste er Cristian, der das gesagt hatte, recht geben. Die Tiere auf seiner Finca hatten etwas bewirkt. Sie hatten Nils dazu gebracht, sich endlich zu öffnen. Denn wie er Dennis, als sie am Felsen hingen, verraten hatte, hätte es sein können, dass er diese Insel sonst wieder verlassen hätte, ohne Amelie in sein Geheimnis einzuweihen. »Ich war mir nicht sicher, ob ich echt den Mumm habe. Ich hatte so einen Schiss, alles kaputtzumachen. Cristians Tiere haben geholfen, mich zu heilen. Ich habe das mit der Adoption lange nicht verkraftet. Seit ich es weiß, ging es mir ehrlich gesagt echt bescheiden. Aber seit ich auf dieser Insel, auf dieser Finca bin, geht es mir jeden Tag besser damit.« Dennis hatte sich so für seinen Freund gefreut. Und ihm ging es ähnlich. Die Wunde, die Linda mit ihrer plötzlichen Trennung in ihm aufgerissen hatte, war hier in der Sonne am Meer endlich ganz verheilt. Oder war es auch Cristians Gans gewesen, die Katze, der Hund oder der Esel? Dennis musste lächeln bei dem Gedanken an den watschelnden Gang der Gans. Vielleicht war es einfach das. Tiere zauberten einem ein Lächeln ins Gesicht, sie konnten Lebensfreude schenken, von Schmerzen oder Einsamkeit ablenken. Sie konnten zum Heilen der Seele beitragen.

»Soll ich euch eine Limo aus meinem Minikühlschrank holen?«, schlug Matilda vor. »Josys Café ist ja noch geschlossen.«

»Nein danke, für mich nicht«, erklärte Dennis. Auch Freddy schüttelte den Kopf.

»Amelie müsste bald wieder hier sein«, sagte Matilda, wurde abgelenkt durch Tom, der sie bat, kurz mit zum Baumarkt zu kommen.

»Okay, ich schließ den Laden ein Stündchen ab.«

Tom wandte sich an Freddy: »Und wir sehen uns später. Ich will mit Matilda schnell Umzugskartons besorgen fahren. Wir gehen einfach mal davon aus, dass wir die Wohnung kriegen. Danach dann radeln, okay?«

»Okidoki«, erwiderte Freddy.

Die beiden gingen zum Parkplatz und so blieben Dennis und Freddy allein vor Amelies Laden zurück.

Wieder sahen sie sich an und Dennis kam sich vor wie in einem Western. Fehlte nur der Revolver, den er zücken konnte.

»Nur damit du nicht umsonst wartest: Sie hat sich in mich verliebt«, sagte dieser Freddy plötzlich und taxierte ihn.

Dennis bemühte sich, ruhig zu bleiben. »Kann sein. Jedenfalls bist du ihr Ex, wie sie gesagt hat.«

»Das ist bei uns so ein On-off-Ding. Ich hab zuletzt mit ihr Schluss gemacht«, entgegnete er. »Aber jetzt bin ich wieder da.«

»Aha. Ob das reicht? Amelie ist sehr nachtragend, keine Ahnung, ob du das weißt.«

»Klar. Sie ist ein Gefühlsmensch, das find ich ja saugut an ihr«, bestätigte Freddy. »Dass sie mir das erst mal kurz nachträgt, das ist ja sonnenklar. Ich war ein Vollpfosten, hab das aber rechtzeitig gemerkt.«

Dennis zuckte die Schultern, musste lächeln. »Sie hat das sicher auch gemerkt. Ist ja eine kluge Frau.«

Freddy sah ihn wütend an, kam einen Schritt auf ihn zu. Jetzt standen sie wirklich fast Nase an Nase.

»Du meinst wohl, du bist ein ganz ein Gscheiter. Der Herr Schreiberling.«

»Was ich meine, spielt hier keine Rolle. Sondern nur, was Amelie meint. Und so wie die Lage ist, würde ich mir an deiner Stelle keine Hoffnung mehr machen.«

Ein Fausthieb landete genau zwischen Auge und Wange, Dennis' Kopf wurde zurückgeschleudert, ein Schmerz schoss in sein Genick. Dennis torkelte, wäre fast gefallen, aber Freddy tat es sofort leid, er hielt ihn blitzschnell am Arm fest. »Oh shit, sorry, des wollt ich ned.«

Dennis wehrte seine Hand ab, machte sich frei, hielt sich das Gesicht. Es tat extrem weh. Er hatte sich noch nie geprügelt und war noch nie geschlagen worden. Wie konnten manche nur freiwillig boxen oder kickboxen? Der Schmerz brannte in seinem Schädel, als habe einer mit einem Riesenhammer darauf herumgeklopft. »Blute ich?«

»Nein.« Freddy fuhr sich leicht panisch durchs Haar. »Da ist bei mir 'ne Sicherung durchgebrannt, bitte, sag der Amelie nix davon.«

»Was sollst du mir nicht sagen?« Amelie war von beiden unbemerkt auf ihre Terrasse vor dem Laden getreten. »Dass du dich hier prügelst wie ein kleiner Schuljunge, Freddy? Schon mal davon gehört, dass Gewalt zu nichts führt? Und zwar zu gar nichts!«

»Amelie, es tut mir so leid, alles …«

»Spar dir das Gejaule.« Sie trat rasch zu Dennis, sah sein Gesicht besorgt an. »Tut es sehr weh?«

Er nickte, denn es entsprach der Wahrheit. »Aber ist schon okay, es tut ihm leid.«

Amelie drehte sich wieder zu Freddy. »Das ist ja auch das Mindeste. Sag mal, spinnst du jetzt völlig? Glaubst du, ich steh auf Schlägertypen, oder was? Seh ich aus wie eine Rockerbraut?«

»Ich bin kein Schläger. Ich bin einfach ausgetickt, weil ich mich narrisch in dich verliebt hab. Sag bitte, dass ich's nicht versaut hab.«

»Hast du nicht«, entgegnete sie wütend. »Ich hab eh keine Gefühle mehr für dich, hatte ich, wie ich jetzt weiß, auch noch nie so richtig. Und nun geh bitte. Du bist Toms Freund und wirst noch oft hier sein auf der Insel, deshalb will ich keinen Stress, und ich mag dich ja, weil du ein bisschen verrückt bist, aber mehr eben nicht.«

Zutiefst zerknirscht und enttäuscht sah Freddy erst Amelie, dann Dennis an, dann wieder Amelie. »Hast ja recht. Schlagen geht gar nicht. Wieder was gelernt fürs Leben. Ich mein, wusste ich ja, aber … egal.«

»Also, man sieht sich«, erklärte sie, wandte sich dann wieder Dennis zu. »Komm mit in meinen Laden, ich hab Eiswürfel in meinem Minikühlschrank.«

Dennis tat Freddy jetzt sogar leid. Er nickte ihm aufmunternd zu, folgte dann Amelie in ihren Laden.

* * *

»Autsch!« Das Eis schmerzte auf seiner Wange, als habe jemand erneut darauf geschlagen.

»Sorry, Cowboy.« Amelie hielt ihm vorsichtig weiter den Eiswürfel darauf. Sie stand nah bei Dennis, roch sein Aftershave, seinen Dennisduft. Den richtigsten Duft, den sie je gerochen hatte. »Oder willst du den Eiswürfel lieber selbst hinhalten?«

»Ja, vielleicht weniger schmerzhaft, Eisprinzessin. Du bist so brutal.« Er lächelte, nahm ihn ihr ab, dabei berührten sich ihre Hände. Sie sahen sich in die Augen und sein Mund zog sie wie magisch an. Egal wie kompliziert alles war, sie wollte ihn jetzt küssen. Amelie beugte sich zu ihm, doch in dem Moment klingelte ihr Handy mit der Melodie, die sie für ihre Eltern eingespeichert hatte. Sie hielt inne, atmete durch. »Meine Eltern. Seltsam, um die Zeit rufen die nie an. Sie wissen ja, dass ich im Laden bin.«

»Geh ran, vielleicht ist es wichtig.« Er hielt sich den Eiswürfel jetzt selbst vorsichtig unter dem Auge an die Wange.

Amelie zögerte, nahm dann ihr Handy. Ihre Mutter rief wie immer mit Videotelefonie an. Eigentlich hatte sie gerade keine Lust darauf, aber Dennis sah sie erneut auffordernd an.

Amelie dachte einen Moment nach. Hatte Nils sie angerufen und machten sie sich Sorgen um ihn? Ihre Eltern hatten immer nur das Beste für Nils und sie gewollt, waren wirklich tolle Eltern gewesen und waren es immer noch. Wie schwer musste es sein, wenn man sich sehnlichst ein Kind wünschte und nicht schwanger werden konnte? Amelie verstand ihre Eltern, auch durch die Gespräche mit Liz, die sich so sehr ein Kind wünschte, mittlerweile immer mehr. Ob man es einem Adoptivkind und dem Umfeld von Anfang an sagte oder nicht, war wirklich eine schwere Entscheidung, die jeder für sich selbst treffen musste. Sie durfte nicht darüber richten, sondern sollte eher den Hut vor ihren Eltern ziehen, weil sie den Mut gehabt hatten, einem Kind eine Familie zu schenken, wohl wissend, dass es schwierig werden konnte.

»Warum zögerst du?«, fragte Dennis.

»Weil ich denke, dass das Gespräch schwierig werden könnte.«

»Dann rede erst recht mit ihnen«, erwiderte er. »Ich gehe zur Finca, zu Nils.« Er sah sie intensiv an. »Amelie, Familienzwist ist nie gut. Ich weiß, wovon ich rede.«

»Was? Wirklich?«

»Ja, ich hatte einen Streit mit meinem Vater und dann starb er. Ich konnte mich nicht mehr aussprechen mit ihm.« Er stand auf. »Kommst du nach zur Finca?«

Amelie nickte, klickte auf Annehmen, während Dennis den Laden verließ. Als sie ihre Mutter auf dem Display sah, spürte sie ein Gefühl von Dankbarkeit, Stolz und Respekt. Ihre tapfere, mutige Mutter. So wenige wagten es, ein Kind zu adoptieren.

»Amelie, endlich.« Ihre Mutter sah frisch geföhnt aus, trug eine Bluse, es wirkte, als habe sie sich für das Videotelefonat zurechtgemacht.

»Hey, Mama, alles gut bei euch?«

Die Mundwinkel ihrer Mutter zuckten.

»Ja, Schatz. Und bei dir?«

Amelie »Ja. Es tut mir leid, dass ich euch das alles vorgeworfen habe.«

Erleichtert sah ihre Mutter sie an. »Wirklich? Das hätte ich jetzt gar nicht gedacht, du bist doch immer so lange …«

»… nachtragend, ich weiß. Aber ich arbeite daran.« Sie lächelte und scherzte. »Ich habe einen Tee von Teresa getrunken, durch den man besser verzeihen kann.«

Irritiert hakte ihre Mutter nach. »Was? Was ist das für ein Tee?«

»Pfefferminze. Gegen fast alles ist ein Kraut gewachsen.«

Ihre Mutter lachte erleichtert auf. »Ach ja, Teresa mit ihren Kräutern. Und du mit deinen Düften.«

Amelie runzelte die Stirn. War das jetzt abwertend gemeint? Oder war sie vielleicht wirklich zu empfindlich?

»Das sollte nicht negativ klingen«, sagte ihre Mutter in dem Moment. »Ganz im Gegenteil. Als du uns mal davon erzählt hast, hat Papa vielleicht etwas konservativ reagiert. Aber ich bin da ganz offen. Düfte bewirken bestimmt viel.«

»Tun sie. Und das ist schön. Ist Papa nicht da?«

Normalerweise telefonierten die Eltern immer zusammen mit ihr.

»Doch, doch. Aber ich … bin in der Küche. Papa ist in seinem Sessel eingeschlafen. Amelie, ich wollte dir sagen, ich kann kaum noch schlafen. Ich will dich nicht verlieren. Und Nils auch nicht. Bitte vertragt euch wieder. Und bitte seid uns wirklich nicht mehr böse.«

Ihre arme Mama. Aufgewühlt hatte Amelie ihrer Mutter zugehört. Wie sehr musste sie gelitten haben. Es tat Amelie unendlich leid.

»Bin ich wirklich nicht, Mama.«

»Sicher?«

»Ganz sicher. Indianerehrenwort.«

»Ein Glück! Weißt du, Papa isst kaum noch was. Ihm geht es also wie mir. Reden tut er ja nicht viel, kennst ihn ja. Aber ihm schmeckt nicht einmal mehr seine Salami mit dem Pfefferrand.«

»Oje, dann ist es ernst.« Sie lachten. Wie schön es war, mit ihrer Mutter wieder lachen zu können. Und Amelie glaubte ihr, dass ihr Vater genauso litt wie sie. Ein warmes Gefühl durchströmte sie. »Mama, ich kümmere mich um Nils. Aber es ist kompliziert.«

»Wieso, was meinst du?«

Amelie zögerte kurz. Sollte sie ihr von Dennis erzählen? »Er ist mit einem Freund auf der Insel. Dennis. Kennt ihr ihn?«

»Nein. Ist er nett?«

»Sehr nett.« Amelie merkte selbst, dass sie sich verraten hatte.

Ihre Mutter lächelte. »Wie schön, Schatz.« Dann wurde sie ernster. »Ich verstehe. Du hast dich in ihn verliebt und Nils gefällt das nicht.«

Amelie zögerte. Mit ihrer Mutter darüber zu reden, fiel ihr schwer, aber eigentlich sollte man viel mehr mit seinen Eltern reden, auch mit Mitte dreißig, auch über die Liebe.

»Ja, so ist es.«

Ihre Mutter sah sie nachdenklich an. »Papa würde sofort fragen, was macht dieser Dennis denn beruflich, aber das ist ja egal. Solange er in Ordnung ist, und wenn du dich in ihn verliebt hast, dann ist er ein guter Mensch, da bin ich mir sicher.«

»Danke für dein Vertrauen, und ja, er ist in Ordnung und er ist ein guter Mensch und nebenbei noch Journalist. Unter anderem für Papas Lieblingszeitung in Hamburg.«

»Oh, unter anderem, das heißt, er ist freier Journalist?«

»Ja genau.«

»Wie schön«, sagte ihre Mutter schnell, aber Amelie wusste, dass ihre Eltern die Selbstständigkeit schwierig fanden. »Journalist. Das wollte Nils doch auch mal werden«, fügte sie hinzu.

»Es ist ein alter Studienfreund von Nils. Und das ist auch das Problem.«

Ihre Mutter schüttelte den Kopf. »Das wird Nils doch verstehen. Er hat so ein großes Herz. Unser Nils.« Wie sie das sagte. So stolz, so voller Liebe. Und Amelie merkte selbst, wie sehr sie ihren Bruder liebte, als Bruder, wie froh sie war, ihn zu haben. Hätten ihre Eltern damals nicht den Mut gehabt, wäre sie vielleicht als Einzelkind aufgewachsen. Dann wäre ihre Kindheit komplett anders verlaufen, all die wunderschönen Momente mit Nils würden fehlen, all die Streiche und Abenteuer.

Sie musste mit Nils reden. Ihm all das sagen, wie wichtig er für sie gewesen war und immer sein würde. »Mama, lass uns aufhören, ganz liebe Grüße an Papa. Macht euch bitte keine Sorgen mehr um mich. Zwischen uns ist alles gut, ja?«

»Gut, Schatz. Und komm bald mal wieder nach Hause.«

»Mach ich. Oder ihr endlich mal auf die Insel.«

Ihre Mutter schluckte. »Du weißt ja, dass Papa nicht fliegen mag.«

»Ja, ich weiß.« Es tat Amelie weh, dass ihre Eltern sie hier nie besuchten.

»Lebt dieser Journalist … wie heißt er noch?«

»Dennis.«

»Dennis. Lebt er auf Mallorca?«

Zerknirscht schüttelte Amelie den Kopf. »Nein, das ist noch ein Problem …«

Schnell redete ihre Mutter weiter. »Ach, das wird schon irgendwie. Wat mutt, dat mutt, nicht wahr?« Sie lachte.

Und Amelie lachte auch, bestellte Grüße an ihren Vater und verabschiedete sich, legte dann ihr Handy beiseite und sah durch die Fensterscheibe ihres Ladens aufs Meer. Ein Segelboot kreuzte in der Bucht. Es war so schade, dass ihre Eltern sie hier nie besuchten. Amelie spürte, wie gut es tat, sich mit ihrer Mutter ausgesprochen zu haben. Dennis hatte recht. Es gab genug Probleme und Krisen in der Welt, man sollte immer versuchen, seine eigene kleine Welt harmonisch und friedlich zu gestalten und zu leben. Und da es auch da immer mal wieder kleine oder größere Krisen gab, sollte man seinen Lieben verzeihen können.

Kapitel 21

Nach Feierabend schloss Amelie ihren Laden ab und ging zügig den Weg zwischen den alten Olivenbäumen entlang, der zu Cristians Finca führte. Wieder dachte sie an das Telefonat mit ihrer Mutter. An ihren Vater, mit dem sie sich auch noch aussprechen wollte. Oder sollte sie ihm besser nicht sagen, wie weh ihr seine Worte nach ihrem Umzug auf die Insel damals getan hatten? Ihr Vater hatte beim Abschied zu ihr gesagt: »Wir kommen dich aber auf Mallorca nicht besuchen, du weißt ja, ich fliege nicht. Und das ist uns auch zu weit und zu anstrengend. In unserem Alter. Wenn du uns sehen möchtest, musst du zu uns kommen.« Am nächsten Tag hatten sie eine große Wanderung unternommen und als Amelie das gehört hatte, hatte es erst recht wehgetan.

Amelie schwor sich, wenn sie selbst einmal Kinder haben sollte, diese immer zu besuchen, egal wo. Selbst nach Australien oder Neuseeland würde sie fliegen. Irgendwelche Verletzungen gab es offenbar auch bei den besten Eltern. Man konnte nicht alles richtig machen, weder als Elternteil noch als Kind.

Im Gehen betrachtete sie die alten Olivenbäume. Ihre silbrigen Blätter glänzten in der Sonne, die Stämme sahen knorrig und dick aus. Manche von ihnen standen hier schon Hunderte, manche sogar tausend Jahre, wie ihr Cristian einmal erzählt hatte. Wie viel sie schon erlebt hatten.

Amelie ging weiter. Hoffentlich würde sie es schaffen, auch mit Nils wieder gut zu sein. Hoffentlich liebte er sie nicht so sehr, dass eine Geschwisterbeziehung nicht mehr möglich war. Amelies Herz klopfte. Was, wenn ihre Familie dadurch auseinanderbrechen würde? Es hätte nicht nur ihr, sondern auch ihren Eltern das Herz gebrochen, da war sie sich sicher. Der Weg machte eine leichte Biegung und jetzt konnte Amelie die Finca von Weitem sehen. Dieses im mallorquinischen Stil gebaute Haus, die Nebengebäude für die Gäste, die alte Ölmühle, die Tiergehege. Cristian hatte sich dort eine kleine Idylle geschaffen, nachdem er sein Leben noch einmal neu angefangen hatte. Er, der ausgebrannte Notarzt, der jetzt Olivenbauer war, die Menschen, die zu ihm auf die Finca kamen, mit Tieren heilte und mit sich im Reinen war. Egal, was man beruflich oder privat in seinem Leben tat, es musste sich richtig anfühlen, umgeben mit den richtigen Menschen. Einen davon hatte Amelie gefunden, aber konnte es richtig sein, wenn sie ihren Bruder dadurch verlor?

Rote und roséfarbene Geranien wuchsen in Terrakottatöpfen links und rechts vom Eingang der Finca. Auf der weinberankten, überdachten Terrasse sah sie von Weitem Dennis und Nils sitzen, im ernst wirkenden Gespräch. Amelie blieb einen Moment stehen. Noch hatten die beiden sie nicht bemerkt. Doch als würde er sie spüren, sah Dennis auf, erkannte sie, ein Lächeln huschte über sein Gesicht. Und auch Amelie wurde ganz warm im Bauch, als sie ihn ansah. Nils dagegen starrte sie fast feindselig an. Oder bildete sie sich das ein? Zögerlich ging sie näher, dann schritt sie schneller weiter.

Dennis stand auf, kam auf sie zu, blieb vor ihr stehen. Beide hielten inne, sahen sich an. Da rief Nils: »Jetzt küsst euch schon!«

Amelie schüttelte sanft den Kopf, bedeutete Dennis damit, es nicht zu tun. Sie sagte leise: »Lass Nils und mich bitte einen Moment allein, ja?«

»In Ordnung«, flüsterte er zurück. »Er ist sehr verletzt, ich hoffe, ihr bekommt es hin.«

Amelie nickte, Dennis schlug den Weg in Richtung Meer ein.

Nils hatte die Arme jetzt verschränkt, sah sie missmutig an. »Guck nicht so mitleidig.«

»Tu ich nicht.« Sie setzte sich zu ihm. Auf dem Tisch stand eine Karaffe Limonade, in der Zitronenscheiben und Pfefferminzblätter schwammen. Außerdem eine Schale mit Trauben. Keiner von beiden sagte etwas und so nahm Amelie ihren Mut zusammen und unterbrach die Stille. »Du weißt genau, was du mir bedeutest.«

»Ja, ja«, entgegnete Nils nur, starrte weiter vor sich hin.

»Und ganz ehrlich, wenn du mir vor vier Jahren die Wahrheit gesagt hättest, wer weiß, wie es damals gewesen wäre.«

Sofort sah er sie an, löste seine Arme, dachte nach. »Du meinst, dann wären wir heute zusammen und glücklich?«

»Wir sind glücklich. Zusammen. Als Geschwister. Wir waren immer glücklich. Okay, abgesehen davon, als du mich in diese Kiste gesperrt hast oder ich das Seil am Baumhaus weggenommen hab, sodass du nicht mehr runtergekommen bist.«

Er musste unwillkürlich lächeln. »Du warst immer eine Pippi Langstrumpf. Das mochte ich so an dir.«

»Und du mein Nils Holgersson. Du hast die Kirche geschwänzt, warst faul und bösartig, hast Tiere gequält, wie er …«

»Moment, Moment, richtig gequält nicht.«

»Doch, du hast unsere weißen Mäuse am Schwanz gepackt und sie herumbaumeln lassen. Natürlich tut ihnen das weh.«

Nils nickte einsichtig. »Ich war jung und dumm. Okay, du hast recht. Manchmal war ich bösartig. Jetzt würde ich Tieren auf keinen Fall mehr etwas tun. Die Tiere hier, die haben, glaube ich, viel angestoßen in mir.« Nachdenklich sah er vor sich hin. »Vielleicht hab ich immer schon gespürt, dass ich nicht zu eurer Familie gehöre.«

»Du gehörst zu unserer Familie«, widersprach Amelie aufgebracht. »So ein Unsinn! Du bist meine Familie.« Sie sah ihn an und jetzt blickte ihr Nils endlich in die Augen.

»Bin ich das?«

»Oh ja! Und das ist besser, als mit mir zusammen zu sein, glaube mir. Du weißt, ich kann kompliziert sein. Eigensinnig, vorlaut, frech. Und wir wissen außerdem, Männer kommen und gehen, aber was bleibt, ist Freundschaft, okay auch nicht immer, aber meist, aber vor allem die Familie.«

»Auch nicht immer«, sagte er geknickt. »Meine biologische Familie wollte mich offenbar nicht.«

»Ja, weil sie dich nicht kannte. Familie kann auch schwierig sein. Aber sicher gab es schwerwiegende Gründe, dass sie dich nicht behalten konnte. Weißt du denn nichts darüber?«

Nils schüttelte den Kopf. »Ich habe mit Mama und Papa nicht darüber gesprochen. Ich konnte nicht. Und ich wollte ihnen nicht wehtun. Meine biologischen Eltern leben nicht mehr, das weiß ich inzwischen, also was solls?«

»Aber mit diesen Fragen tust du vor allem *dir* weh. Du solltest unsere Eltern danach fragen. Auf jeden Fall. Vielleicht wissen sie etwas darüber.«

»Kann sein. Aber was, wenn es noch enttäuschender ist als gedacht?«

Amelie überlegte einen Moment. »Dann stehen wir das zusammen durch.« Sie nahm seine Hand. »Ich bin immer für dich da. Wenn du mich lässt.« Hoffnungsvoll wartete sie auf seine Antwort. Er entzog ihr seine Hand wieder.

Ihr Magen verkrampfte sich. Er sagte keinen Ton, atmete schwer. Die Gans flatterte plötzlich über den Hof, schnatterte ein wenig, ging watschelnd weiter.

Amelie musste lächeln. »Sieh mal, Nils Holgersson, deine Gans, Martin. Du könntest jetzt aufspringen und losfliegen.«

Er lachte. »Du mit deinen verrückten Gedanken.« Dann schüttelte er den Kopf. »Nein, ich will nicht mehr fliehen. Die letzten vier Jahre waren die Hölle. Ich hab mich in mich selbst eingeigelt, keinen mehr an mich rangelassen, auch Mama und Papa nicht. Und kein Wunder, dass meine Beziehung mit Corinna in die Brüche gegangen ist.«

Amelie nickte, konnte sich das gut vorstellen. Ein Mann, der nicht redete, was gab es Schlimmeres in einer Beziehung? »Ich hab mit Mama telefoniert. Sie vermissen dich sehr. Du hast ihnen Kummer gemacht mit deinem inneren Rückzug.« Sie fügte hinzu: »Wie Nils Holgersson, er hat seinen Eltern auch Kummer gemacht. Aber er hat viel verstanden, hat sich geöffnet, ist wieder ein Lieber geworden.«

Jetzt drehte er sich zu ihr, lächelte bitter. »Wieder? Meinst du, ich war mal ein Lieber?«

»Oh ja, das warst du. Immer.«

Er nahm ihre Hand. Sie fühlte sich warm an. »Du hast mir so gefehlt, Amelie. Das ist mir hier auf dieser Insel, auf dieser Finca erst so richtig klar geworden.« Die Gans schnatterte wieder. Beide lachten. Nils fuhr fort. »Ja, Martin, die mallorquinische Gans, hat Nils Holgersson die Leviten gelesen. Und ihr habt beide recht. Eine Schwester wie dich, was gibt es Besseres auf der Welt. Ich muss zufrieden und so dankbar sein. Und das bin ich.«

Überwältigt umarmte sie ihn, drückte ihn fest an sich, saugte seinen vertrauten Nilsgeruch ein. Auch er drückte sie, hielt sie fest, als sie sich wieder lösen wollte. Jetzt merkte Amelie, dass sein Körper bebte, dass er schluchzte und weinte.

Erst ein einziges Mal hatte sie ihren Bruder weinen gesehen, damals, als er vom Fahrrad gestürzt war, mit zehn, und am Knie blutete. Seitdem hatte er immer so tapfer gewirkt. Zumindest nach außen. Erschüttert drückte sie ihn an sich, hielt ihn fest und ließ ihm Zeit.

* * *

Eine Gans schnatterte laut, schien sich unter dem Fenster des Gästezimmers über irgendetwas aufzuregen. Dennis wachte auf, lag im Bett neben Nils, hörte das Schnattern. Er hatte Nils und Amelie gestern reden lassen, die beiden waren zum Strand gegangen und Nils war erst spät in der Nacht zurückgekommen. Dennis hatte es im Halbschlaf mitbekommen. Er betrachtete Nils, der tief und fest schlief. Ob er Amelie wieder wie eine Schwester sehen konnte? Dennis hörte von draußen Cristians Stimme, er sagte etwas auf Mallorquin, woraufhin die Gans schnatternd wegflog. Durch den Spalt der Vorhänge schien die Morgensonne ins Zimmer. Dennis hatte sich richtig daran gewöhnt, mit Nils in einem Bett zu schlafen. Aber neben Amelie aufzuwachen wäre ihm eindeutig lieber. Versonnen dachte er an diese magische Nacht im Glampingzelt, an ihre Gespräche, ihre einfühlsame Art, die er anfangs hinter den oft trockenen Sprüchen nicht vermutet hatte. Diese Frau überraschte ihn immer wieder, forderte ihn heraus und genau das reizte ihn an ihr. Es war mehr als nur ein Reiz. Er sehnte sich nach ihr, wollte jeden Morgen mit ihr aufwachen, am liebsten sein Leben lang. Aber diese Frau war unberechenbar, das hatte Nils immer wieder betont. War er bereit, sich erneut zu öffnen, auf die Gefahr hin, sich wieder so verletzen zu lassen? Sein Schutzpanzer stand bereits offen, sollte er ihn ganz ablegen?

Nils bewegte sich, wachte aber nicht auf. Dennis sah seinen schlafenden Freund an. Er bemühte sich, leise aufzustehen, ging ins Bad, betrachtete kurz sein Veilchen, das immer noch schmerzte, stellte sich unter die Dusche. Das kühle Nass tat gut. Er hatte keine andere Wahl, als sich auf das Wagnis einzulassen, sich ganz zu öffnen, sich damit verletzbar zu machen. Denn er empfand bereits zu viel für sie. Nach dieser kurzen Zeit. Er duschte zu Ende, trocknete sich ab. Da vibrierte sein Handy, das er neben das Waschbecken gelegt hatte. Sein Artikel über die Läden am Meer war heute erschienen, fiel ihm ein. Vielleicht gab es schon irgendeine Resonanz. Dennis nahm das Handy zur Hand, überflog seine Nachrichten. Kollegen gratulierten ihm, einer erklärte, dass es großartig klang, was er über diese Läden am Meer und die Frauen, die sie betrieben, berichtet hatte, überhaupt schien die ganze Insel großartig zu sein und er wolle jetzt bald mal nach Mallorca kommen. Dennis musste lächeln. Er selbst hatte diese Insel unterschätzt. Es gab hier so viel Schönes, so viel zu entdecken. Dann sah er eine Mail des Chefredakteurs der Zeitung, für die er die Story geschrieben hatte. Oh, Feedback vom Chef persönlich, er war gespannt und öffnete die Mail. Noch vor ein paar Tagen hätte er jetzt einen Luftsprung gemacht. Aber jetzt blieb ihm die Luft im Hals stecken. Der Chefredakteur lobte die Story, vor allem wegen der Infos über die Wirkung von Düften und den aktuellen Aspekt der Nachhaltigkeit von Kosmetika, weil das gerade voll im Trend liege. Er war aber auch angetan davon, wie Dennis auf diese fünf Frauen und ihre spannenden Läden auf dieser Sonneninsel gekommen war. »Sie haben den richtigen Riecher für unsere Reiserubrik«, schrieb er. Und dass er ihm hiermit eine unbefristete feste Stelle anbot, zum nächsten Monatsanfang könne er anfangen. Dennis ließ sein Handy nachdenklich sinken. Es war seit ein, zwei Jahren sein Ziel gewesen, genau bei dieser renommierten Zeitung eine dauerhafte Anstellung zu bekommen. Als fester Reisejournalist hätte er reisen können, in aller Herren Länder, auf Kosten der Zeitung, mit einem fixen Gehalt, ohne sich Gedanken über Finanzielles machen zu müssen. Genau das war es, was er bis vor ein paar Tagen noch gewollt hatte. Und jetzt wollte er nur noch eines: Amelie. Die mit ihrem Laden gebunden war an diese Insel, die, selbst wenn sie sich wirklich für ihn entscheiden würde, nicht mit ihm reisen konnte. Denn sie war auch gebunden durch ihre Freundinnen, ihr Leben hier in der Sonne. Sie würde all das sicher nicht für einen Mann, den sie kaum kannte, aufgeben. Und er? Würde er seinen Traumjob wirklich opfern für eine Frau, die er kaum kannte? Nein, es war purer Irrsinn.

* * *

Wie konnte man für einen Menschen etwas empfinden, wenn man ihn kaum kannte? Das war doch verrückt. Nachdenklich ließ Amelie die weiße Markise an ihrem Laden ausfahren, sie flatterte sanft im Wind. Das Meer wirkte heute ruhig, ein Segelschiff glitt am Horizont entlang. Amelie atmete den Duft des Meeres ein, dachte schon den ganzen Morgen an Nils, daran, wie es ihm jetzt nach ihrem langen Gespräch gestern Nacht wohl so ging. Aber vor allem dachte sie immer wieder an Dennis. Sie sehnte sich nach ihm, hoffte, ihn nach dem Naturkosmetik-Workshop heute zu sehen, musste mit ihm sprechen. Nils hatte versprochen, es ihr nicht nachzutragen, wenn sie und Dennis zusammenkamen. Wenn. Sie wusste nicht, was in diesem Mann vorging. Mal wirkte er sehnsüchtig, ein anderes Mal so, als würde er am liebsten davonjoggen und bei der nächsten Gelegenheit abreisen.

Amelie drehte sich um, ging zurück in ihren Laden, in dem es heute nach Orange, Zitrone und Lavendel duftete. In der Ecke, in der die Sitzbank und ein kleiner Tisch standen, hatte sie zwei Hocker dazugestellt und alles für den Workshop vorbereitet, die Zutaten für die Herstellung einer Creme schon bereitgestellt. Gleich würden die ersten Teilnehmerinnen eintreffen, zwei Frauen aus Freiburg. Dass der Kurs so schnell gebucht werden würde! Wenn sie das geahnt hätte, hätte sie so einen Workshop schon viel früher angeboten.

»Bon dia, Amelie!« Cecilia, die Großmutter von Cristian und ihrer aller Ladenvermieterin, erschien lächelnd in der Tür.

»Oh, Cecilia, wie schön, komm bitte herein.«

Cecilia trat näher. Sie trug wieder eines ihrer traditionellen Tücher um die Schultern, sah strahlend und wunderschön aus für eine Frau über achtzig. Sie hatte zwar Falten und eine von der Sonne gegerbte Haut, aber viele in ihrem Alter sahen deutlich älter aus. Ihre Olivencreme schien sehr gut zu sein.

Amelie trat ihr entgegen, sie begrüßten sich mit Küsschen links und rechts. Dann zeigte Amelie der alten Frau, was sie alles vorbereitet hatte.

»Sieh, ich habe alles gekauft, wie du es mir gesagt hast.«

»Sehr gut. Ich bin gekommen, falls du noch Fragen hast.«

»Das ist so lieb, aber gerade habe ich keine.«

»Sehr schön. Ich habe vergessen zu sagen, dass du bei allen Arbeitsschritten wirklich besonders auf Sauberkeit achten sollst. Die Creme muss frei von Keimen bleiben, damit sie lange hält.«

»Danke, Cecilia. Das habe ich schon nachgelesen. Das Olivenöl habe ich aus Liz' Laden, und das Bienenwachs von Matildas Freundin Paula, der Inselimkerin.«

Cecilia lächelte. »Perfekt. Wir Frauen müssen uns gegenseitig unterstützen.«

»Ja, auf jeden Fall.«

»Dann wünsche ich dir viel Erfolg.«

»Danke, vielen Dank.«

Cecilia sah sie forschend an. »Du siehst sehr glücklich aus, Amelie. Lass ihn nicht gehen. Du bist manchmal ein Hitzkopf. Und heutzutage ist alles so schnelllebig. Aber die Liebe findet man nicht so oft im Leben.«

Überwältigt blickte Amelie diese weise Frau an. Sie konnte nicht wissen, in wen sich Amelie verliebt hatte, aber sie sah ihr offenbar an, dass sie Gefühle für jemanden hatte.

Ehe Amelie etwas erwidern konnte, redete Cecilia weiter. »Ich habe das große Glück, die Liebe in Federico noch mal gefunden zu haben. Und weißt du noch, wie ihr mir zugeredet habt?«

Amelie musste lächeln. »Oh ja, das weiß ich. Zu alt für die Liebe hast du dich gefühlt. Und wir haben dir die Leviten gelesen und gesagt, dass das Unsinn ist.«

Cecilia nickte, verabschiedete sich, denn Kunden, zwei Frauen Anfang vierzig traten ein und grüßten fröhlich mit »Guten Morgen«.

»Guten Morgen, herzlich willkommen«, begrüßte Amelie die beiden. »Sind Sie zum Naturkosmetik-Workshop da?«

Die eine der Frauen, eine Zierliche mit blasser Haut, bestätigte. »Ja, ich bin die Leni.« Sie trug ihr rotes Haar schulterlang, ihre Haut sah empfindlich aus. Die andere hatte ihre naturblonden Haare zu einem Pferdeschwanz gebunden und erklärte. »Und ich bin die Nicole und wir freuen uns riesig. Der Artikel über die Läden hier in der Zeitung heute Morgen war sehr spannend. Wenn ich den Workshop nicht eh schon auf deiner Insta-Seite gesehen und gebucht hätte, hätte ich das jetzt getan.«

»Ach, dann ist der Artikel in der Zeitung schon erschienen!«, entfuhr es Amelie. Sie hatte gar nicht mehr daran gedacht.

»Ja, ich lese immer am Handy online, wir kommen aus Hamburg«, erklärte die Rothaarige.

Am liebsten hätte Amelie ihn jetzt selbst schnell gelesen, aber sie musste sich ihren Kundinnen widmen.

»Eine Tagescreme selber herstellen mit mallorquinischen Zutaten, das ist so toll«, fuhr Nicole auch schon fort. »Kann ich da mehrere Töpfchen für meine Freundinnen zu Hause abfüllen? So als Mitbringsel aus Mallorca?«

»Sicher, sehr gern.« Amelie bat die beiden, sich zu setzen, und begann ihnen alles zu erklären.

»Also für Oliventagescreme benötigen wir hundert Gramm Olivenöl, zehn Gramm Bienenwachs und Lavendelöl.«

»Bienenwachs, woher bekomme ich das denn?«, fragte Leni nach.

»Von unserer Inselimkerin, Paula, einer Freundin, oder in Deutschland, wenn nicht vom Imker, dann aus der Apotheke, dem Drogeriemarkt oder übers Internet.«

Amelie machte es Spaß, den beiden ihre Fragen zu beantworten, ihnen etwas über die Wirkung von Düften zu erzählen, auch über die von natürlich hergestellten Cremes. Die Zeit verflog und bald schon hatten sie Cecilias Olivencreme hergestellt, abgefüllt in mehrere kleine Tiegel. Zum Glück hatte Amelie diese in weiser Voraussicht auch besorgt. Die Kundinnen zahlten, verabschiedeten sich glücklich und versprachen, den Workshop auf jeden Fall weiterzuempfehlen.

Sobald sie gegangen waren, nahm Amelie ihr Handy und wollte den Artikel, den Dennis geschrieben hatte, lesen. Da sah sie, dass er zuvor eine Nachricht geschrieben hatte.

Sehen wir uns nach deinem Workshop? Ich hole dich zur Mittagspause ab. Dennis

Amelie lächelte versonnen. Gut, dass gerade keiner im Laden war. Sie antwortete sofort:

Sehr gern, Cowboy. Freue mich. Amelie

Klang das zu vorfreudig? Aber Cecilia hatte ja recht, einen Menschen, der diese Gefühle in einem auslöste, traf man selten im Leben. Amelie beschloss, alle Einwände, die ihr Verstand in den Ring warf, über Bord zu schmeißen und nur noch auf ihre Gefühle zu hören.

Zufrieden und glücklich mit diesem Entschluss las sie neugierig seinen Zeitungsartikel.

»Mallorcas Geheimtipp: Fünf Freundinnen und ihre Inselläden am Meer«, lautete die Überschrift. Dennis schrieb wunderschön, beschrieb ihre Läden und die besonderen mallorquinischen Produkte, die man bei ihnen kaufen konnte, schrieb auch über die Frauen, vier Deutsche, eine Mallorquinerin, von denen jede etwas Besonderes sei. Amelie musste grinsen. Man merkte, dass sich der Schreiber in die Läden und Inhaberinnen, zumindest in eine davon, verliebt hatte. Hoffentlich hatte das sein Chefredakteur nicht ebenso bemerkt. Denn der schien ja sehr streng zu sein, wie Dennis erzählt hatte, und großen Wert auf eine unabhängige Berichterstattung zu legen. Amelie atmete glücklich ein. Das Duftgemisch, das sie für heute gewählt hatte, sollte ein wenig beruhigen. Denn sie war schon den ganzen Morgen aufgeregt, wie mit ihr und Dennis alles weitergehen würde. Sein Rückflug stand an und normalerweise plante man bei einer neuen Beziehung nicht gleich die nächsten Monate, aber diesmal ging es nicht anders. Sie musste ihn ganz oft sehen bis dahin. Ein Glück, dass er selbstständig war und daher oft auf die Insel kommen konnte, sonst hätte ihre Liebe keine Chance. Amelie merkte selbst, wie nervös sie wurde, denn der Uhrzeit nach würde er bald kommen. Hoffentlich hatte er sich keine Gedanken gemacht, dass sie nicht geantwortet hatte, aber im nächsten Moment erinnerte sie sich, dass Männer meist nicht so dachten. Nicht wie viele Frauen, die jede Textnachricht analysierten, auch wie schnell oder wie langsam sie kam. Amelie schätzte Dennis nicht so ein. Zu viel war schon zwischen ihnen geschehen, so viel Nähe, so viel Verständnis, so viel Gleichklang. Sie räumte die Utensilien für den Workshop auf, tanzte dabei gut gelaunt in ihrem Laden herum, als sie seine Stimme in ihrem Rücken hörte.

»Hallo, Amelie.« Sie zuckte zusammen, hörte sofort auf zu tanzen, doch statt dass es ihr peinlich war, durchfuhr sie ein wohliges Gefühl. Lächelnd drehte sie sich zu ihm um. Aber er wirkte sehr ernst, irgendetwas war vorgefallen, das spürte sie sofort. Seine Gesichtshaut hatte sich um das Auge bereits gelbgrün gefärbt.

Alarmiert fragte sie nach: »Was ist geschehen? Habt ihr euch noch mal geprügelt?«

Er schüttelte den Kopf. »Nein, es ist nichts. Wie war der Workshop?«

»Hat Spaß gemacht. Jetzt sag schon. Irgendetwas ist doch.«

Aber er wollte nicht reden, lenkte ab. »Du bist sicher eine gute Lehrerin.«

»Eine strenge Lehrerin. Also, jetzt rede, das befehle ich dir!«

Er lachte. »Das glaube ich.« Dann wurde er wieder ernst, seufzte. »Mein Artikel ist erschienen«, wich er aus. »Hast du ihn schon gelesen?«

»Oh ja, und er ist nicht so schlecht, wie ich dachte«, neckte sie ihn. Da er weiter ernst wirkte, hakte sie nach: »Hast du etwa schlechtes Feedback bekommen? Hat dir dein Chef den Kopf abgerissen, weil du so geschwärmt hast?« War es das?

Wieder schüttelte er den Kopf. »Im Gegenteil.«

»Echt? Lob? Puh! Du schreibst gut. Besser hätte sogar *ich* es nicht schreiben können«, scherzte sie, versuchte, die Stimmung zu lockern, um ihn aus der Reserve zu locken.

Er lächelte etwas. Dieses umwerfende Lächeln mit Grübchen. Sie trat zu ihm, ging jetzt aufs Ganze. »Dennis, du musst dir keine Sorgen machen wegen Nils und mir. Ich meine, dass ich mehr für Nils empfinden könnte. Das tue ich nicht, er ist mein Bruder und wird das immer bleiben.«

»Das ist gut. Und das hast du ihm gestern Nacht gesagt?«

Amelie nickte, fuhr fort: »Ja, und ich hoffe so sehr, dass er es hinbekommt. Gefühlsmäßig. Und vor allem hoffe ich, dass wir es hinbekommen.« Sie hielt kurz angespannt inne. Beobachtete ihn ganz genau. Aber er sah sie nur an, ohne eine erkennbare Reaktion. Aufgeregt fuhr sie einfach fort: »Dass wir uns ganz viel sehen werden. Denn das möchte ich. Und ich hoffe, du auch.« Es sprudelte weiter aus ihr heraus. »Ein Glück, dass du selbstständig bist, und ich habe mir auch schon etwas überlegt, wie wir uns ganz oft sehen können. Die Redakteure der beiden Inselzeitungen, denen du deinen Artikel geschickt hast, die kenne ich und kann sie fragen, ob du öfter für sie schreiben kannst. Dann könntest du ganz viel hier sein. Ab und zu nicht, das verkrafte ich, aber ganz viel nicht, das verkrafte ich auf keinen Fall.« Sie lachte auf. Was tat sie hier? Sie schüttete ihm ihr Herz aus.

Er sah sie perplex an. Aber auch nachdenklich, fuhr sich übers Gesicht. Kein gutes Zeichen, durchfuhr es Amelie und sie spürte Panik in sich aufsteigen. »Dennis. Rede endlich. Oder bist du so ein Mann, der nicht reden kann? Das wäre Horror!«

»Manchmal schon, fürchte ich.«

Ihr wurde wieder bewusst, wie wenig sie ihn kannte.

Ein flaues Gefühl machte sich in ihrem Magen breit. Er schien zu bemerken, wie es ihr ging, nahm ihre Hände, drückte sie, gab ihr Wärme, die sie dringend benötigte. Halt.

»Amelie, ich will auch ganz viel bei dir sein, sehr, sehr viel. ›Ganz viel nicht‹, wie du es ausdrückst, das verkrafte ich auch auf keinen Fall.«

Sie hatte aufgehört zu atmen, wie sie jetzt merkte, atmete erleichtert weiter. Doch dann fuhr er ernst fort: »Das Problem ist nur, mein Artikel war offenbar zu gut.«

»Was soll das heißen?«

»Der Chefredakteur, der selbst ein Gartenliebhaber ist, war begeistert vom Garten der Düfte, aber auch von euren Läden, von deinem Wissen über Düfte und ökologische Cremes, über Teresas Blumen- und Kräuterwissen … er fand den Beitrag so gut, dass er mehr davon möchte.«

»Aber das ist doch super!«

»Ja, nur, er hat mir eine Festanstellung angeboten, das, worum ich ihn noch vor ein paar Wochen gebeten habe.«

»Eine Festanstellung?« Ihr Mund wurde trocken. »In Hamburg?«

Er nickte.

Ihre Gedanken rasten. »Das geht nicht.«

»Ich weiß.«

»Andererseits ist es beruflich ein großer Sprung, fest angestellt bei einer großen Hamburger Zeitung«, sagte sie mehr zu sich selbst. »Erst recht in diesen Zeiten.«

Er nickte. »Du weißt selbst, wie die Lage für freie Journalisten schon länger ist. Und seit es ChatGPT gibt, diese künstliche Intelligenz, die auch Texte schreibt, ist meine berufliche Zukunft noch ungewisser. Auch wenn sie Emotionen nicht ersetzen kann, es wird sich einiges verändern.«

»Das stimmt leider. Das Leben verändert sich immer rasant.«

»Das finde ich ja auch spannend«, gab er zu. »Aber nicht, wenn wir uns dann kaum sehen.«

»Ja, dann nicht.« Amelie sah ihn an, presste ihre Lippen zusammen. Warum nur, warum durfte sie nicht auch einfach mal nur glücklich sein? Oder war sie selbst schuld daran, war sie zu widerspenstig, zu selbstständig? Ihr Handy klingelte. Auf dem Display erschien: »Mama und Papa«. »Meine Eltern«, sagte sie zu ihm.

»Geh ran, ich wollte eh noch nach Nils sehen.« Er sah traurig aus, zögerte kurz, hob zum Abschied einfach nur die Hand und verließ ihren Laden.

Aufgewühlt sah Amelie ihm nach, die Melodie aus dem Handy drang an ihre Ohren. Sie drückte auf Annehmen, sah ihre Mutter, wieder allein in der Küche. Sie sah schrecklich aus, verheult, verzweifelt. »Hey, Mama, alles gut?«

»Nein, leider gar nicht, Schatz«, schluchzte ihre Mutter los. »Es ist so schrecklich, Amelie.«

»Was denn? Jetzt rede du wenigstens!«

»Schatz, ich fürchte, der Papa …, er hat Krebs!«

Kapitel 22

Ein Stück mallorquinischer Aprikosen-Mandelkuchen wurde von Josy über die Theke ihres Cafés an Amelie gereicht. Der Duft sonnengereifter Aprikosen kitzelte Amelie in der Nase, doch sogar ihr Lieblingskuchen konnte sie nach dieser Nachricht nicht trösten. Matilda stand neben ihr, strich ihr lieb über den Arm. Amelie hatte die Freundinnen per Kurznachricht zusammengerufen, wie sie es immer taten, wenn etwas geschehen war. Nur Liz war im Dorf, Brot in der Panadería Emilio kaufen, sie schrieb, dass sie später bei ihr vorbeisehen wolle. Amelie musste jetzt mit den Mädels darüber reden, allein in ihrem Laden wäre sie verrückt geworden.

»Amelie, das ist so schrecklich mit deinem Vater, das tut mir so unendlich leid«, erklärte Matilda mitfühlend.

Amelie fühlte sich durcheinander, zittrig. Natürlich wusste man, dass das Leben endlich war und die Zeit mit den Eltern begrenzt. Aber lange hatte Amelie diese Gedanken verdrängt.

»Und was für ein Krebs es ist und welches Stadium, weißt du nicht?«, fragte Josy vorsichtig nach.

»Nein, er hat es wohl selbst ertastet. Ist zu seinem Hausarzt gegangen und der hat es auch für bedrohlich gehalten und ihn zu einem Spezialisten zur Gewebeentnahme geschickt. Meine Mutter war so durcheinander, hat viel geweint.«

»Selbst wenn es bösartig ist, Krebs ist auch heilbar, immer besser sogar«, wandte Josy lieb ein.

»Genau, jetzt warte erst mal ab, was der Arzt im Detail sagt und was bei der Gewebeuntersuchung herauskommt«, pflichtete Matilda ihr bei. »Bestimmt wird alles gut.«

»Und wenn nicht? Was, wenn er krank geworden ist, weil ich damals gegangen bin? Es hat ihn sehr getroffen, er hat es persönlich genommen, das weiß ich.«

»Aber das ist doch Unsinn«, widersprach Josy. »Dann müssten ja all unsere Eltern krank werden.«

Amelie merkte selbst, dass sie überreagiert hatte. »Ja, das stimmt. Danke euch. Ich bin völlig durch den Wind. Hoffen wir jetzt erst mal das Beste. Aber ich muss auf jeden Fall nach Hamburg. Und wenn es ernst ist, werde ich dortbleiben. Mein Papa braucht mich.«

Matilda und Josy warfen sich Blicke zu. »Das ist ja klar, dass du jetzt erst mal hinmusst, aber wir hoffen doch sehr, dass du wieder auf die Insel zurückkommst«, erklärte Josy.

Amelie zuckte überfordert mit den Schultern. Sie sagte kaum verständlich mit vollen Backen: »Ich weiß nur eines sicher: Dieser Kuchen ist der Hammer.« Die Freundinnen lachten, aber so richtig fröhlich wie sonst klang es nicht.

Vielleicht war es ein Zeichen, dass sie nach Hause sollte, zurück in die Heimat. Dabei war Mallorca inzwischen schon viel mehr Heimat geworden, wurde ihr in dem Moment bewusst.

»Es würde gut passen, denn Dennis hat einen festen Job in Hamburg angeboten bekommen. Es ist sein Traumjob und er ist unbefristet«, erzählte Amelie den beiden mit belegter Stimme.

Josy sah Amelie verdutzt an. »Ach, jetzt versteh ich. Amelie, ausgerechnet du willst wegen eines Kerls dein ganzes Leben umkrempeln? Du hast deinen Job, deinen Laden hier!«

»Und deine Freunde«, fügte Matilda hinzu. »Trotzdem verstehe ich es. Familie ist wichtig. Und wenn dein Papa jetzt krank ist … und deine Mama braucht dich auch.«

»Natürlich, aber sie haben ja Nils«, widersprach Josy. »Und außerdem: Familie kann ja auch hierherkommen, wohldosiert. Wenn dein Vater wieder gesund ist, wovon wir jetzt erst mal ausgehen.«

»Er hat riesige Flugangst, und meine Mutter reist nicht allein, deshalb waren sie doch nie da«, warf Amelie ein.

»Gegen Flugangst ist sicher ein Kraut gewachsen. Wir fragen mal Teresa. Oder du hast sicher ein Aromaöl, das die Nerven beruhigt, stimmts?«

Amelie lächelte ein wenig aufgefangen. »Schon, aber er hält nichts davon, von meinem ›seltsamen Duftwissen‹, wie er immer etwas spöttisch sagt.«

»Von wegen seltsam«, empörte sich Josy. Dann fuhr sie fort: »Bleibt noch das Problem mit Dennis' Job. Er kann ja erst mal versuchen, ob er bei einer Inselzeitung eine Anstellung bekommt.«

»Die Idee hatte ich auch schon.«

»Na also. Oder umdenken, wie Eric. Er hat seine kleine Schokomanufaktur erst hier auf der Insel gegründet und es läuft. Viele haben auf Mallorca ganz neu angefangen, wir doch alle.«

»Du hast ja recht.« Amelie seufzte. »Ich erkenne mich ja selbst nicht wieder. Komme mir vor wie gehirngewaschen.«

»Klarer Fall von Verliebteritis«, scherzte Josy. »Dagegen hilft leider kein Kraut und auch kein Aromaöl.«

Die Freundinnen lachten.

Josy wurde wieder ernst. »Du ganz zurück nach Hamburg, das geht gar nicht. Komm, iss deinen Lieblingskuchen, den gibt es nur hier so gut, mit mallorquinischen Mandeln und

Aprikosen direkt vom Baum, Rezept von Cecilia, gebacken von mir.«

»Du bist süß. Gibt es Ende Mai schon Aprikosen?«, fragte Amelie verwundert.

Matilda bestätigte. »Die frühe Sorte, die heißt ›Primerenc‹. Sie ist für viele die beste aller Inselaprikosen. Weil es so heiß war im Mai, ist sie schon reif. Deshalb steigt in Porreres auch schon das ›Fira de l'Albercoc‹, das Aprikosenfest. Da müssen wir unbedingt alle zusammen hingehen.«

»Und mal wieder einen Sundowner am Strand zusammen genießen. Siehst du«, sagte Josy. »So tolle Events gibt es nicht in Hamburg. Du musst auf jeden Fall wiederkommen.«

Amelie lächelte, nahm eine kleine Gabel, stach ein Stück Aprikosenkuchen ab, steckte es in den Mund und genoss den herrlich fruchtigen Geschmack. Durch die gemahlenen Mandeln schmeckte auch der Teig besonders und köstlich.

Auch Matilda fing an, das Stück, das Josy ihr gereicht hatte, zu essen.

Die Freundinnen schafften es immer, sie aufzufangen. Wie sollte es nur in Hamburg werden, wo jeder vor allem sein eigenes Leben lebte. Eine so enge Gemeinschaft hatte zumindest Amelie in der Großstadt nie erfahren.

Mit vollem Mund erklärte Matilda: »Dass Dennis sich für dich sogar mit Freddy geschlagen hat, oder besser schlagen lassen hat, sagt alles. Tom hat Freddy übrigens auch noch mal gesagt, dass das gar nicht geht.«

»Gut. Was meinst du damit, das sagt alles?«, hakte Amelie nach.

»Er liebt dich, das sieht man«, fuhr Matilda lächelnd fort. »Gehen lassen darfst du ihn auf keinen Fall.«

»Und wir lassen dich nicht gehen«, erklärte Josy ernst. »Nicht auf Dauer. Sobald dein Papa dich nicht mehr braucht, kommst du bitte zurück auf die Insel. Wirklich, Amelie, du ganz zurück nach Hamburg, in den Nieselregen, in die Kälte, kannst du dir das wirklich langfristig vorstellen?«

Amelie sah sie zweifelnd an. »Gruselig. Aber dort lebt auch Nils, mein Bruder. Seit er auf die Insel gekommen ist und wir uns ausgesprochen haben, ist mir wieder so bewusst geworden, wie viel kostbare Zeit wir verloren haben, wie wichtig er mir ist. Ich habe ihn sehr vermisst.«

Matilda und Josy sahen sich zerknirscht an. Dann wandte sich Matilda sanft an Amelie. »Mir ist meine Familie auch sehr, sehr wichtig. Insofern verstehe ich deine Überlegung.«

Josy schüttelte den Kopf. »Matilda, du bist wirklich kontraproduktiv. Klar ist Familie wichtig, sehr sogar. Ich bin auch sehr froh, dass ich mit meiner Mum wieder gut bin. Es ist wichtig, dass man versöhnt ist mit ihnen. Aber Mallorca ist nicht aus der Welt. Wie oft hast du deine Eltern besucht, als du noch in Hamburg gewohnt und viel gearbeitet hast, Amelie?«

Diese dachte kurz nach und gab zu, dass sie wegen ihres stressigen Jobs in der Agentur sehr selten dort gewesen war. »Und wenn, dann immer nur auf einen Sprung.«

»Siehst du. Wenn du hier lebst und sie besuchst, dann ein ganzes langes Wochenende. Oder eine Woche. Das ist Quality-Eltern-Time.«

Amelie sah sie nachdenklich an. Sie hatte recht. Selbst wenn man in derselben Stadt wohnte, verbrachte man oft nicht viel Zeit mit seinen Eltern. Außerdem war das Verhältnis zu ihrem Vater ja auch etwas angespannt, weil er immer grummeliger geworden war mit den Jahren. Wenn er jetzt ernsthaft krank war, würde er noch ungemütlicher werden. Und ob er dann zu ihr plötzlich netter wäre, wenn sie wieder in Deutschland leben würde, stand in den Sternen. Je älter er wurde, desto negativer war er geworden, das hatte ihr ihre Mutter erst kürzlich am Telefon bestätigt.

Josy musste nach draußen, ein Pärchen abkassieren, sie ging mit ihrem Geldbeutel hinaus.

Amelie steckte sich ein weiteres Stück Aprikosenkuchen in den Mund und kaute nachdenklich.

Matilda sah sie an. »Amelie, was Dennis betrifft, wir wollen deinem Glück nicht im Weg stehen. Doch Josy, Liz, Teresa und ich würden dich langfristig natürlich sehr, sehr vermissen. Und alle anderen hier auch.«

»Ich weiß. Das macht es ja so schwer. Aber du ziehst vielleicht nach Sóller zu deinen Eltern, Josy hört im Laden auf, weil sie ein Baby bekommt, Teresa verlängert ihren Mutterschaftsurlaub und Liz, die will ja auch ein Kind. Wenn sie eines adoptieren, hört sie auf in ihrem Laden, ganz sicher.«

Matilda hörte ihr zu, schüttelte den Kopf. »Zu meinen Eltern ziehen ist nicht geplant, wir hoffen sehr auf die Wohnung in Alcúdia. Natürlich ist nichts sicher, wird sich viel verändern, nur nicht so, wie du das alles darstellst. Und natürlich, es ist dein Leben. Deine Entscheidung. Selbst wenn du nach Hamburg ziehst, wegen deinen Eltern und deinem Bruder und Dennis, sind wir nicht aus der Welt.«

»Danke. Ihr seid meine Besten. Aber wenn Dennis den festen Job wegen mir absagt, habe ich Angst, dass er es mir irgendwann vorwerfen wird, wenn auch unbewusst und ungewollt.«

Matilda nickte nachdenklich. »Und das Gleiche wird er auch denken. Dass du deinen Laden und alles hier nicht wegen ihm aufgeben kannst. Ein echter Konflikt für euch beide.«

Amelie nickte, steckte sich das letzte riesige Aprikosenkuchenstück in den Mund, kaute und starrte nachdenklich vor sich hin.

* * *

Seine Reisetasche stand auf dem Bett. In Gedanken versunken starrte Dennis aus dem Fenster seines Gästezimmers auf diese Idylle hier. Cristians Hund und die Katze spazierten einträchtig über den Hof. Auch er und Amelie waren anfangs wie Hund und Katz gewesen und harmonierten jetzt so gut. Verdammt! Er riss sich zusammen, packte den Roman, den Liz ihm geschenkt hatte und der nun auf seinem Nachttischchen lag, in seine Reisetasche. »Mandelblütenliebe«, eine teils historische Geschichte, die auf Mallorca spielte. Es hatte alles keinen Sinn. Er konnte sich nicht aufs Lesen eines Romans konzentrieren. Erst recht nicht, wenn der von dieser Insel handelte. Dabei erfuhr er immer gern etwas über die Urlaubsorte, in denen er sich aufhielt, auch über geschichtliche Hintergründe, und hier ging es um die jüdische Geschichte Mallorcas, es klang interessant. Im Moment konnte er sich jedoch nicht konzentrieren, dachte ständig nur an eines: an Amelie, an diese Frau, die ihn reizte, auf mehreren Ebenen. Einmal durch ihren wachen Geist, ihre Lust, einem Widerworte zu geben, ihren Witz, aber auch rein körperlich zog sie ihn extrem an. Er dachte an das, was aus ihnen beiden werden konnte. Eine kleine Familie. Seit er seine Eltern verloren hatte und dann Linda, fehlte ihm Familie sehr. Seitdem träumte er manchmal von einer eigenen. Verwandte hatte er kaum und mit den wenigen mütterlicherseits so gut wie keinen Kontakt, da sie mit seiner Mutter zerstritten gewesen waren. Schrecklich, wie oft es Familienzwist gab und wie selten sich Familien wieder vertrugen. Emotionale Armut war sehr verbreitet unter den Menschen. Amelie dagegen schien so voller Emotionen, so leidenschaftlich, manchmal aufbrausend, besaß ein großes Herz. Aber genau das durfte er nicht brechen. Diese Frau nicht vor eine Entscheidung stellen, die ihr in jedem Fall wehtäte. Sie durfte nicht wegen ihm ihren Laden, ihre Freundschaften hier aufgeben, auf keinen Fall. Sie war so glücklich auf dieser Insel, hatte einen Ort für sich und ihr Leben gefunden, an dem sie zufrieden und dankbar war. Was gab es Besseres auf der Welt? Und er war nun hierhergekommen und hatte alles durcheinandergebracht. Dennis' Gedanken drehten sich im Kreis. Aber mit seiner Selbstständigkeit verdiente er schon länger nicht mehr genug, nicht einmal für sich selbst. Es war bitter, aber wahr: Schreiberlinge waren unterbezahlt, wurden ersetzt von moderner Technik. Er musste diesen festen Job annehmen, er wollte Amelie hier nicht auf der Tasche liegen. Und erst recht, wenn er jemals eine Familie gründen wollte, brauchte er finanzielle Sicherheit. Deshalb hatte er zuvor eine Entscheidung gefällt. Ob sie richtig war? Keine Ahnung.

Er nahm seine Reisetasche, stellte sie auf den Boden. Nachdenklich hielt er inne, sah auf den Stuhl, über dem Nils' Jeansjacke hing. Nils hielt sich draußen bei den Tieren auf, vorhin hatten sie kurz geredet. Über sich, über ihre Freundschaft, die beiden wichtig war. Nils wollte Amelie nicht verlieren, wusste aber noch nicht, ob er das wirklich gefühlsmäßig alles hinkriegen würde. Doch er wollte sich bemühen und hoffte, die Tiere konnten ihm dabei helfen. Offenbar dachte er sogar darüber nach, sich zu Hause einen Hund oder eine Katze zuzulegen, so sehr liebte er Tiere, so klar war ihm das hier auf der Finca wieder geworden. Deshalb wollte er möglichst viel Zeit bei Picasso, der Gans und den anderen Tieren verbringen, ehe sie übermorgen früh abreisen würden. Sie hatten die Flüge vorher auf Dennis' Initiative rasch gebucht. Übermorgen schon. Aber es war das Beste, das Beste für Amelie. Sie brauchten beide Zeit, um nachzudenken, ob eine Fernbeziehung auf Dauer für beide funktionieren konnte. Selbst wenn er auf den Job in Hamburg verzichtete, würde es Amelie zum Problem machen, dass er ihn nicht angenommen hatte, da war er sich sicher.

Amelie. Diese Frau, mit der er sich eine Zukunft vorstellen konnte, wie lange mit keiner. Dennis atmete durch, verließ das Zimmer, um mit seinem Freund zu reden.

* * *

Nils war bei Picasso, streichelte ihm sanft über seine Nüstern. Die Gans stand neben ihnen, als ob sie auch gleich gestreichelt werden wollte. Dennis konnte sich ein Lächeln nicht verkneifen. Dank der Tiere hatte sich Nils geöffnet, zumindest war er sich sicher, dass sie einen großen Teil dazu beigetragen, es angestoßen hatten.

»Und, was erzählt dir der Esel?«, neckte er ihn beim Näherkommen.

Aber Nils wirkte seltsam bedrückt, konterte traurig: »Das würdest du jetzt gern wissen. Das verraten wir aber nicht, nicht wahr, Picasso?«

Das Tier schnaubte, als würde es bejahen. Dennis trat neben Nils, lehnte sich wie dieser auf den hölzernen Zaun, der das Esel-Gehege wie auf einer Rinderfarm umgab. »Was ist los?«, fragte Dennis.

»Ich habe einen Anruf meiner Mutter bekommen, offenbar haben sie Angst, dass mein Vater Krebs hat.«

»Was?« Dennis richtete sich ein wenig auf. »Das tut mir leid! Was für eine Art Krebs und welches Stadium?«

»Ich weiß es nicht. Sie hat so geweint, dass sie später noch mal mit mir telefonieren wollte. Sie hatten gleich einen weiteren Termin beim Arzt. Ich will mich jetzt noch nicht verrückt machen. So wie sie es immer tun.«

Dennis dachte sofort an Amelie. »Weiß Amelie davon?«

Nils nickte. »Meine Mutter hat erst sie angerufen.«

Dennis musste zu ihr, sie trösten, sie in den Arm nehmen. »Ich geh zu ihr.«

»Warte.« Nils hielt ihn am Arm fest. »Kannst du mir einen Gefallen tun?«

»Klar, welchen?«

»Na ja, ob es so klar ist, weiß ich nicht. Kannst du Amelie bitte überzeugen, dass sie wieder nach Hamburg ziehen soll? Jetzt, wo unser Vater krank ist, wird sie vielleicht Ja sagen. Ich vermisse sie. Unsere Eltern vermissen sie. Aber so eigensinnig, wie sie ist, so sehr, wie sie ihren Laden und all das hier liebt, so unwahrscheinlich ist es, dass ich sie überreden kann. Du dagegen schaffst es vielleicht.«

Dennis sah ihn nachdenklich an. »Tatsächlich habe ich ein gutes Jobangebot in Hamburg bekommen.«

»Na Mensch, das ist doch ein Zeichen.«

»Ich weiß nicht. Amelie passt hier so gut auf diese Insel. Sie hat tolle Freundinnen. Ihren Laden, ihre Selbstständigkeit. Sie ist keine Frau, die von einem Mann abhängig sein will.«

»Ich weiß. Das hat sie bei meiner Mutter immer extrem gestört. Dass sie finanziell von meinem Dad abhängig ist. Finde ich ehrlich gesagt auch schwierig. Aber wenn man Kinder bekommt, ist es nicht immer einfach.«

»Ja, das ist es sicher nicht.«

»Also, bitte, tu mir den Gefallen. Amelie findet in Hamburg schon wieder einen Job.« Nils sah ihn eindringlich an. »Dass ich sie darin unterstützt habe auszuwandern, werfe ich mir wirklich vor. Ich will meine Schwester zurück.«

Erleichtert sah Dennis ihn an. Gut, dass Nils sie wieder als Schwester sah. Er schüttelte den Kopf. »Unsinn! Dass du sie darin bestärkt hast, hat ihr Kraft gegeben. Sie ist dir sehr dankbar dafür. Und sie ist hier auf der Insel so glücklich. Und genau das ist das Problem. Was, wenn sie mir irgendwann vorwirft, in Hamburg nicht so glücklich zu sein wie hier auf Mallorca in der Sonne? Und das wird kommen. Es ist also zum Scheitern verurteilt.«

»Man kann überall glücklich sein. Mit den richtigen Menschen an seiner Seite. Seine Probleme nimmt man eh überallhin mit. Und du und ihre Familie seid dann in Hamburg. Ihre Freundinnen hier kann sie ja immer wieder besuchen. Es gab erst wieder eine Langzeitstudie. Gute Beziehungen zur Familie machen einen gesünder und glücklicher.«

Nachdenklich sah Dennis ihn an. Nils hatte recht, es kam nicht unbedingt auf den Ort an. Man konnte überall glücklich oder unglücklich sein, wichtig waren die Menschen, die Beziehungen zu ihnen. Aber Amelies beste Freundinnen waren hier. In Hamburg kannte sie zwar noch einige, wie sie ihm erzählt hatte, aber die Freundschaften waren nicht so eng wie die zu den Frauen hier. Dennoch, er wollte mit ihr darüber reden. »Na gut. Aber du kennst Amelie. Sie hat ihren eigenen Kopf. Was dabei rauskommt, weiß man nie. Ich kann mir nicht vorstellen, dass sie die Insel verlässt.«

Kapitel 23

»Ich verlasse die Insel, ich habe mich entschieden, mein Entschluss steht. Felsenfest«, sagte Amelie und sah ihn wild entschlossen an. Sie saßen in der Altstadt von Palma in Amelies Lieblingsrestaurant auf einer Plaza, der Ober brachte ihnen gerade zwei Gläser Weißwein.

Dennis schien sprachlos, schien nicht zu wissen, was er antworten sollte.

Die Vorstellung, ihr Leben auf Mallorca, das sie so sehr liebte, aufzugeben, machte sie zwar unfassbar traurig, aber ihre Familie ging vor. Manchmal musste man im Leben zurückstecken für die, die man liebte.

»Und ich gewinne dadurch ja auch viel«, redete sie sich selbst zu. »Zeit mit meinem Vater, mit meiner Mutter, mit Nils. Und keine nervtötende Fernbeziehung, sondern ein ganz stinknormales Leben.« Und als sie das sagte, zog sich ihr Magen zusammen und sie wäre am liebsten losgejoggt. Sie wollte kein stinknormales Leben. Sie wollte ein verrücktes, außergewöhnliches Leben, eines, das nicht jeder hatte. Dafür hatte sie gekämpft, ihre Ängste überwunden, war ausgewandert, nicht wissend, ob alles gut gehen würde. Aber es war gut gegangen, sehr gut sogar. Und jetzt diese Entscheidung. Aber sie hatte keine Wahl und das war das Schlimmste. Alles sprach dafür, diese wunderschöne Sonneninsel zu verlassen, zumindest für mehrere Jahre. Wie sehr würde sie ihre Freundinnen vermissen. Den kurzen Weg zu ihrem Laden, jeden Morgen die weiße Markise ausfahren zu lassen, die immer so fröhlich im Sommerwind flatterte, der wunderschöne Blick aufs Meer und das die ganze Zeit bei der Arbeit. Sie würde die Düfte in ihrem Laden vermissen, sie eintauschen gegen ein staubtrockenes Bürozimmer in irgendeiner hippen Agentur, in der sie sich mit ihren Mitte dreißig bereits steinalt vorkam. Vermutlich sollte sie nicht mehr als Marketingfachfrau arbeiten, vermutlich nahm sie eh keiner mehr. Aber als was dann?

»Bist du dir wirklich sicher?«

»Ja, bin ich«, sagte sie schnell. »Ich frage mich nur, was ich in Hamburg arbeiten werde. Arbeiten will. Den Stress in einer Agentur, wo mein Chef zehn Jahre jünger ist, will ich mir nicht mehr antun. So schön die Zeit damals auch war.«

»Das verstehe ich. Du könntest einen Laden wie hier in Hamburg eröffnen«, schlug er vorsichtig vor. »Mit mallorquinischen Cremes und Düften.«

»Vielleicht. Mal sehen.« Wieder rebellierte ihr Magen. Sie hob ihr Weißweinglas, prostete ihm zu. »Freust du dich gar nicht?«

»Doch, natürlich. Aber ich will, dass es dir gut geht.«

»Mir geht es gut. Alles hat seine Zeit. Jetzt beginnt ein neuer Lebensabschnitt. Und mein Dad ist krank, ich will bei ihm sein.« Sie hörte selbst, wie nüchtern sie klang. Sie stieß mit ihm an, trank einen großen Schluck. »Bitte, Dennis, reden wir jetzt nicht mehr darüber.«

Zum Glück brachte der Ober schon ihren Fischteller. Wie gut er duftete, nach Zitrone und Rosmarin.

* * *

Nach dem köstlichen Essen schlenderten sie Arm in Arm an der beleuchteten Kathedrale da Seu entlang, dann weiter in Palmas königliche Gärten, die Jardins de S'Hort del Rei, die rund um die Uhr geöffnet hatten und nur ein paar Gehminuten entfernt lagen. Sie waren im maurischen Stil angelegt, gehörten ursprünglich zum Königspalast, es gab prunkvolle Springbrunnen, mehrere Wege, eine Oase der Ruhe. Die Abendsonne ging bereits unter. Dennis und Amelie setzten sich auf eine der Bänke und lauschten den Wasserspielen. Es duftete hier so gut nach Orange und Zitrone, denn es standen dort mehrere Zitrusbäume. Aber diese Idylle stand so diametral der Sorge um ihren Vater entgegen, sie machte Amelie beinahe verrückt. Sie hielten sich an der Hand, Dennis legte seinen Arm um sie und Amelie lehnte ihren Kopf an ihn. Aber mehr sollte in dieser Nacht nicht geschehen, dachte sie im nächsten Moment. Sosehr sie sich nach seinem Körper sehnte, so unpassend erschien es ihr heute. »Ich glaube, ich muss heute Nacht allein sein. Bitte versteh das.«

* * *

Natürlich hatte er es verstanden, sie nach Hause gebracht, sie fest umarmt, seinen Kopf in ihrer Halsbeuge versenkt, sich dann gelöst, sie zart geküsst und war zur Finca gegangen.

Die halbe Nacht hatte sie sich über sich selbst geärgert.

Wie dumm von ihr, dass sie ihn nicht mit zu sich hoch in ihre kleine Wohnung genommen hatte. Sie hätte ihn so gern gespürt, mit ihm geschlafen, endlich. Was, wenn es beim Sex nicht passt, durchfuhr sie ein Gedanke. Heute Nacht, die letzte Nacht vor seinem Abflug, würde ihnen bleiben. Immerhin. Und bald ganz viele Nächte in Hamburg.

Die Sonne schien, der Himmel strahlte blau, als wollte ihr die Insel noch einmal zeigen, was sie alles aufgeben würde. Aber ich gewinne Zeit mit Dennis und meiner Familie, redete sie sich erneut zu. Ihr Vater brauchte sie jetzt, ihre Mutter erst recht. Ihre Mutter, die meinte, allein nicht einmal einen Handwerker bestellen zu können. Alles hatte bisher ihr Vater erledigt.

Amelie entfuhr ein Seufzer. Sie ging hinter ihren Tresen, nahm verschiedene Aromaöle zur Hand und träufelte sie in ihre Duftlampe. Bergamotte, Eukalyptus, Rose, Fichtennadel und Orange, alle stimmungsaufhellend. Viel half hoffentlich viel. Sie zündete das Teelicht an, stellte es darunter, schloss die Augen und atmete ein.

Aber ihre Stimmung wurde nicht besser. Alles hatte seine Zeit, versuchte sie, sich weiter einzureden. Auch die Zeit auf dieser Insel mit ihren großartigen, liebevollen Freundinnen, die immer füreinander da waren. So viel hatten sie schon zusammen erlebt. Amelie erinnerte sich, wie Liz auf die Insel gekommen war, um sich um die Finca ihres Großonkels zu kümmern, an Josys Sorge wegen der verschwundenen Delfine, ihre Angst, ihre Existenz hier, ihren Laden, zu verlieren, an Teresas Erzählung über das Blütenkochen auf Simons Jacht, an Matilda, die kurz vor der Hochzeit gestanden hatte und dann ihren Tom kennenlernte und Amelie Freddy. An all diese lustigen, emotionalen Begebenheiten. Aber auch bei Matilda war wirklich nicht sicher, ob sie ihren Laden hier ewig behalten würde oder irgendwann doch mit Tom nach Sóller, an die Westküste der Insel, in die Nähe ihrer Eltern ziehen würde, wenn diese im Alter Hilfe brauchten. Noch hatten die beiden keine bezahlbare Wohnung hier in der Nähe gefunden und ob die in Alcúdia klappte, stand in den Sternen. Und was, wenn sie Kinder bekamen und andersherum Hilfe von den Großeltern brauchten? Es würde also eh irgendwann alles auseinanderbrechen. Teresa würde vielleicht nicht nach einem Jahr bei ihren Zwillingen wieder in ihrem Laden arbeiten, Josy, jetzt wo sie schwanger war, auch erst mal länger nicht. Vielleicht war die wunderschöne Zeit mit den Freundinnen zusammen hier in den Läden am Meer wirklich einfach vorbei!

Der Vormittag zog sich, als habe jemand die Uhr zurückgedreht. Dennis und sie hatten sich beim Abschied für heute in der Mittagspause verabredet. Einen Moment hatte Amelie gestern überlegt, heute den ganzen Tag ihren Laden zu schließen. An ihrem letzten gemeinsamen Tag. Morgen früh würde er nach Hamburg fliegen und noch wussten sie nicht, wann Amelie hier alles geregelt haben würde und mit Sack und Pack nach Hamburg ziehen konnte. Er hatte vorgeschlagen, dass sie erst mal zu ihm ziehen konnte, seine Wohnung sei für zwei groß genug. Noch vor ein paar Tagen hätte Amelie diese Idee vehement abgelehnt. Aber so was von. Sie wollte unabhängig sein, auch in einer Beziehung. Das, was sie ihren Freundinnen immer gepredigt hatte. Außerdem geriet sie mit Dennis bei manchen Themen aneinander, so auch gestern im Restaurant. Wie Hund und Katz, hatte er lächelnd gesagt, und dass er es liebte, dass sie ihm Widerworte gab, dass sie interessiert war an der Welt und dass sie ihren eigenen Kopf besaß. Ob er es im Alltag auch noch lieben würde? Sie wollte jetzt nicht weiter darüber nachdenken. Ihre Entscheidung, die Insel zu verlassen, war gefallen, basta! Sie musste es nur noch irgendwie den Freundinnen schonend beibringen.

»Du brauchst deinen Laden morgen nicht zu schließen«, hatte er gestern Abend beim Abschied gesagt und sie geküsst. Dann hatte er sich von ihr gelöst und ihr lange in die Augen gesehen. »Wir sehen uns in der Mittagspause. Und wir werden noch so viel Zeit zusammen verbringen. Unser Leben lang.« Amelie hatte aufgelacht, es war ihr zu romantisch. Aber es tat gut, merkte sie dann, wollte den Moment nicht zerstören. Sie gab ihr Leben auf dieser Insel nicht nur für ihre Eltern und ihren Bruder auf, auch für ihn.

Amelie atmete erneut ein. In einer Stunde würde er kommen, sie abholen, und dann wollten sie gemeinsam zum Strand gehen. Wie sehr sie alleine das vermissen würde. Um sich abzulenken, räumte sie neu gelieferte Mandellotions ins Regal, als sie Liz' Stimme hörte.

»Du willst uns verlassen? Dein Ernst?«

Amelie drehte sich um. Natürlich, der Fincafunk. »Ich wollte es euch persönlich sagen.« Sie ärgerte sich ein wenig über Dennis, der ihr versprochen hatte, nur mit Nils darüber zu reden. »Du hast es von Dennis?«

»Nein, als ich bei Cristian auf der Finca war, habe ich zufällig gehört, wie er es Nils erzählt hat, und der war so was von aus dem Häuschen.« Liz klang traurig, knetete ihre Hände. »Ich verstehe es ja, Amelie, wegen deines Dads, und weil du dich in Dennis verliebt hast.« Die Freundinnen hatten Liz bereits auf Stand gebracht. »Er ist ja auch ein Toller. Und das mit seinem festen Job und so, aber ich werde dich *unendlich* vermissen. Wir alle.«

Amelie war zu ihr getreten, drückte sie kurz. »Ich dich auch. Euch alle, ich werde durchdrehen!«

»Jetzt bin ich von Deutschland hierhergezogen und nun ziehst du zurück«, stellte Liz niedergeschlagen fest.

»Es muss ja nicht für immer sein. Ein paar Jahre«, versuchte Amelie, sich selbst zu trösten. Ihre Kehle fühlte sich zugeschnürt an.

»Ein paar Jahre sind ein paar Jahre meines Lebens. Es wird nicht mehr so sein hier ohne dich.«

»Es verändert sich bei den anderen auch so viel«, erklärte Amelie. »Wer weiß, ob Matilda nicht doch in den Westen der Insel zu ihren Eltern zieht, wenn sie hier keine bezahlbare Wohnung bekommen, Teresa hat Kinder und kaum noch Zeit, Josy bekommt bald eines und du sicher auch.«

Liz lachte unglücklich auf. »Ich erst mal nicht.«

»Wer weiß.«

»Ja, wer weiß.« Liz fügte hinzu: »Es bricht alles auseinander. Wieso kann das Leben nicht einfach so bleiben, wenn es gerade so schön ist?«

»Weil es dann langweilig wäre«, wiederholte Amelie das, was sie sich selbst die ganze Zeit sagte. »Veränderung heißt, es gibt neue Chancen, neues Glück.«

»Wissen es die anderen also noch nicht?«, fragte Liz nach, ohne weiter darauf einzugehen.

Amelie schüttelte betreten den Kopf. »Ich wollte heute Nachmittag ein Hot-News-Kaffeetreffen bei Josy einberufen.«

»Verstehe. Fliegen Dennis und Nils nicht schon morgen früh?«

»Ja, wieso?«

»Na, was hältst du davon, wenn wir heute Abend am Strand eine spontane Abschiedsparty feiern? Auch für dich, meine ich. Zumindest eine von vielen, bis du ganz weg bist.«

»Eine von vielen klingt super. Gern. Da werden sich Dennis und Nils freuen. Ich sage Dennis gleich für die Mittagspause ab, da wollte er kommen, und verschiebe unser Treffen auf heute Abend am Meer. Und in der Mittagspause sage ich es den anderen, das wird nicht einfach, aber ich denke, ihr versteht mich auch, oder? Sogar wenn ich mich selbst nicht mehr erkenne.«

»Wir schon noch«, erwiderte Liz lächelnd. »Du warst schon immer für eine Überraschung gut. Nur, dass diese für uns nicht so schön ist. Aber wir wollen natürlich nur dein Bestes, ist doch klar.«

»Danke. Und dann überlegen wir gleich, wer was mitbringt.«

»Prima Idee. Ich natürlich schon mal allerlei Olivenleckereien und Olivenbrot, und mal sehen, was noch.« Liz verabschiedete sich und ging weiter in ihren Laden.

* * *

Kurz nach Feierabend schleppte Amelie einen großen Korb zum Strand, gefüllt mit Aprikosenkuchen, Sandwiches, Schokocookies, Ensaimadas und zwei Weinflaschen. Das alles hatte sie vorhin aus Josys Laden geholt. Josy und Matilda hatten nicht damit gerechnet, als Amelie es ihnen in der Kaffeepause sagte: dass sie ihr Leben hier auf dieser Sonneninsel tatsächlich gegen den Hamburger Nieselregen eintauschen würde. Nicht für einen Mann, den sie kaum kannte, denn das war so ganz entgegen Amelies bisheriger Ansicht. Sie verstanden es aber, dass sie jetzt für ihre Eltern da sein wollte, dass sie es natürlich auch für ihre Beziehung zu Dennis tat. Und für die zu ihrem Bruder Nils.

Dennoch, Matilda hatte ihre Tränen nicht zurückhalten können, als Amelie ihren Entschluss verkündete. Und auch Josy kämpfte sichtlich mit den Tränen.

Der Duft der ganzen Köstlichkeiten in dem Korb stieg Amelie in die Nase. Sie dachte traurig an die Tränen der Freundinnen, auch an das Telefonat mit Teresa. »Du willst uns verlassen?«, war es aus ihr herausgebrochen. »Dann wird nichts mehr so sein wie früher.«

»Es wird anders, das ist es doch eh schon, seit du in Elternzeit bist. Aber es ist auch gut. Und es wird gut werden«, entgegnete Amelie tapfer am Telefon und biss sich auf die Unterlippe. »Ich komme euch ganz oft besuchen, so oft, dass ich euch sicher bald auf den Keks gehe.«

»Ganz sicher nicht. Du kannst immer bei uns schlafen. In Simons Villa ist ja genug Platz. Wenn dir die zwei Krümel hier nicht auf den Keks gehen«, scherzte Teresa traurig. Sie schniefte, weinte offenbar auch.

»Unsinn, danke, das ist lieb. Sag mal, kannst du heute Abend zu einem Sundowner am Meer kommen?«, hatte Amelie schnell gefragt. »Kann deine Schwiegermutter auf die Kleinen aufpassen oder Simon?«

»Das kriegen wir hin. Die helfen mir so toll. Und heute Nacht konnte ich sogar fünf Stunden durchschlafen, die Süßen werden also auch immer pflegeleichter, endlich. Was rede ich denn da wieder so viel über Kinder, na klar, ich komme.«

»Du darfst immer über deine Kinder reden«, sagte Amelie. »Ich will auch in Zukunft alles wissen aus deinem Leben. Wie die Windeln duften, was Emilia und Mia angestellt haben, wie genervt du bist und wie sehr du sie liebst. Alles. Das ist doch Freundschaft, oder nicht? Ich war, fürchte ich, ein bisschen zu sehr in meinem Singlemodus, habe jetzt aber kapiert, dass sie einfach dein neues Leben sind und ich Teil davon bleiben will.«

»Wie schön«, hatte Teresa gerührt geantwortet. »So schön, dass ich eine Freundin wie dich habe!«

* * *

Amelie spürte den Sand unter ihren nackten Füßen. Der Korb in ihren Händen wurde immer schwerer. Oder war es ihr Herz? Oder der Kloß in ihrem Magen? Badegäste mit von der Sonne gebräunten und teils geröteten Gesichtern, bepackt mit Strandtaschen und Sonnenschirmen, kamen ihr entgegen. Sie dufteten nach Creme und Salzwasser, wirkten entspannt und zufrieden. Das Licht am Himmel wurde immer orangefarbener, die Temperatur war jetzt am Abend angenehm warm. Wie sehr würde sie all das vermissen!

Tapfer schleppte sie den Korb weiter, kam an der Stelle am Strand an, an der sie sich mit den Freundinnen verabredet hatte. Hier hatten sie schon den ein oder anderen Sundowner zu sich genommen, geredet, gelacht und sogar im Sand getanzt.

Keine der anderen war bisher da. Seltsam. Sie hatten doch schon alle ihre Läden vor ihr geschlossen gehabt und waren bereits gegangen. Trafen sie sich noch mit ihren Liebsten? Denn Cristian, Eric und Tom wollten auch kommen. Vermutlich war es das.

Amelie stellte den Korb seufzend in den Sand. Blumige Tücher zum Daraufsitzen wollte Teresa bringen. Amelie setzte sich in den Sand, sah aufs Meer, blickte sich am Strand um, aber keine der Freundinnen oder Freunde weit und breit. Immer mehr Badegäste verließen den Strand, meist in Grüppchen oder zumindest als Paar. Plötzlich fühlte sie sich allein und verlassen von ihren Freundinnen und auch von Dennis, der eigentlich am Telefon sofort zugesagt hatte, zu einem Sundowner-Abschiedstreffen am Meer zu kommen. Nils ebenso. Wo blieben sie alle nur?

Amelie legte ihre Hände in den warmen Sand, nahm mit der Rechten Sand auf und ließ ihn zwischen ihren Fingern hindurchrieseln. So schnell fühlte sich die Zeit gerade an. Sie raste. Noch vor wenigen Tagen war sie glücklicher Single mit einem tollen Laden am Meer auf Mallorca und den allertollsten Freundinnen gewesen, bald schon würde sie mit Dennis zusammenleben in einer Wohnung in Hamburg und sich nach einem bezahlbaren Ladenlokal umsehen. Denn die Idee, einen Laden mit nachhaltigen Cremes und Parfums mit mallorquinischen Zutaten mitten in Hamburg aufzumachen, gefiel ihr immer besser. Doch im nächsten Moment dachte sie an Liz. Sie hatte einen Laden mit mallorquinischen Spezialitäten in einer angesagten Gegend in Berlin gehabt, der aber leider nicht gut gelaufen war. Vor allem die Ladenmiete hatte ihr das Genick gebrochen. Wenn sie an die Hamburger Mieten dachte, wurde ihr flau im Magen. Ganz sicher waren sie noch einmal teurer geworden in den letzten Jahren. Und Amelie wurde klar, es gab keine Garantie, dass es bei ihr besser laufen würde. In Hamburg gab es schon einige

Kosmetikläden, sicher auch mit mallorquinischen Produkten. Amelie fiel siedend heiß ein, dass sie noch überhaupt nicht den Markt und auch die Preise von Gewerbeimmobilien analysiert hatte. Und das sie, die Marketingfachfrau, schalt sie sich innerlich selbst, nahm jetzt mit beiden Händen Sand auf und ließ ihn zu Boden rieseln. Dennoch, sie war mutig, sie war taff, sie konnte überall neu anfangen!

Sie hörte die Stimmen von Liz und Josy, drehte sich um. Endlich, da kamen sie, bepackt mit Körben und Tüchern, auf sie zu. Josy, Liz, Eric, Cristian, Matilda, Tom, Teresa. Nur Dennis und Nils fehlten noch. Josy und Liz hielten jetzt zusammen ein Banner hoch, auf dem stand: »Amelie, wir werden dich vermissen«.

Nun war es um Amelie geschehen. Augenblicklich traten ihr Tränen in die Augen, wie heute Nachmittag schon Matilda und Josy. Amelie stand auf, betrachtete ihre Freunde gerührt, diese wundervolle Gemeinschaft, zusammen gaben sie in dieser Gruppe ein so schönes Bild ab.

»Hey, da sind wir«, sagte Josy. »Alle auf einmal, damit du in Erinnerung behältst, was für eine schöne Gemeinschaft wir sind.«

»Ihr seid verrückt. Genau das habe ich gerade gedacht.« Teresa, in einem ihrer blumigen Kleider, trat zu ihr und drückte sie. Wie immer duftete sie nach Blüten und Teresa und jetzt konnte Amelie ihre Tränen nicht mehr zurückhalten. Was tat sie da nur? Würde sie in Hamburg je so glücklich werden wie hier? War es nicht ein riesengroßer Schritt zurück?

Wo blieben eigentlich Dennis und Nils, fragte sie sich. Derweil begrüßte sie alle einzeln mit einer Umarmung. Cristian, Liz, Josy, Eric, Matilda, Tom.

»Ganz liebe Grüße von meiner Großmutter«, sagte Cristian. »Und von Picasso. Cecilia meinte, das ist eine Feier von den

Jungen, und im Strand sitzen ist nicht mehr so ihres, ich hatte sie eingeladen.«

»Ach Mensch, wir hätten ihr doch einen Klappstuhl besorgen können.«

»Alles gut. Können wir ja das nächste Mal. Liz meinte, das ist nur der Anfang von vielen Abschiedsfeiern.«

Amelie nickte gerührt. »Ja, genau. Das hoffe ich doch.«

Auch Matilda und Tom umarmten Amelie und Matilda verkündete, dass sie eine wunderhübsche, bezahlbare Wohnung in Port de Pollença gefunden hätten. Die in Alcúdia hatten sie nicht bekommen.

»Das heißt, ihr zieht demnächst wirklich nicht zu deinen Eltern nach Sóller?«, fragte Amelie nach.

»Nein, wie gesagt, ich will auf jeden Fall hierbleiben, bei den anderen. Meine Eltern sind ja nicht aus der Welt.«

Nachdenklich stimmte Amelie ihr zu.

Teresa breitete mit Josy die Blütentücher im Sand aus und sie alle packten ihre mitgebrachten Leckereien, Wein-, Limoflaschen und Gläser aus.

»Und ich werde doch bald halbtags wieder im Laden anfangen«, verkündete Teresa. »Ich richte eine Krabbelecke für die Süßen ein und hoffe auf das Verständnis der Kunden.«

»Oh wirklich, das ist toll«, entgegnete Amelie überrascht. »Und wehe, sie haben kein Verständnis, dann kriegen sie es mit mir zu tun.«

»Du bist dann ja nicht mehr da«, entgegnete Teresa leise.

Amelie musste schlucken. Teresa hatte eigentlich vorgehabt, ihren Mutterschaftsurlaub fortsetzen zu wollen. »Die Aushilfe hat doch kurzfristig abgesagt und mir fehlen mein Laden und ihr Mädels so sehr.« Sie strahlte. »Und Gabriele will sich mit Simon abwechseln, Emilia und Mia die meiste Zeit zu Hause betreuen. Die Krabbelecke ist also nur dazu da, wenn Simon dran ist und einen Termin hat. Denn eigentlich kann man ja nicht arbeiten, wenn zwei Rabauken dabei sind. Das weiß ja jeder, außer irgendwelche Chefs.« Die Frauen lachten.

»Oh ja, so oft wird von Müttern oder Vätern im Home-Office verlangt, gleichzeitig neben der Arbeit auf ihre Kinder aufzupassen«, stimmte Eric zu. »Dabei geht das leider wirklich nicht. Und deshalb«, wandte er sich an Josy, nahm ihre Hand und sah sie intensiv an, »habe ich mir Folgendes überlegt: Ich weiß, wie sehr du deine Arbeit hier liebst, ich habe mit einem Kumpel gesprochen, der meine Schokomanufaktur ein Jahr übernehmen kann. Ich will für unser Baby da sein. Denn dass wir ein Kind zusammen bekommen, dass ich wieder ein Kind bekomme, das ist das größte Geschenk, das du mir jemals machen konntest.«

Überwältigt nahm Josy ihn in den Arm. Und Amelie sah ihr an, wie froh sie war über diesen Vorschlag, denn er bedeutete, dass Eric sich wirklich von ganzem Herzen über ihre Schwangerschaft freute. Wie glücklich die beiden aussahen, dachte sie gerührt und auch Teresa, die Romantischste von ihnen, sah wirklich ergriffen aus.

Gleichzeitig bedeutete es also auch, dass Josy doch bald nach der Geburt wieder in ihrem Laden arbeiten würde, dachte Amelie.

Cristian hatte inzwischen den Wein geöffnet, in Gläser eingeschenkt, verteilte diese. Außer an Josy und Teresa, sie bekamen je eine Flasche Limo. »Da ich der ›Dienstälteste‹ unter euch bin«, scherzte er, »erhebe ich das Glas auf Amelie. Du wirst uns wirklich fehlen. Aber wir freuen uns für dich, dass du mit deinem Dennis … wo ist er überhaupt?« Alle sahen sich an, schienen erst jetzt gemerkt zu haben, dass Dennis nicht pünktlich gekommen war. »Dass du mit ihm zusammen sein kannst.«

Amelie fühlte jetzt noch stärker diesen Kloß im Hals. Tat sie wirklich das Richtige? Wo blieb Dennis, wo Nils? »Ich habe keine Ahnung, wo sich Dennis und Nils herumtreiben«, gab Amelie betreten zu. »Vielleicht bin ich ja doch auf einen Hallodri reingefallen«, scherzte sie bemüht.

»Ach was«, beeilte sich Cristian zu sagen. »Meine Menschenkenntnis hat mich fast nie getäuscht.«

Fast, durchfuhr es Amelie.

Cristian hob sein Glas, die anderen taten es ihm gleich und sie stießen an. »Auf Amelies Abschied. Amelie, wir lieben dich und vermissen dich jetzt schon.«

Mit tränenerstickter Stimme hauchte Amelie ein: »Ich euch auch.« Teresa strich ihr lieb über den Rücken.

Dann machten sie sich über die leckeren Tapas her. Es gab auch Aprikosen-Mandelkuchen, mallorquinische Zitronentarte, Josys berühmte Schokocookies und viele der Leckereien, die es in den Läden von Josy und Liz gab.

Aber Amelie war der Appetit vergangen. Was, wenn Cristians Menschenkenntnis einmal versagte? Wenn Dennis kalte Füße bekommen hatte, sich doch kein Leben mit ihr in Hamburg vorstellen konnte? Sie erst mal arbeitslos in seiner Wohnung. War das alles eine Schnapsidee gewesen? Er war im Grunde freiheitsliebend wie sie, hatte er einmal gesagt. Dass er gern wegrannte. Sie dachte an ihre erste Begegnung beim Joggen.

Matildas Stimme surrte an ihrem Ohr. Sie und Tom erzählten allen von der Wohnungsbesichtigung und schwärmten, dass es sogar eine große Terrasse auf dem Dach gebe, wo man mit allen zusammen Partys feiern könne. Amelie konnte kaum zuhören, stellte sich lustige Dachterrassenpartys vor, ohne sie. Da hörte sie eine männliche, dunkle und ihr sehr, sehr vertraute Stimme in ihrem Nacken. Papa?!

»Das ist aber eine nette Runde«, sagte er und Amelie drehte sich sofort um. Tatsächlich! Dort stand er. In einem sommerlichen Hawaiihemd, mit Sonnenbrille auf der Nase, mit ihrer

Mutter, eingehakt, und beide lächelten sie an. Daneben standen Nils und Dennis, ebenso lächelnd.

»Papa! Mama!«, schrie Amelie, sprang auf und trat zu ihnen. Ihr Papa öffnete sofort seine Arme, presste sie an sich und Amelie atmete den Geruch ihrer Kindheit ein. Dann löste sie sich, umarmte ihre Mutter, die ein sommerliches Kleid trug und nach Blumen duftete. »Wie kommt ihr denn hierher?«

»Na, mit dem Flugzeug sind wir gekommen«, erklärte ihr Vater, schob sich die coole Brille auf den Kopf und jetzt sah Amelie, dass er Tränen in den Augen hatte. »Ich habe mich überwunden.«

»Das ist großartig, Papa.« Ihr Herz raste, denn gleichzeitig dachte sie: Gab es keine Heilung mehr für den Krebs, war das seine letzte Reise? Wieso hatte er Tränen in den Augen? »Bitte rede, wie geht es dir?« Ihre Stimme klang besorgt, zu besorgt, merkte sie selbst.

»Papa hat zwar das Ergebnis der Gewebeprobe noch nicht, das dauert etwas, aber der Oberarzt, der sie entnommen hat, ist sehr zuversichtlich, dass es kein bösartiger Tumor ist«, verkündete ihre Mutter jetzt fröhlich. »Er ist eine Koryphäe in Hamburg. Unser Hausarzt kennt sich da nicht so aus, hat er auch zugegeben.«

»Wir hoffen jetzt einfach das Beste«, erklärte ihr Vater.

Erleichtert sah Amelie ihn an. »Das klingt gut, ich hoffe es auch so sehr!«

»Jedenfalls ist mir klar geworden, dass ich jeden Tag viel mehr genießen muss. Und dass mein Sessel zu Hause zwar bequem ist, aber dass man den Hintern hochkriegen sollte. Denn Nils hat mir am Telefon von dieser Insel und deinen Freunden und deinem Laden vorgeschwärmt, aber so was von. Und dann hat er erzählt, dass du auch wegen mir zurück nach Hamburg willst. Und min Deern, da hab ich gedacht, diese

Insel und alles, das will ich sofort sehn und meiner Kleenen sagen, dass sie da mal schön bleiben soll in ihrem Paradies.«

Amelie hatte ihm gerührt zugehört, fiel ihm jetzt um den Hals. »Danke, Papa, du bist der Beste, danke, dass ihr mich besucht, das bedeutet mir so viel.«

»Tut uns leid, dass wir das nie gemacht haben«, erklärte ihr Vater verlegen. »Mama lag mir zwar immer in den Ohren, aber allein wollte sie nicht. Weil sie selbst kein Geld verdient, hat sie immer gesagt. Aber ich hätte es ja gezahlt.«

»Ich bin eben nicht so selbstbewusst wie du, Amelie. Ich hab mich diese Reise allein nicht getraut. Mein Englisch ist nicht gut, wie du weißt.«

»Hier können so viele Deutsch. Egal jetzt, nun seid ihr hier, das zählt. Ich zeige euch die schönsten Fleckchen der Insel, wobei das dann mehrere Wochen dauern kann, so viele schöne Ecken, wie es hier gibt.«

Sie lachten.

»Ich muss mir das Schisserige echt mal abgewöhnen«, sagte er verschämt. »Da versau ich mir ja mein ganzes Leben. Und das von Mama mit dazu.«

»Das stimmt«, konnte sich ihre Mutter nicht verkneifen. »Diese Insel ist wirklich ein Traum, soviel wir bisher gesehen haben. Nils hat uns ein bisschen abseits herumgefahren. Und dein Dennis, der ist ja auch sehr nett.« Fast wirkte sie wie ein junges Mädchen. So kokett kannte Amelie ihre Mutter gar nicht. Nils zwinkerte ihr amüsiert zu. Dennis wirkte aber jetzt nachdenklich. Am liebsten wäre Amelie kurz mit ihm allein, aber das ging im Moment nicht.

»Willst du uns deinen Freunden denn nicht vorstellen?«, fragte ihr Papa.

»Sorry, natürlich. Ich fange am besten bei Liz an, sie hat den Laden ›Olivenliebe und Meer‹, kam aus Berlin auf die Insel, ist mutig, hat gelernt, Nein zu sagen, hatte dann den Mut, Ja zu sagen, zu Cristian, der eine Finca mit einer alten Ölmühle in der Nähe von unseren Läden betreibt. Und das ist Matilda, sie ist Mallorquinerin, sie unterstützt ihre Eltern, die im Westen der Insel leben, ist ein echter Schatz, sie führt ihren Laden ›Perlenzauber und Meer‹, und das ist ihr Freund Tom, der bei ihr einen Trauring-Workshop gebucht hatte und kapiert hat, was für eine liebe Person er da vor sich hatte. Hier haben wir Teresa, eine tolle Mama von Zwillingen, mit einem tollen Papa dazu, Simon, der gerade auf die Kleinen aufpasst. Sie ist hochsensibel und spürt, was Menschen guttut, heilt mit Kräutern und Blüten. Ihr Laden ist der ›Blütentraum und Meer‹.« Amelie deutete auf Josy und Eric. »Und last but not least, das sind Josy und Eric, zwei wundervolle Menschen, sie haben sich auf der Insel wiedergetroffen, wiederverliebt und haben beide ein Herz aus Schokolade.« Alle lachten. »Josy führt das Café und den Tourenladen ›Schokoladenglück und Meer‹ und Eric eine kleine Schokomanufaktur in Palma.«

Amelie hielt inne, sah in die Runde. »Also alles so liebe, mutige Menschen, die mir sehr, sehr wichtig sind.«

Ihre Mutter legte gerührt den Arm um sie. »Wie schön, Schatz, das findet man selten.«

»Ja, schön, aber können wir jetzt diese Tapas und Kuchen essen?«, fragte ihr Papa trocken und wieder lachten alle, ließen sich auf Teresas Blütentüchern nieder und bekamen Tapas, Schokokuchen und alles zu essen und zu trinken, was sie wollten.

Amelie beobachtete ihren Vater, der sich genussvoll ein Stück vom Olivenbrot in den Mund steckte. Was bedeutete das jetzt für sie? Ihr Vater war vielleicht doch gesund, und selbst wenn nicht. Er hatte ja recht. Sie hatte hier ihr eigenes kleines Paradies gefunden und er wollte von nun an daran teilhaben, solange er lebte. Was hoffentlich sehr, sehr lange war.

Dennis setzte sich zu ihr. Ihre Hände berührten sich. Er nahm ihre Hand, streichelte sie und raunte ihr zu: »Ich werde den festen Job in Hamburg nicht annehmen. Es ist meine Entscheidung. Keine Widerrede. Ich liebe meine Freiheit einfach zu sehr. Und vor allem dich.«

Überwältigt sah sie ihn an. Ihr Herz klopfte. Und als dann auch noch ihr Vater zu ihr sagte: »Also, egal was bei mir rauskommt, Kleene, wehe, du verlässt diese Insel und diese Freunde, Amelie-Schatz. Da wärste ja bekloppt. Unkraut vergeht nicht, selbst wenn bei mir irgendwas sein sollte, was ich nicht glaube nach der Aussage von diesem Oberarzt, dann will ich meine Tage lieber hier verbringen als im Regen. Wir sind in Rente, wir können öfter länger kommen, jetzt weiß ich ja wieder, dass der Flieger nur wegen meinem dicken Bauch nicht abstürzt. Zumindest ginge das, länger zu kommen, wenn du ein günstiges Zimmer für uns finden könntest.«

»Das ist gar kein Problem«, wandte sich Cristian an Amelies Eltern. »Auf meiner Finca gibt es immer Platz für Freunde und Eltern von Freunden.«

»Was, das können wir nicht annehmen«, widersprach ihre Mutter.

»Doch, das können Sie.« Cristian lächelte fest und man sah ihm an, dass er keinen Widerspruch duldete. Amelies Vater knuffte seine Frau, die etwas sagen wollte, und erklärte freudig. »Dann nehm ich Sie beim Wort, junger Mann, und keine Angst, wir können was bezahlen, nur nicht so viel. Aber wir liegen keinem auf der Tasche, wir nicht.«

»Oh, Papa, das klingt so schön!«, brach es aus Amelie heraus.

»Das heißt, du bleibst bei uns, Amelie?«, fragte Matilda zaghaft nach.

»Ja, das heißt es«, bestätigte Amelie. Doch dann sah sie Nils an, der nicht glücklich wirkte. »Nils, bitte, komm uns auch ganz oft besuchen. Du gehörst dazu, du bist mein Lieblingsbruder und wirst es immer bleiben.«

»Du hast ja nur einen«, konterte er lächelnd, aber auch aufgefangen.

»Wenn sich Geschwister verstehen, das ist das Schönste, was es gibt auf der Welt«, stellte ihr Papa fest, drückte Nils kurz und herzlich und steckte sich dann begeistert erst eine Olive und dazu einen Schokokeks in den Mund.

»Euer Vater ist ein echter Gourmet«, neckte ihre Mutter ihn.

Und wieder freute sich Amelie, wie locker und gelöst ihre Mama hier auf der Insel sein konnte. Sie alle aßen, tranken, redeten und lachten und Amelie schmiegte sich an Dennis. »Und was heißt das jetzt für uns, jetzt, wo ich bleibe?«, fragte sie ihn leise, sodass die anderen es nicht mitbekamen. Sie hatte die Entscheidung einfach gefällt, wurde ihr bewusst.

»Das heißt, dass ich auf die Insel ziehe, hier meine Home-Base sein wird, und dass ich von hier aus als Freier Aufträge annehme. Ich werde also auch ab und zu weg sein, aber viel bei dir. Weil lange halte ich es ohne dich gar nicht aus.« Er lehnte seine Stirn an ihre. »Und ich hoffe, dass Hund und Katze so zusammenpassen wie bei Cristian auf seiner Farm, denn da tun sie es ja auch. Was meinst du?«

»Da bin ich mir plötzlich sehr sicher«, flüsterte sie. »Und das klingt nach einem für mich perfekten Leben mit dir.« Er lächelte erleichtert, beugte sich zu ihr und küsste sie sanft und seine warmen, vollen Lippen umschlossen die ihren und sie atmete seinen Duft ein, der so unbeschreiblich gut und richtig roch, dass es in ihrem Bauch zog. Sie fühlte Glück in sich aufsteigen, freute sich so, weiter auf dieser Insel leben zu können, mit ihren Freunden und Freundinnen und diesem Mann, nah am Meer.

Danksagung

Ihr lieben Leserinnen und Leser,
die Vorstellung, die Insel und die Freundinnen zu verlassen, hat mich selbst beim Schreiben traurig gemacht und ich hatte wie Matilda Tränen in den Augen. Ein Glück, dass sich Amelie dann doch noch umentschieden hat, manchmal weiß man als Autorin ja nicht, was die Figuren so alles tun. Aber eines weiß ich zum Glück: Ihr Papa ist ganz gesund. Ich bin so erleichtert wie Amelie, auch dass sie doch bleiben möchte. Ich denke, ihr auch. Denn so wissen wir jetzt alle, dass diese schöne Gemeinschaft auf Mallorca weiterbestehen wird in unserer Fantasie, dass wir selbst in Gedanken immer dorthin zu den Mädels reisen können, zu ihren Läden am Meer. Sie wurden mir beim Schreiben zu Freundinnen und wie ich weiß, ging es vielen von euch beim Lesen auch so. Das freut mich sehr. Denn so habe ich für euch eine kleine Insel geschaffen, die euch hoffentlich Mut gibt, Mut, euer Leben selbst in die Hand zu nehmen, Mut, zu euren Gefühlen zu stehen, Mut, Emotionen zuzulassen. Freundschaft ist so wichtig, und Familie auch. Und selbst wenn nicht immer alles perfekt läuft im Leben, dann seht ihr ja bei diesen Frauen, dass man es schaffen kann, Hindernisse zu überwinden, zu verzeihen und glücklich zu werden.

Ihr wisst jetzt, nicht nur Kräuter und Blumen können euch dabei unterstützen und manche Dinge heilen, sondern auch Düfte und Aromaöle. Mir hat diese Duftrecherche großen Spaß gemacht, schon seit vielen Jahren verwende ich fast nur Naturkosmetik und habe mich jetzt auch noch mit ein paar Aromaölen versorgt. Gerade beim Schreiben sehr anregend.

Ich habe euch wieder ein paar Rezepte im Anhang zusammengestellt, natürlich Amelies Aprikosen-Mandel-Kuchen, der wirklich genial schmeckt und definitiv zu meinen Lieblingskuchen gehört, auch das der köstlichen mallorquinischen Zitronentarte, aber auch Rezepte, um Naturkosmetik oder Parfum selbst herstellen zu können.

Ich danke wieder dem ganzen Team meines Verlags Tinte & Feder, allen voran meiner Verlagseditorin Jenny Brodski und meiner Außenlektorin Judith Zimmer, die die Reihe so wunderbar betreuen. Herzlichen Dank meinen Freundinnen, meiner Inspiration für die Freundinnen am Meer, und meiner Familie, meinem Mann und unseren tollen Söhnen und Bonnie unserem Hund.

Ganz großen Dank auch an meine wunderbaren LeserInnen und Bloggerinnen, an euch, die ihr mich mit eurer Begeisterung für meine Geschichten und euren liebevollen Rezensionen unterstützt.

Wenn euch Amelies Geschichte gefallen hat, freue ich mich wie immer über eine kleine Rezension, folgt mir gerne im Internet, damit wir immer in Verbindung bleiben:

www.Anja-Saskia-Beyer.com (tragt euch gerne in meinen Newsletter ein)

www.facebook.com/AnjaSaskiaBeyer

www.instagram.com/AnjaSaskiaBeyer

Alles Liebe, eure Anja Saskia

PS: Und jetzt kommen noch die Duftrezepte!

Mallorquinische Inselduftrezepte

Amelies Lieblingskuchen:

Mallorquinischer Aprikosen-Mandel-Kuchen

Zutaten für den Mürbeteig:
200 g Mehl
2 TL Backpulver
75 g Zucker
1 Päckchen Vanillezucker
1 Eigelb
130 g Margarine oder Butter

Für den Guss:
125 ml süße Sahne
1 Ei
80 g Zucker
100 g gemahlene Mandeln

Für den Belag:
200 g frische Aprikosen, halbiert und entkernt, oder Aprikosenhälften aus der Dose (abtropfen lassen)
Puderzucker

Zubereitung:
Für den Mürbeteig alle Zutaten in einer Schüssel zu einem glatten Teig verkneten, eine gefettete Springform (24 oder 26 cm Durchmesser) damit auslegen und einen Rand hochziehen.

Alle Zutaten für den Guss in eine Schüssel geben und mit dem Handmixer vermischen, anschließend auf den Teig geben.

Die Aprikosenhälften mit der Innenseite nach oben darauf verteilen.

Bei 160 °C Heißluft 45 Minuten backen. Auskühlen lassen, kurz vor dem Servieren mit Puderzucker bestäuben. Genießt ihn!

Mallorquinische Zitronentarte von Josy

Zutaten für den Mürbeteig:
250 g Mehl
125 g Butter
80 g Puderzucker
1 Ei

Für die Zitronencreme:
250 g Zucker
4 Eier
Saft von 2 Zitronen
Geriebene Schale von 2 Bio-Zitronen
1 Prise Salz

Für die Deko:
Frische Pfefferminze
Puderzucker

Zubereitung:
Für den Mürbeteig: Weiche Butter schaumig schlagen, Zucker und Ei dazurühren. Nach und nach das Mehl einrieseln lassen und mit den Knethaken des Handrührgeräts einarbeiten. Teig zu einer Kugel formen, in Klarsichtfolie wickeln und rund eine halbe Stunde in den Kühlschrank geben.

Während der Teig kühlt, eine Tarte-Form (24 oder 26 cm Durchmesser) ausbuttern und mit Mehl bestäuben. Schale von zwei unbehandelten Zitronen fein abreiben und den Saft auspressen.

Den Teig mit Nudelholz ausrollen und die Tarte-Form damit auslegen, Rand hochdrücken. Den Boden an mehreren Stellen mit einer Gabel einstechen. Im Backofen bei 180 °C auf mittlerer Schiene 20 Minuten backen, dann abkühlen lassen.

Für die Zitronencreme: Eier trennen, die Eiweiße in einer Schüssel mit einer Prise Salz steif schlagen. In die Schüssel mit den Eigelben den Zucker einrieseln lassen und mit dem Handrührgerät zu einer schaumigen Masse schlagen. Dann den Zitronensaft und die abgeriebene Schale unterrühren. Den Eischnee unter die Zitronen-Eigelb-Masse heben.

Die Creme auf dem Tarte-Boden verteilen und noch mal 20 Minuten backen. Abkühlen lassen, mit etwas Puderzucker bestäuben und mit Pfefferminz-Blättern dekorieren.

Cecilias selbst gemachte Oliventages-creme

Man benötigt:
Topf, heißes Wasser
Schraubglas (z. B. Marmeladenglas)
Cremetiegel
100 g Olivenöl
10 g Bienenwachs
1–2 Tropfen Lavendelöl

Bienenwachs bekommen Cecilia und Amelie von der Inselimkerin Paula, ihr könnt es in der Apotheke, dem Drogeriemarkt, dem Imker vor Ort oder übers Internet kaufen.

Zubereitung:
Bienenwachs in kleine Stücke brechen, dann mit dem Olivenöl in ein sauberes Schraubglas geben.

Wasser im Topf erhitzen, Schraubglas ins Wasserbad stellen, das Wachs unter Rühren schmelzen.

Schraubglas aus dem Wasserbad nehmen.

Lavendelöl dazugeben, rühren, bis die Masse abgekühlt ist.

Diese in einen sauberen Cremetiegel füllen und im Kühlschrank aufbewahren, dort ist die Creme circa drei Monate haltbar.

Gut bei trockener Haut, Cecilia sieht mit ihren über achtzig Jahren noch sehr gut aus!

Amelies Parfumrezept aus ihrem Duft-Workshop

Man benötigt:
3 naturreine Duftöle, die du magst (Fläschchen zu je 10 ml)
20 ml hochprozentigen Alkohol (es gibt auch kosmetischen Alkohol)
ein paar Tropfen geruchsfreies Öl, am besten Jojobaöl oder Avocadoöl
eine Glasflasche aus dunklem Glas für circa 50 ml Inhalt
einen Trichter (gern einen Parfumtrichter aus Metall)
ggf. einen Parfumzerstäuber zur Verwendung des Parfums

Zubereitung:
Zuerst die Duftöle in die saubere, trockene Glasflasche füllen.

Dann die Flasche mit Alkohol auffüllen, anschließend noch einige Tropfen Jojobaöl oder Avocadoöl dazu.

Flasche verschließen und gut schütteln, alle paar Tage wieder schütteln. An einem schattigen Ort stehen lassen, nach einer Woche ist das Parfum fertig, man kann es auch in einen Flakon mit Zerstäuber umfüllen, wenn man mag.

Folge der Autorin auf Amazon

Wenn dir dieses Buch gefallen hat, folge Anja Saskia Beyer auf Amazon. Dann erhältst du eine Benachrichtigung, wenn die Autorin ihr nächstes Buch veröffentlicht. Um der Autorin zu folgen, gehe bitte folgendermaßen vor:

Desktop:

1) Suche auf Amazon.de oder in der Amazon App nach dem Namen der Autorin.
2) Klicke auf den Namen der Autorin, um auf die Autorenseite zu gelangen.
3) Klicke auf den »Folgen«-Button.

Smartphone und Tablet:

1) Suche auf Amazon.de oder in der Amazon App nach dem Namen der Autorin.
2) Klicke auf einen Titel der Autorin.
3) Klicke auf den Namen der Autorin, um auf die Autorenseite zu gelangen.
4) Klicke auf den »Folgen«-Button.

Kindle eReader und Kindle App:

Wenn du dieses Buch auf einem Kindle eReader oder in der Kindle App liest, wird dir automatisch angeboten, der Autorin zu folgen, nachdem du die letzte Seite des Buches gelesen hast.

Printed in France by Amazon
Brétigny-sur-Orge, FR

21837154R00164